漱石と姦通罪

前期三部作の誕生と家父長制批判

千種キムラ・スティーブン 著
Chigusa Kimura-Steven

Soseki and Adultery Law

His First Trilogy and Criticism of Patriarchy

彩流社

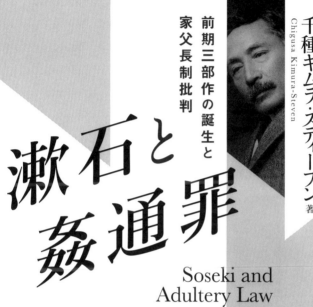

立口恵美子様
Kenji, Janine, Leah, Skye
に捧ぐ

◉凡例

・『三四郎』は『漱石全集　第五巻』（岩波書店、二〇〇二、第二刷）、『それから』『門』は『漱石全集　第六巻』（岩波書店、二〇〇二、第二刷）から引用しているが、適宜、現代仮名遣いのルビを追加した箇所がある。
・漱石の作品の年数は『朝日新聞』掲載年にしている。
・本文中、文献の年数は原則、発表年を基準とし、欧文献は原書の刊行年を記載している。
・引用文中の著者（引用者）による補足は〔　〕で示す。

目次

漱石と姦通罪――前期三部作の誕生と家父長制批判

第二部　『それから』――「天意に叶ふ」恋の物語　131

第三部　『門』——誰も死なない姦通小説の誕生　221

はじめに

◉前期三部作と「姦通罪」改悪批判

本書の目的は、漱石が前期三部作『三四郎』、『それから』、『門』の中で、明治十三（一八八〇）年に公布され、明治四十（一九〇七）年四月に刑が重禁錮《じゅうきんこ》から二年以下の懲役刑に改悪された「姦通罪」に対して、どのようなかたちで挑戦し、批判しているかを明らかにしていくことにある。

「えっ、漱石が姦通罪を批判した小説を書いたなんて信じられない、深読みじゃないの？」

そういう疑問があるかもしれない。実際にも日本では、戦後「国民的作家」として敬愛されるようになった漱石が、「姦通罪」を制定し、かつ改悪した国家権力を批判した作品を書いたとは認めたくない人が多い。

しかし評論家でもあった小説家の高橋和巳も、一九六七年に発表した「知識人の苦悩──漱石の『それから』について」という論文で、次のように指摘している。

漱石は友人とその妻との三角関係という、極端な葛藤のパターンをたのしみたくて、この作品を書いたのではない。〔中略〕従来、政治と文学とのかかわりは、治安警察法や治安維持法に抵触する確信行為を描いた文学に局限されるのが我が国の習わしであったが、実はそれは片手落ちであり、敢て姦通罪に抵触する確信行為を、自覚的に描いた漱石の作品も、そういう視点から見なおさねばならない。(1)

これは『それから』の研究史の流れを変える可能性を持つ鋭い指摘だった。ところが高橋が「姦通罪」が制定された年を明治四十年と間違えたこともあって、梶木剛《かじきごう》は『夏目漱石論』(一九七六)で「こういう立言は、気がきいているようでいて案外まゆつばものである」(2)と批判し、大岡昇平は『小説家夏目漱石』(一九八八)で「珍説」(3)だと切り捨てた。

だがなぜ大岡までもが過剰な反応をしたのか、腑《ふ》に落ちない。というのは、大岡は昭和二十二(一九四七)年に「姦通罪」が廃止され、姦通小説に対する政府の検閲がなくなると、誰よりも早く『武蔵野夫人』(一九五〇)という姦通小説を書いているからだ。明らかに大岡は、その時点では政治的な判断をして姦通小説を書いたのである。大岡は『小説家夏目漱石』で『三四郎』『それから』『門』の三部作を姦通というテーマでつながっていると指摘しながらも、高橋論文を「珍説」だと切り捨ててしまうわけで、やはり大岡にも漱石が「国民的作家」として敬愛されるようになったことへの配慮があったとしか受け取れない。

私が高橋の論文を知ったのは一九九八年になってからだが、実は一九九五年に出版した『「三四郎」の世界――漱石を読む』(翰林書房)の中で、次のように指摘した。

三四郎の美禰子への愛は片思いにすぎず、美禰子は野々宮を愛していたけれども、野々宮に拒絶されたので、兄のもう一人の友人と結婚する、しかし最終章では野々宮は美禰子と将来姦通すると示唆されており、三四郎も野々宮の妹よし子と姦通する可能性があると示唆されている、そして『三四郎』は、長井代助と平岡の妻三千代の恋愛を描いた次作『それから』、そして姦通で結ばれた野中宗助と安井の妻だった御米の六年後の姿を描いた三作目の『門』とは、姦通という主題でつながっていて、漱石はこの前期三部作を、明治四十年に改悪された「姦通罪」を批判するために書いた、と。

幸い『「三四郎」の世界』は、石原千秋氏が「既存の研究を笑いとばす」、「これまで見えなかった意味や劇を見えるようにした刺激的な書物である」という書評を『週刊読書人』（一九九五年八月十一日号）に出されたことや、他の書評も好評だったので、すぐ売り切れてしまった。その結果、今では拙著の存在も忘れられているようだが、しかしほとんどの研究者が、美禰子は三四郎ではなく野々宮を愛していたと解釈するようになり、ほかの指摘もその後の『三四郎』の研究の中に、さまざまな形で取り入れられていて、私のアイデアをもとにした論文もいくつかある。中には、拙著の半分以上を取り込んだ英国人の翻訳者による漱石論も出ている。

しかし漱石は「姦通罪」改悪批判のために前期三部作を書いたとする指摘は、やはり無視された。

漱石が三部作を執筆した直接の動機は、先行文学の影響よりは、むしろ日本における姦通罪の改悪にあったのではないかと思わせる状況もある。

明治十三年七月に公布され、明治十五年一月施行の刑法で定められた姦通罪は、明治四十年四月になると、新たに〔刑が〕重禁固から懲役刑へと改悪され、翌四十一年十月から施行になった。『三四郎』が朝日新聞に掲載されたのは、同じく四十一年九月一日から十二月二十九日だが、すでに『三四郎』には『それから』と『門』の伏線が張られているので、二作の大体の構想も改悪された姦通罪が施行された前後にできていたといえる。そして『それから』には、姦通罪の改悪に触発されて作品が書かれたことを示す情報もある。

〔中略〕第一『それから』では、代助と三千代の恋愛を「天意には叶ふが、人の掟に背く恋」(十三)と形容し、姦通罪という「掟」の存在を明らかにし、さらには、その「掟」の上に「天意」をすえることによって、姦通を罪として法化した日本の国家ならびに社会をはっきり批判しているのである。

姦通罪のない世界に住む現代の読者としては、漱石の批判は生温いという気持ちもあるかもしれない。だが、姦通罪が改悪されたばかりの時に、新聞小説で姦通を取り上げること自体、国家にたいする挑戦であったはずだ。(4)

この指摘がなぜ注目されなかったのか理解できなかった私は、一九九六年に熊本で開催された国際シンポジウム「世界と漱石」でパネリストの一人になった時、『それから』に焦点をあてながら、漱石が前期三部作を書いたのは「姦通罪」の改悪に触発されたからであり、漱石は西洋の姦通文学やルソーの『社会契約論』(一七六二)にも影響を受けているという主旨の発表をした。するとある研究者から、「基本的には姦通がないという形の読み方がむしろ漱石的である」、「漱石文学の少なくとも長編小説の中では法に触れるという形の人物は一つも描かれておりません。そういう所に漱石文学におけるモラルだとか倫理観だとか読むのが」、「日本的」で、「姦通という形をあまり強く読むことによって」、「日本的な美学というものがかえって崩れてしまうというような感じがします」(5)という批判があった。私はそれに対して、漱石の作品は「姦通罪」を制定した国家権力に対する批判であり、漱石の反骨精神を示すもので、その価値は認めるべきだという主旨の反論をしたが、その時に、日本では漱石が「姦通罪」を批判したことを心情的に認めたくない傾向があることを知ったわけである。

そこで改めて「姦通文学としての『それから』」という論文を『漱石研究：特集「それから」』（一九九八）に発表した。しかしその論文もあまり注目されなかった。

こうした経緯から、いつか前期三部作と「姦通罪」との関連について、本を書こうと思っていた。

「だが漱石が『姦通罪』改悪に挑戦するために前期三部作を書いたという根拠は、どこにあるのか？」

そういう疑問もあるだろうが、漱石が「姦通罪」を批判する目的で前期三部作を書いたことは、緻《ち》密《みつ》な分析をしなくても、次の二点を見ただけでわかる。

一つは、三作を「姦通罪」に抵触する姦通というテーマでつないでいること。

二点目は、『それから』で代助と三千代の恋愛を、「人の掟」には反するが、「天意には叶ふ」恋と明言していることだ。

当時の政府は、姦通を描いた小説は発禁にしていたので、漱石は検閲を避けるために婉《えん》曲《きょく》な表現を用いているが、「人の掟」が「姦通罪」を指していることは明らかだ。

ただし「姦通罪」を「人の掟」と形容したのは、漱石の独創ではない。『それから』の中で、代助と高木の会話に出てくる米国人作家ナサニエル・ホーソンが姦通小説『緋文字《ひもんじ》』（一八五〇）の中で、「姦通罪」の代わりに使っている“**Human Law**”を翻訳したものである（『緋文字』については、本書『それから』論の中で改めて言及する）。

このように漱石が「人の掟」にこだわっている以上、当時の日本の「姦通罪」について、何があったのか、調べる必要がある。

ご存知かもしれないが、ドストエフスキーの研究で有名なロシアの批評家ミハイル・バフチンは、『小説の言葉』（一九三四―三五）で、小説のテクストは、作者の意図の有無にかかわらず、その社会のさまざまな言説と対話的関係をもっていると指摘している。(6) つまりバフチンは、作者が意図していない場合でも、作品は、その社会の政治的、経済的、文化的な動きなどについて、何らかのコメントをしているので、歴史を調べろと言っているのだ。

もちろんバフチンの指摘を知らなくても、「人の掟」とある以上、「姦通罪」の歴史を調べる必要がある。そこで刑法を見ると、前述したように、明治十三年に公布された「姦通罪」は、明治四十年四月に刑が重禁錮から二年以下の懲役刑へと重くなり、翌四十一（一九〇八）年の十月一日から施行され、しかも「姦通罪」改正をめぐっては、社会的な動きも起きていた。

政府が明治三十九（一九〇六）年一月に、「姦通罪」を翌年改正すると発表すると、「日本基督教婦人矯風会矢島楫子他八百九十名」が、「有婦の男の姦通の処分、有婦の男の蓄妾、接妓と姦通する事等」（『時事新聞』明治三十九年二月七日）も「姦通罪」に含めて欲しいと、政府に請願書を提出している。

また男性たちの中にも女性たちの運動を支援する者がかなりいて、立憲政友会では多田作兵衛などが、夫の処罰を「熱心に勧誘し、案外に賛成者も多ければ、或は政友会の党議となるやもしるべからず形勢なり」（『読売新聞』明治四十年二月二十七日）という記事もある。

漱石は社会問題に強い関心を抱いていたので、新聞で報道される「姦通罪」をめぐる政府の動きや、「日本基督《キリスト》教婦人矯風《きようふう》会」や「政友会」の動きは知っていたはずだ。

だが「姦通罪」の改悪についてコメントは残していない。その代わり、改悪された「姦通罪」が施行される一カ月前の明治四十一年九月一日から、『それから』と『門』の伏線を含む『三四郎』を『東京朝日新聞』に掲載し始めている。そして翌明治四十二年に発表した『それから』では、代助と三千代の恋愛は「人の掟」に背くけれども、「天意に叶ふ」恋だと正当化し、明治四十三年に発表した『門』では、姦通によって結ばれた野中宗助と安井の妻だった御米が、さまざまな障害をのりこえて、愛し合って暮らしている姿を描いている。

このように前期三部作の発表時期は、「姦通罪」改悪の時期と重なっていて、しかも姦通を肯定的に描いていることから、漱石が「姦通罪」改悪に触発されて、三部作を書いたことは明らかである。

そこで本書では、三作を詳しく分析し、「姦通罪」や「姦通罪」改悪がどう批判されているかを見ていくが、その前に指摘しておきたいことが、もう二点ある。

一つは、漱石は「日本の美」などを描くために職業作家になったのではないこと、二点目は前期三部作を書く前から、姦通小説を書きたいという野心をもっていたことだ。

◉「維新の志士」的作家をめざした漱石

私が前期三部作を読み終えた時、疑問に思ったことがある。漱石は「人の掟」、つまり「姦通罪」を批判する勇気をどこから得たのかということだった。

そこで資料を調べると、鈴木三重吉に出した明治三十九年十月二十六日付けの手紙の最後に、次のように書いているのを見つけた。

〔前略〕死ぬか生きるか、命のやりとりをする様な維新の志士の如き烈しい精神で文学をやつて

見たい。それでないと何だか難をすてゝ易につき劇を厭ふて閑に走る所謂腰抜文学者の様な気がしてならん(7)

「維新の志士」とは、江戸時代末期に徳川政権を倒して新しい政治体制を作ろうと闘った人々のことだが、「志士」というのは、広い意味では、在野にいて国家や社会のために正しいと信じたことを、命をかけて貫く人々を指している。そして漱石は三重吉に手紙を書いた約四カ月後の明治四十年二月には、東京帝国大学を辞め、言わば在野である朝日新聞社に入社し、職業作家になっている。

漱石がそういう決断をしたのは、新聞社から一年に一作ずつ小説を発表するだけで、高額の収入を保証されたことが大きな要因だったと言われている。しかし大学を辞めて新聞社に入社したことを批判されると、「新聞屋が商売なら、大学屋も商売である」「新聞が下卑た商売であれば大学も下卑た商売である。只個人として営業してゐるのと、御上で御営業になるのとの差丈《さだ》けである」(「入社の辞」『東京朝日新聞』一九〇七年五月三日)と、反骨精神をむきだしにして反論している。それは「維新の志士の如き烈しい精神で文学を」やろうという強い覚悟があったからではないだろうか。

私は「維新の志士の如き烈しい精神で文学をやつて見たい」という三重吉への手紙を読んだ時、なぜ職業作家となった漱石が、翌年に書き始めた前期三部作で、「姦通罪」改悪を批判するだけの勇気や反骨精神をもっていたのかという謎が解けたと感じた。

しかも漱石は『門』を発表した翌年の明治四十四年、文部省が文学博士号を授与しようとした時、きっぱり断っている。「維新の志士」的作家をめざしていたことからすれば当然な行為だったと言えるし、前期三部作を読めば、文部省の申し出を断った理由も、一層よくわかるのではないかと思う。

◉姦通文学と文学的野心

ここで思い出していただきたいことが、もう一点ある。漱石は前期三部作を書く前の明治三十八（一九〇五）年、まだ「姦通罪」の刑が重禁錮であった時代に、いち早く「薤露行《かいろこう》」という姦通小説を発表していることである。

「薤露行」は、英国のアーサー王伝説の中の円卓の騎士ランスロットとアーサー王の妃グィネヴィアの姦通をもとにした作品だが、日本の「姦通罪」との関係で論じられることはなかった。

しかし吉川豊子は、一九八八年に発表した「漱石の『姦通小説』――『薤露行』を中心に」で、漱石が明治三十八年に「薤露行」を『中央公論』の十一月号に発表したのは、「姦通罪」に対する「秘匿された侵犯行為であった[8]」と指摘している。また吉川は「薤露行」は、『三四郎』『それから』『門』『行人』（一九一二―一三）など、漱石の後の姦通小説の原型となっていると論じている。

もう一つ見逃せないことがある。漱石の発言や蔵書リストを見ると、アーサー王伝説のほかに、『トリスタン・イズー物語』『神曲』など古くからの西洋の姦通の物語を読んでいたことや、十九世紀に書かれた姦通小説、フローベールの『ボヴァリー夫人』（一八五六）、トルストイの『アンナ・カレーニナ』（一八七八）、『クロイツェル・ソナタ』（一八八九）、ホーソーンの『緋文字』、ズーデルマンの『消えぬ過去』（一八九四）なども読んでいたことがわかる。

それゆえ漱石は、「姦通罪」が改悪され、刑が重禁錮からより厳しい懲役刑になったことに触発され、日本を舞台にして、西洋に負けない姦通小説を書きたいという文学的野心を、改めて抱いたのではないかと思われる。本書の中で分析するように、前期三部作の中では右にあげた西洋の姦通文学からアイデアを借りたり、批判しているからだ。

なお西洋の姦通文学の伝統については、トニー・タナーが『姦通の文学――契約と違犯』（一九七九）で詳しく論じており、姦通というテーマは、文学の歴史と同じくらい古く、特にヨーロッパでは「文学を生み出してきたのは、結婚という静的均衡ではなく、むしろ姦通という不安定な三角関係であるとさえ、言えるかもしれない」(9)と述べている。またタナーは十九世紀の姦通小説については、次のように指摘している。

「傑作」であるとの認定を受けている一九世紀小説は、程度の差はあれ様々の点で、フィクションとしてその時代に対する比類ないほど深い洞察を含んでいると考えられるが、それらのうちの多くが姦通を中心の問題に据えているというのは、実に明白なそして容易に看取される現象である。(10)

漱石も『ボヴァリー夫人』や『アンナ・カレーニナ』『緋文字』など、十九世紀の西洋の姦通小説を読むことで、姦通小説には社会問題を取り込みやすいと知ったようだ。というのは前期三部作も、当時の日本のさまざまな社会状況について、やはり「比類ないほど深い洞察を含んでいる」からだ。特に「姦通罪」や家父長的な家族制度についての批判は、西洋の姦通小説以上に鋭く、しかも驚くほど大胆である。

加えて漱石は、当時の西洋の最新の心理学的知識を活用して姦通という問題を描いており、ルソーの『社会契約論』などの思想も巧みに取りこんでいる。そのため漱石が、どの資料をどう使っているかを調べるのは、謎解きのような面白さがある。

本書ではまず導入部として、「前期三部作の前提」という項を設け、従来の研究の問題点について見ていく。また従来の研究では「姦通罪」の理解が曖昧《あいまい》なので、「姦通罪」とは何か、そしてその歴史についても簡略に説明し、姦通小説に対する政府の検閲と、それに対する漱石の対応についても紹介する。

その後、第一部では『三四郎』を、第二部では『それから』を、第三部では『門』を詳しく分析するが、『門』の分析の前に西洋と日本の姦通文学の歴史について簡単に紹介する。なぜなら姦通文学の歴史を知っていれば、『門』がいかに革新的な作品であるかがわかるからだ。

またニュージーランドのカンタベリー大学で三十年間、日本文学を教えていたことから、適宜、学生の反応も紹介する。

前期三部作の前提

（1）三部作の構造――旧約聖書とズーデルマンの『消えぬ過去』の影響

『三四郎』『それから』『門』は、前期三部作と呼ばれている。漱石が『それから』の掲載を始める前に、次のような予告を出しているからだ。

> 色々な意味に於てそれからである。『三四郎』には大学生の事を描《かい》たが、此《この》小説にはそれから先の事を書いたからそれからである。『三四郎』の主人公はあの通り単純であるが、此主人公はそれから後《あと》の男であるから此点に於ても、それからである。此主人公は最後に、妙な運命に陥る。それからさき何《ど》うなるかは書いていない。此意味に於ても亦《また》それからである」（『東京朝日新聞』明治四十二年六月二十一日）

つまり漱石は、『それから』は『三四郎』の続編だと明言するだけでなく、『それから』の後には、その先を描いた作品がくると示唆している。そして『門』の主人公の名前、野中宗助は『三四郎』の野々宮宗八から「野」と「宗」の字を、『それから』の長井代助から「助」の字をとって命名し、三作が三部作であることを改めて強調した。

ニュージーランドの学生たちにそう説明すると、「なぜ漱石は長編小説ではなく、三部作のようなややこしいものを書いたのか」という質問が必ず出た。

そこで私は次のように説明した。漱石が留学していた頃の英国では、「スリー・デッカー」（three-decker）と呼ばれる三巻にわたって続く長編小説が流行していた、しかし漱石が作品を発表する場は新聞だったので、三巻も続く長編小説を書いて、一年に一巻ずつ、三年もかけて発表すれば、新聞の読者は興味をなくすに決まっている、だから三部作という形式を選び、一作ごとに登場人物たちの名前や職業などを変え、読者の興味を引きつけるようにし、三作を姦通というテーマでつなぐ方法を考えたのだろう、と。

学士号のコースでは時間的余裕がなかったため『三四郎』しか教えられなかったが、学生たちは、この説明で納得した。

また、漱石は三部作という形式のもつ利点も最大限に利用している。というのは三作を姦通という主題でつなぐ一方で、一作ごとにいろいろなテーマを描き、三作を通して読むと、西洋の長編小説に劣らないスケールの大きい豊かな世界を描き出すことに成功しているからだ。そこで本書では、三作を一緒に論じることにしたわけである。

もっとも従来の研究では、三作は独立した作品として見なされてきた。『それから』と『門』を連作として扱った論文はいくつかあるが、『三四郎』は、いつも後の二作とは関係のない独立した作品として扱われてきた。

そのせいか、三作が一緒に出版されることもない。私が初めて『三四郎』を読んだのはロンドンで、日本人の友人に、『日本文學全集10　夏目漱石集（二）』〔新潮社、一九六二（昭和三十七）年初版、一九六六（昭和四十一）年十五刷〕をもらったからだが、その中には『三四郎』と『それから』、『道草』（一九一五）の三作が一緒に収められていた。そして現在、使用している岩波書店発行の『漱石全集第五巻』〔一九九四（平成六）年初版、二〇〇二（平成十四）年二刷〕では、『坑夫』（一九〇八）と『三四郎』が一緒に収められていて、同年にやはり岩波から出版された『漱石全集　第六巻』には、『それから』と『門』の二作が収められている。また文庫の場合は、通常、一作品ずつ出版されるので、一般の読者は、三作が三部作だと知らない場合がほとんどだ。

漱石が『三四郎』『それから』『門』は三部作だと告げているのに、従来の研究では、なぜその予告が無視されてきたのかわからないのだが、おそらく三部作という形式が、日本では珍しかったからではないかと思う。

しかし三作が三部作だと簡単にわかる方法がある。それは逆転の法則をつかって、連作だと認める人もいる『それから』と『門』の登場人物たちの関係やあらすじをざっと調べたうえで、『三四郎』を読むことだ。

まず『それから』を見ると、主人公の長井代助と三千代の夫の平岡は中学時代からの友人で、二人は大学在学中に、同級生の菅沼から妹の三千代を紹介されたとある。そして菅沼が病死した後、平岡が三千代と結婚したいと言ったので、代助は仲に入って二人の結婚をまとめる。しかし三年後に三千代と再会した代助は、三千代なしでは生きてはいけないことに改めて気がつき、彼女も同じ気持ちでいることを確認すると、平岡に三千代をもらえないかと頼むが、平岡は拒絶し、代助と三千代が結ばれるかどうかはわからないままで終わっている。

次の『門』では、姦通で結ばれた野中宗助と宗助の大学時代の親友、安井の妻だった御米の六年後の姿が描かれているが、二人が親しくなったきっかけは、二年目の新学期に、安井が御米を「是《これ》は僕の妹だ」（十四の七）と紹介したからだったとある。つまり『それから』では菅沼と平岡という二人の人物がいたのに、『門』では安井は一人で菅沼と平岡の二役を演じているわけで、そこには主要な登場人物の数を減らすという一種の消去法が用いられている。漱石が登場人物の数を減らしたのは、姦通することによって、宗助と御米の世間が狭くなることを示す効果もあるからだろう。

ではストーリーの方はどうか。

『それから』では、代助が再会した三千代と愛し合うようになる過程が詳しく描かれているが、二人が結ばれるかどうかはわからないままで終わっている。それに対し『門』では、宗助と御米が愛し合うようになる過程は詳しくは描かれておらず、姦通の事実は「大風は突然不用意の二人を吹き倒したのである。二人が起き上がつた時は何処も彼所も既に砂だらけであつたのである。彼等は砂だらけになつた自分達を認めた。けれども何時吹き倒されたかを知らなかつた」（十四の十）というように、簡略にしか描かれていない。つまりストーリーの面でも、前作で詳しく描いたことは、次作では簡単にしか描かないという一種の消去法が用いられている。

それでは『三四郎』の設定は、どうなっているのか。

『それから』と『門』の間では、主要な登場人物を減らす消去法が用いられていて、『それから』では菅沼が代助と平岡に妹の三千代を紹介し、『門』では安井が宗助に妻である御米を「妹」と偽って紹介するが、第一作の『三四郎』には、兄によって紹介される男女は二組いる。野々宮宗八と里見美禰子、そして三四郎と野々宮よし子である。

野々宮は美禰子の兄、里見恭助とは大学時代からの友人で、恭助のところに妹のよし子を預けるほど親しい。けれども野々宮は美禰子と結婚せず、美禰子は兄のもう一人の友人で、野々宮の友人でもある男性と結婚する。これは代助と三千代と平岡の関係によく似ている。しかし三千代の兄菅沼が亡くなったのに対し、里見恭助は健在で、人物の数が多い。

三四郎の方は、美禰子の兄とは面識がなく、美禰子の結婚相手とも交流がないが、野々宮を通してよし子と知り合う。ただし野々宮は三四郎の同郷の先輩で、母親に命じられて野々宮に会いに行った三四郎は、数日後、野々宮から入院中の妹のよし子に荷物を届けてくれと頼まれる。このことから、野々宮が妹に会わせても良いと思うほど三四郎を信頼したことがわかる。

年齢を考えると、代助は大学時代に菅沼に女学生の三千代を紹介されるが、九州出身の野々宮も大学に入ったとき、恭助から女学生の美禰子に紹介されたと推測できる。

三四郎の方は大学に入学してから美禰子と知り合い、二人はともに二十三歳で、女学校へ通っているのはよし子だ。これは三四郎の本来の相手はよし子だという示唆である。

では、『三四郎』と『それから』のストーリーの間には関連があるのか。

実は『それから』のストーリーについては、研究者の間から、三千代に愛を告白しようと決心した代助は「今日始めて自然の昔に帰るんだ」（十四の七）と言うが、「昔」、つまり三千代が平岡と結婚する前に、代助が三千代を愛していたかどうかは詳しく描かれていないという指摘が出ている。そこで考えられるのは、漱石が三千代と代助の「昔」を詳しく描かなかったのは、前作の『三四郎』で愛し合っている男女が何らかの事情で結婚しなかった状況を詳細に描いているからではないか、ということだ。

では、愛し合っていたが、結婚しなかったのは、誰と誰なのか。

私が論文や『「三四郎」の世界』を発表するまでは、三四郎と美禰子だと言われてきた。確かに三四郎は美禰子に愛されていると思っていて、十章では原口のところで肖像画のモデルになっていた美禰子に会いに行き、婉曲にではあるが、愛していることを告白した。ところが美禰子は「微かな溜息」(十の八)をついただけで、その直後に美禰子が結婚することになる男性が現われる。しかも三四郎はそれまでこの男性とは面識がなく、男性が「早く行かう。兄さんも待つてゐる」(十の八)と言うので恭助の友人だとわかるが、三四郎は美禰子の兄には会ったことがない。つまり大学生になったばかりの三四郎は、社会人である美禰子の兄や、野々宮、そして美禰子の夫となる人物とは違って、年齢がずっと下なのだ。

こうした人物設定は、三四郎が美禰子に愛されていると思うのは誤解だと示している。

では美禰子は野々宮を愛していたのか、野々宮はどうなのか。三四郎とよし子は愛し合っていたのか。この点は三部作の主要なテーマと関連しているので、『三四郎』を分析する時に詳しく見ていくが、すでに拙著『「三四郎」の世界』で、美禰子が愛していたのは野々宮だと説明したので、本書では別な角度から二人の関係を論じていく。

ここでは焦点を変えて、『三四郎』の主人公は誰かという点について、簡略に見ておきたい。というのは、主人公は二人いるからだ。

『三四郎』という題からすると、主人公は三四郎一人のようだ。そのため従来の批評では三四郎に焦点をあてて論じられてきた。しかし前述したように、三部作の最後の作品『門』の主人公は、野々宮宗八から「野」と「宗」の字を、『それから』の長井代助から「助」の字をとって、野中宗助と命名されている。これは『三四郎』の主人公は三四郎だけではなく、野々宮との二人だという示唆だと言え、人物の消去法とも合致している。しかも『三四郎』の主な登場人物たちは、三四郎が上京してくる前から、野々宮と密接な交友関係があったと設定されているのである。

上京途上の車中で三四郎が出会う広田もそうだ。三四郎は「此位の男は到る所に居るものと信じて、別に姓名を尋ね様ともしなかつた」(一の八)ため、大学の友人、与次郎を通して改めて広田と知り合うことになる。ところが広田は野々宮の高等学校の時の恩師で、二人は今も親密な関係にある。しかも野々宮の研究室を訪れた三四郎は、野々宮が広田の弟子だと知らないにもかかわらず、彼の応対の仕方が、「幾分か汽車の中で水蜜桃を食つた男〔広田〕に似てゐる」(二の二)と感じたとある。また精養軒でのパーティでは野々宮は「理学者だけれども、画や文学が好《すき》だからと云ふので、原口さんが、無理に引つ張り出した」(九の一)とあり、野々宮はいろんな点で広田の精神的な息子のような存在だとわかる。

では与次郎はどうか。三四郎は大学の講義へ出たとき、「先生の似顔をポンチにかいてゐた」(三の二)与次郎と知り合うが、与次郎は三四郎が上京してくる前から野々宮とは懇意で、「自分の寄寓してゐる広田先生の、元の弟子でよく来る」(三の六)と言い、三四郎が野々宮について得た情報のほとんどが与次郎から出ている。

また画家の原口も、七章で与次郎が広田の家に連れてくるまで、三四郎は面識がなかったが、野々宮はすでに二章で、「此空を写生したら面白いですね。——原口にでも話してやらうかしら」(二の五)と言っている。運動会の日には美禰子とよし子に、原口が来ているので、「用心しないと、ポンチに画《か》、れるから」(六の十二)と忠告し、八章の展覧会の場面では野々宮は原口と一緒に会場に来るとし、二人が旧知の間柄であることが強調されている。

しかも『三四郎』に登場する二人の女性のうち、一人は野々宮の妹よし子で、美禰子は野々宮の大学時代からの友人里見恭助の妹である。また野々宮と美禰子は、広田を介しても親しく、よし子の話では、美禰子の亡くなった「其又上の兄さんが広田先生の御友達」で、美禰子は広田の家に「英語を習ひに」(五の二)行くので、野々宮と美禰子が広田の家で会う機会も多かったとわかる設定となっている。

ところが三四郎は、美禰子とは偶然大学の池の端で出会い、親しくなるのは与次郎が広田の引っ越しの手伝いに呼んだからで、美禰子の兄とは最後まで面識がなく、美禰子の結婚相手にも偶然出会っただけである。

このように三四郎が東京で出会う主な登場人物たちは、みんな野々宮と密接な関係をもっているので、二章で登場する野々宮は隠れた主人公だと言える構造になっている。この点については、『彼岸過迄』(一九一二)などの後期三部作で、深刻なドラマを生きているのは、一章で登場する男性ではなく、後で登場する男性の方だとなっていることを考えれば、分かりやすいはずだ。

では三四郎と野々宮は、『それから』と『門』の「姦通」というテーマと、どのような関係があるのか。

結論から先にいえば、三四郎は冒頭の一章で姦通を犯す可能性をもつ青年として登場し、野々宮は最後の十三章で将来美禰子と姦通すると示唆されている。この点については『三四郎』のテクストを分析していく時に詳しく説明する。

もう一つ指摘しておきたいのは、『三四郎』『それから』『門』の三作を根底で結びつけているのは、西洋の二つの姦通文学だということだ。

一つは、十二章で美禰子が口にする「われは我が愆《とが》を知る。我が罪は常に我が前にあり」（十二の七）という句で示されている旧約聖書のダビデとバテシバの話である。

実はこの句は旧約聖書の詩篇五十一篇で、ダビデが姦通の罪を神に謝罪し、バテシバとの間に生まれた赤児を死なせないで欲しいと祈った時に作った歌の中にあるが、ダビデが歌を作った背景については、旧約聖書サムエル後書第十一章に次のようにある。

古代イスラエルの初代の王ダビデは、兵士として戦場にいるウリアの美しい妻バテシバが湯浴みをしているのを宮殿の屋上から見て欲情をおこし、宮殿に呼び寄せて姦淫《かんいん》した。しばらくしてバテシバから子を孕《はら》んだという知らせをもらったダビデは、自分の罪が露顕するのを恐れ、ウリアを戦場から呼び戻し、帰宅してバテシバと床をともにするように説得するが、仲間が戦っているときにそんなことはできないと拒まれたので、ウリアを一番の激戦地に送り戦死させる。ダビデの多勢の妻の一人となったバテシバは男児を生むが、すべてを知っている神は予言者を通して、ダビデを罰するために、生まれてきた男児が病気にかかって死ぬように謀《はか》ると告げたので、ダビデは神に謝罪し、子供を殺さないで欲しいと許しを乞うけれども、赤児は死ぬ、とある。

漱石は、野々宮ではない兄のもう一人の友人との結婚が決まった美禰子に、ダビデの神への謝罪の歌の中の一句を呟かせるが、これは美禰子自身の姦通を暗示すると同時に、『それから』での三千代と代助の「姦通罪」に抵触する恋愛の予告ともなっていて、『門』では姦通して結ばれた御米と宗助の赤ん坊が死ぬ話へと続いている。

そして三部作の構成にまで影響を持っているのが、漱石が『三四郎』を書く前に褒めていたドイツの作家ヘルマン・ズーデルマンの *Es War*《エス ワァル》（一八九四）という作品である。**Es War** は「そうだった」（英語では It was）という意味だが、漱石は原文のドイツ語ではなく、ベアトリス・マーシャルが *The Undying Past* という題で一九〇六年に英訳したものを読んでいた。(1) なお日本では、その後、生田長江《ちょうこう》が英訳を参考にした『消えぬ過去』という題で、一九一七（大正六）年に日本語訳を出版した。(2)そこで便宜上、本書では『消えぬ過去』という題を使うことにする。

漱石が三作の中で『消えぬ過去』をどのように用いているかは、それぞれの作品を分析する時に説明するが、ここでは『消えぬ過去』のあらすじについて簡略に紹介しておく。

主人公のレオは、遠縁の女性のフェリシタスが最初の夫ラーデンと結婚していた時に姦通し、それを知ったラーデンに決闘を挑まれて、彼を射殺してしまう。当時のドイツでは決闘で相手を殺しても犯罪ではなかったものの、レオは気持ちを整理するために南米に渡り、四年半の放浪生活のあと帰国する。その間に、フェリシタスはレオの無二の親友ウルリッヒと再婚したので、誰もレオとフェリシタスの姦通を知らないが、レオの妹ヨハンナは、レオをダビデに、フェリシタスをバテシバに喩《たと》え、フェリシタスとの姦通を神に謝罪するようにレオに迫る。レオはそれを無視し、ウルリッヒの妻となったフェリシタスと会い続け、再び姦通しそうになるが、ズーデルマンは過去のことは詳しくは描かず、その過去がレオとフェリシタス、そしてウルリッヒの今をいかに支配しているかに焦点をあてて描いている（なお生田訳はフェリチタス表記だが、本書では漱石が記し、また一般化しているフェリシタス表記とし、ほかの名前も英語読みにした）。

漱石はこの構造にインスピレーションを得たようだ。なぜなら『三四郎』では野々宮と美禰子、そして三四郎とよし子の「消えぬ過去」が形成されていく様子を描き、『それから』では『三四郎』で描いたことが「消えぬ過去」となって代助、三千代、平岡の今に影響している状況を描き、『門』では「姦通した過去」が、どのように宗助と御米の今に影響しているかを描いているからだ。なお『それから』では消去法に基づき野々宮と美禰子、三四郎とよし子の二組の男女の物語をまぜあわせて代助と三千代の「消えぬ過去」として描いている。予告で『それから』には三四郎の過去が反映していると言ったのは嘘ではなく、ただ野々宮については言及しなかっただけである。この点は『それから』の分析の中で説明する。

つけ加えると、漱石は旧約聖書の話や『消えぬ過去』のほかにも、さまざまな西洋の姦通文学の中からアイデアを得たり、批判したりしているので、この点についても、紙面の許す限り見ていく。

(2) 姦通という主題、および「姦通罪」に対する従来の研究の誤解

◉漱石自身の姦通願望の投影だという説

漱石が三部作だとしている以上、『三四郎』『それから』『門』を書いた動機は何か、また三作をつなぐ姦通というテーマはどう描かれているかを、調べてみる必要がある。

従来の研究では、これらの問題はどう論じられているかというと、論議されていたのは、漱石が愛していた既婚の女性は誰か、というモデル探しだった。

一番熱心だったのは江藤淳で、江藤は、漱石が親友だった二人の男性が同じ女性を愛する話や姦通について書いたのは、若くして亡くなった兄嫁の登世《とせ》を愛していたからだと、いろいろなところで主張している。最近では、東京帝国大学教授の美学者で漱石の友人でもあった大塚保治の妻で作家の大塚楠緒子《くすおこ》を愛していたという説が多くの人に支持されている。

そういう研究者の動きに反論したのが、「はじめに」で言及した小説家の大岡昇平だった。私が調

べた限りでは、『三四郎』『それから』『門』は姦通というテーマでつながった三部作だと評しているのも大岡だけで、『小説家夏目漱石』でこう述べている。「漱石は『三四郎』三部作で、姦通とその結果を書き尽した」、「『三四郎』の淡い恋愛、姦通、その結果まで書くという構成が、漱石の頭の中にはじめからあった、その実現が三部作であった、と考えるほうが、〔大塚〕楠緒子との『相聞』の経過によって書かれた個人的な作品と見るよりは、文学という作業の本質に基いた考えかも知れないのです(3)」と。

私は『『三四郎』の世界』で、漱石は兄嫁または大塚楠緒子を愛していたから姦通小説を書いたというように「作家の原体験のみを創作の動機とするのは、作家を矮小化する危険があろう(4)」と指摘し、漱石は「姦通罪」改悪に触発されて三部作を書いたと示唆した。

だが漱石は兄嫁を愛していたと主張した江藤も、大塚楠緒子を愛していたという説を支持する人々も、「姦通罪」の改悪批判という政治的な面は、見えなかったようだ。一方、大岡は前期三部作の主題は姦通だとしながら、先に指摘したように、高橋和巳が『それから』は、「姦通罪」批判だと指摘したのに対しては、「珍説だ」と切り捨ててしまったのである。

◉従来の研究の「姦通罪」に対する誤解

以上のように研究史の大きな問題は、前期三部作の姦通のテーマと、明治四十年に改悪された「姦通罪」との関連が無視されてきたことである。

もっとも『それから』については、高橋が「敢えて姦通罪に抵触する確信行為を、自覚的に描いた漱石の作品も、そういう視点から見直さなければならない」と鋭く切り込んでいるが、「姦通罪」改悪の年を、「姦通罪」が制定された年だと誤解していた。

そして高橋の論文が出た後、『それから』と「姦通罪」の関連に言及した研究がいくつか出ているが、やはりいろいろな誤解が見られる。

たとえば駒《こま》尺《しゃく》喜《き》美《み》は、一九八七年に発表した『漱石という人——吾輩は吾輩である』で、次のように指摘している。

> ここで一つ注目しておきたいのは、明治四十年に姦通罪が制定されていることです。「有夫ノ婦姦通シタルトキハ、二年以下ノ懲役ニ処ス。其相姦シタル者亦同シ」というのですが、男女の仲を国家権力によって制裁したのです。有夫の婦、つまり結婚している女が、夫以外の男と相通じた時にのみ、罰せられるのです。結婚している男は、他の女と通じても、それはいいのです。その女に夫がいないならば、ということです。これは、根本的には、妻は夫の所有物だから、それを盗んではいけないということでした。この法律の存在だけでも、当時の男尊女卑の社会状況がよく現われています。
>
> が、漱石は、この民法の制定されたあとで『それから』を書いているのです。まさにこの「有夫の婦」との恋愛を描いたのです。これは国家権力への挑戦といわなければなりません。自然主義の作家たちなども男女の愛欲を描きましたが、「有夫の婦」との恋愛はあまり書きませんでした。それを思えば、漱石は国家権力に抗して、自己本位に基づくモラルを、はっきり示したのでした。[5]

駒尺は、「姦通罪」の背景には妻を夫の所有物とする「男尊女卑」の社会があることを指摘し、「漱石は国家権力に抗して、自己本位に基づくモラル」を示したと、大変貴重な指摘をしているが、高橋同様、明治四十年の「姦通罪」改悪の年と、「姦通罪」が制定された明治十三年を取り違えている。

また佐古純一郎は『夏目漱石の文学』（一九九〇）で、「姦通罪とは、女性にだけしか適用されませんから、代助は姦通罪には問われませんけど、三千代を姦通罪に追い込むことになります(6)」としている。つまり相手の男性は「姦通罪」には問われないと誤解している。

もちろん「姦通罪」と「姦通罪」が改悪された年を区別し、『それから』について的確な指摘をした著作もある。

その一つが清水忠平《ちゅうへい》『漱石に見る愛のゆくえ』（一九九二）である。清水は漱石が「『それから』を書く前（明治四十年）、姦通罪（刑法）が改悪され、禁固刑だったものが」、「懲役刑となった。これは戦後昭和二十二年の刑法改正まで続き、女性蔑視の思想を貫いていた」と、的確に指摘し、こう続けている。

> 漱石はおそらく姦通罪に不快感を持ったに違いない。新聞小説という性格上あからさまにはいえないが、漱石は代助と三千代の姦通に託して、たとえ姦通について反社会的行為とみるものがあっても、国家権力に抗議したものとみるべきだ。文部省の文学博士号授与を返上した（明治四十四年）ほどの反権力主義者なのだから。(7)

私が『漱石に見る愛のゆくえ』を見つけたのは、出版されてから二十五年後の二〇一七年だった。

ニュージーランドで資料が見つけにくかったからだが、漱石が文部省からの文学博士号授与を拒絶したのは前期三部作を発表した直後だったという指摘は、大変貴重だと思う。

半田淳子は『村上春樹、夏目漱石と出会う——日本のモダン・ポストモダン』（二〇〇七）で私の『それから』論を援用しながら、「代助と三千代の間に、肉体関係はない」が、「他人の妻に恋慕することは、当時の常識からすれば、姦通にひとしい」、「勿論、犯罪行為である」[8]と的確に指摘している。

石田忠彦は『愛を追う漱石』（二〇一一）で、代助と三千代との恋愛は、「旧刑法の『姦通罪』によって罰せられる危うさを抱えている」[9]とした。

論文を調べると、竹盛天雄《てんゆう》は『それから』と「姦通罪」との関連について論じただけでなく、冒頭で代助が読む新聞に出てくる「男が女を斬つてゐる絵」は、「姦通罪が施行されている旧民法下の制度を反映した、報道記事か『続き物』かは別として姦婦を斬る図」[10]だと鋭い指摘をしている。

なお二〇一七年の「漱石生誕百五十年記念」の講演に出席し、その前後に出版された著作物も調べたところ、石原千秋と小森陽一の対談をまとめた『漱石激読』（二〇一七）で、石原は『それから』について次のように発言している。

高橋和巳が間違えて、当時の姦通罪を意識して書いたんだと言ったんだけど、大岡昇平がちゃんと訂正していて、姦通罪はもっと前からあって、懲役が禁固に変わったのであって新たに設けられたわけではない、と（『小説家夏目漱石』）。これは新聞小説ですからね、姦通までいったら……[11]

石原が大岡の高橋批判をそのまま受け入れているのは意外だが、「姦通罪」は明治四十年四月に「重禁錮から懲役刑」に改悪され、懲役刑がそれより軽い禁錮刑になったのではないことなども誤解している。

以上のように『それから』と「姦通罪」との関連に言及した研究はいくつかあるが、「姦通罪」の歴史についての認識が曖昧で、それが前期三部作の評価自体にも影響を与えていると思われる。

そこで前期三部作の分析に入る前に、「姦通罪」の歴史について見ておくことにする。

(3)「姦通罪」の歴史、検閲

私が前期三部作は姦通文学だと言ったとき、日本では「不倫」の方が受け入れやすいという助言を数人の人からもらった。

しかし不倫という言葉は、一九八三年に放送された『金曜日の妻たちへ』というテレビドラマのなかで使われてから流行し始めた言葉で、その前は三島由紀夫の『美徳のよろめき』(一九五七)が人気を博したことから、「よろめき」という言葉が流行っていた。しかも「不倫」は、夫の婚外の恋愛関係にも使われ、最近では夫のいる女性と妻のいる男性の関係を「ダブル不倫」と呼んだりする。

漱石が三部作を書いた時は「姦通罪」があり、「姦通罪」は一九四七年にやっと廃止された。したがって漱石の小説を論じる時はやはり「姦通」という言葉を使うべきだと思うが、では「姦通罪」とは、どんな法律だったのか。

ひと口で言えば、家名や財産をつぐ子供が夫の子供であることを保証するために妻の貞操を管理する法律で、明治十三(一八八〇)年七月十七日に刑法第三五三条として制定され、明治十五(一八八二)年の一月一日から施行されていて、次のような内容のものだった。

有夫ノ婦姦通シタル者ハ六月以上二年以下ノ重禁錮ニ処ス其相姦スル者亦同シ
此條ノ罪ハ本夫ノ告訴ヲ待テ其罪ヲ論ス但本夫先ニ姦通ヲ縦容シタル者ハ告訴ノ效ナシ

実は姦通という言葉こそ使われていないが、日本には人妻の「不義密通」を罰する法律が中世から存在していた。江戸時代の状況については、氏家幹人『不義密通――禁じられた恋の江戸』（一九九六）に詳しい説明があるが、その中で重要だと思うのは、八代将軍吉宗の時代に『公事方御定書《くじかたおさだめがき》』（一七四二）が制定され、現場をおさえなくても、確かな証拠があれば、妻と相手の男性を殺害しても咎めなしとなり、武士の間では本夫が妻と相手を殺害する「妻敵討《めがたきうち》／女敵討」が行なわれていたという箇所だ[12]。

もっとも明治十三年にできた「姦通罪」の原案となったのは、江戸時代からの法律ではなく、ナポレオン法典である。明治政府がフランス人の法学者ギュスターヴ・ボアソナード（一八二五―一九一〇）に、「姦通罪」を含む民法の原案を作成するように依頼したからだ。

ナポレオン法典はナポレオンの意向を受けて一八〇四年に制定され、女性に厳しい法典として知られているが、姦通した女性は三カ月以上二年以下の懲役刑、相手の男性も現行犯または自筆の手紙で特定された場合に同じ刑に処されるとあり、夫が要求すれば、男性の方は、百フランから二千フランの罰金も払わなければならないとなっていた。一方、夫の姦通は犯罪ではなく、妻は夫の姦通を受け入れざるを得なかったが、夫が別の女性を家に引き入れた時に限り、百フランから二千フランの罰金のみ要求できることになっていた[13]。

ところが明治政府の高官たちは、ナポレオン法典をさらに改悪して、夫が妻と妾を同居させても、夫の側には罰則なしとし、告訴できるのも、夫だけとした。ただし刑罰は、フランスの懲役刑より軽い重禁錮とした。

しかし政府は、明治四十（一九〇七）年四月二十四日には、第三五三条の重禁錮を懲役刑に改悪し、刑法第一八三条として、翌明治四十一（一九〇八）年十月一日から施行した。

有夫ノ婦姦通シタルトキハ二年以下ノ懲役ニ處ス其相姦シタル者亦同シ
前項ノ罪ハ本夫ノ告訴ヲ待テ之ヲ論ス但本夫姦通ヲ縱容シタルトキハ告訴ノ效ナシ

漱石が批判しているのはこの刑法第一八三条だが、刑罰が重禁錮から懲役刑になった背景には、恐るべき理由があった。というのは十九世紀末までは、西洋でも姦通した現場を見つけた夫が妻を殺害しても、Crime of Passion、つまり妻を愛していたからこその犯罪として、無罪になることが多く、ナポレオン法典でも妻や相手の男性を殺しても罪とはならないという条文もあったが、一八八四年以後は二人の殺害は有罪となった[14]。そこで日本だけが妻の殺害を公認するのは対外的に問題だというので、犯罪に変えたが、それに対する男性たちの不満を抑えるために、「姦通罪」を懲役刑にしたのだと言われている。

事実、過去の法令をみれば、明治三（一八七〇）年十二月に発布された明治政府の最初の刑法典「新律綱領」の中にある「人命律」では、「其妻妾人ニ姦通スルニ本夫姦所ニテ姦夫姦婦ヲ穫テ即時ニ殺ス者ハ論ズルコト勿レ」とある。実際にも、妻が姦通したという妾の言葉を信じて、娘の目の前で妻を斬り殺した元熊本藩士がいたが、罪には問われなかった。(15) 明治十一（一八七八）年には、酒に酔った黒田清隆が妻に放蕩《ほうとう》を批判されて斬り殺した疑いをもたれたが、黒田は明治二十一（一八八八）年には内閣総理大臣になっている。

強調しておきたいのは、女性たちは「姦通罪」を黙って受け入れていたわけではなく、すでに指摘したように、「日本基督教婦人矯風会矢島楫子他八百九十名」は、「有婦の男の姦通の処分、有婦の男の蓄妾、接妓と姦通する事等」も「姦通罪」に含めることを要求した請願書を、政府に提出している。また男性たちも、立憲政友会の多田作兵衛などが、夫の処罰を「熱心に勧誘し、案外に賛成者も多ければ、或は政友会の党議となるやもしるべからず形勢なり」と報道されている。

しかし政府は明治四十年四月、刑を重禁錮から懲役刑へと重くした。

おそらく漱石も、矯風会の女性たちや政友会の議員などと同様、「姦通罪」の改悪に失望したのではないか。それが前期三部作を書こうという動機になったことは確かだと言える。

なお大岡昇平は、「重禁固より懲役の方が、法概念として重いらしいが、実際は作業に出られるから心理的には楽で、四十年の改正は実質的に刑を緩和したことになります(16)」と言っているが、政府の目的は法的に重い懲役刑に改悪することにあり、大岡の解釈は事実を歪めるものであることを指摘しておきたい。

「しかし実際に姦通罪で罰せられた者はいたのか」

そういう質問もあろうが、罰せられたケースは新聞記事で見つけられるし、文学の世界でも、「姦通罪」で罰せられた者がいた。

詩人の北原白秋は、明治三十五（一九〇二）年に、松下俊子の夫の訴えで、俊子とともに逮捕され、未決監に二週間拘留され、俊子の方は二年間の懲役刑に処されている。二人が知り合うきっかけは、俊子が夫の暴力で生傷が絶えず、同居している夫の妾にも虐《いじ》められていたので、隣家に住んでいた白秋が同情したとある。その時点では姦通はしていないが、白秋が転居した後、夫に離婚を言い渡されて家を追い出された俊子は行きどころがなく、白秋の転居先に訪ねて行き、そこで二人は初めて性的関係を持ったと言われている。ところが夫が訴えたため、二人は逮捕された。「姦通罪」とは、このように夫の横暴を許す法律だった。しかも白秋は釈放された後も、一部の文学者たちに文藝の汚辱者として新聞紙上で攻撃され、死のうと思うほど苦しんだと言われている(17)。

そして姦通罪改悪後の大正十二（一九二三）年には、作家の有島武郎が、ジャーナリストの波多野秋子の夫に「姦通罪」で訴えると脅迫され、秋子と心中している。

また昭和七（一九三二）年には、京都大学教授の瀧川幸辰《ゆきとき》が著書『刑法読本』で、治安維持法を批判するだけでなく、「妻の姦通だけを犯罪にし、夫の姦通を不問に付すのはよろしくない。刑法における男女の不平等は支配者たる男性の被支配者たる女性に対する階級支配の表現である(18)」と「姦通罪」を批判したため、瀧川は大学を追放され、それが発端となって他の教授たちも辞職し、「滝川事件（京大事件）」として有名になった(19)。

しかしなぜ瀧川の『刑法読本』が、危険視されたのか。

それは明治二十三（一八九〇）年に制定された旧民法によって、妻と妾は法的には同等でなくなり、妻の位置は安泰にはなったが、支配者層の男性たちの間では妾を囲ったり、芸者買いをするのが「男の甲斐性」だと考えられていて、一夫一妻多妾《たしょう》があたりまえになっていたからだ。中には松下俊子の夫のように妾を同居させる者もいた。円地文子も明治の高官だった母方の祖父が、妻と妾を同居させたことをモデルに『女坂』（一九五七）を書いている。

こうした時代に瀧川の「姦通罪」は夫にも適用すべきだという男女平等論は、夫の権利を奪うものとして、排斥された。周知のように当時は天皇家も一夫一妻多妾制で、昭憲皇太后には子供がなく、大正天皇は明治天皇の側室の子供だった。そのため瀧川の「姦通罪」は夫にも適用せよという貞操の男女平等論は、天皇に対する冒瀆《ぼうとく》だとも見なされた。

以上のような歴史を持つ「姦通罪」は、マッカーサー司令官の要望で、占領軍の民主化政策の一環として廃止するように日本側に提案があり、一九四七年に国会で廃止が決められたが、その時、廃止推進運動で活躍した一人が、京大を追われた瀧川幸辰だった。

私が前期三部作を論じるのに「姦通」という言葉を使い続けるのも、「有夫ノ婦」の恋愛は、相手の男性も一緒に犯罪行為として刑法で罰するという「姦通罪」があった時代の作品だからだということが、これでわかってもらえたのではないだろうか。

最後に見ておきたいのは、明治十三年に「姦通罪」が制定されてから、内務省が姦通を描いた作品に目を光らせていて、発禁という手段で取り締まっていたという点だ。前期三部作を読む場合には、なぜ発禁にならなかったのか、考える必要があるからだ。
たとえば島崎藤村の「旧主人」（一九〇二）は、「姦通罪」の刑がまだ重禁錮であった明治三十五（一九〇二）年に発禁になっている。この作品は地方都市に嫁いできた女性が、金持ちだが年上の夫の冷淡さに不満を持ち、歯医者と親しくなり、夫の留守に家に招いたところ、夫に見つかってしまう話で、二人は肉体関係を結ぶまでには至っていない。つまり姦通したわけではないが、発禁になったのは、「濡れ場」

的な二人の甘ったるく官能的な会話が危険だと思われたようだ[20]。

大岡昇平は、「漱石が姦通文学を新聞小説として書けたのは、検閲が少し寛大になりつつあったのではないか[21]」と言っているが、これは誤解である。なぜなら政府は明治四十三（一九一〇）年九月に、木下尚江の『良人《りょうじん》の自白』を発禁にしているからだ。

木下は広告で「姦通罪」の不条理性を示すために『良人の自白』を書いたと言っていて、この作品には政略結婚させられた若い弁護士の白井俊三が、夫に疎んじられて別居同然で暮らしていた年上の人妻お登喜と出会い姦通するが、家老の娘だったお登喜は妊娠したと気がつくと短刀で自害し、白井も妻の一族から離縁され、アメリカに行く話が描かれている[22]。

このように姦通を描いた小説が発禁になっているので、漱石は発禁にならないように工夫して描いているのではないかと考えてみる必要がある。特に代助と平岡の妻、三千代との恋愛を描いた『それから』と、野中宗助と安井の妻、御米が姦通して一緒になる話を描いた『門』は、発禁になってもおかしくないからだが、前期三部作を読む場合には、一語一語丁寧に読めば、発禁にならなかった理由がはっきりする。

私はニュージーランドの学生たちには、氷山を例にとって、有名な姦通小説『チャタレー夫人の恋人』（一九二八）を書いたD・H・ロレンスなどは、氷山の全体を細かく描くのに似た叙述法を採用したけれど、漱石は氷山の見える部分だけを描くのに似た叙述法をとり、しかも俳句的な省略法も使っている、そのために丁寧に読む必要があると説明してきた。そして俳句を知らない学生たちには英訳された芭蕉の俳句などをいくつか読ませ、その後、漱石の作品を読ませたところ、理解度はぐっと深まった。

そこで本書でも紙幅《しふく》の許す限り、『三四郎』『それから』『門』を細部まで丁寧に分析していくことにする。

第一部　『三四郎』——姦通劇の開幕

はじめに――『三四郎』の構造、および読みの問題

『三四郎』には、すでに指摘したように、三つの愛の物語が描かれている。一つは三四郎の美禰子への片思い、後の二つは女性の側の兄によって紹介された二組の男女、すなわち野々宮宗八と美禰子、三四郎と野々宮よし子の愛の物語である。

漱石が三つの愛の物語を書いたのは、三部作の第一作ではさまざまな青春があることを示そうとしたのではないかと思われる。

「えっ、そんな馬鹿な、美禰子が愛していたのは三四郎で、野々宮なんかじゃないよ」

そういう反論があるかもしれない。事実、そういう風に読まれてきた時期が長い。そこで私は『「三四郎」の世界』でさまざまな角度から、三四郎が美禰子に愛されていると思うのは「己惚れ」であり、かつまた三四郎は喜劇の主人公であることを詳しく解説した。

しかし今でも少数ながら、美禰子は三四郎を愛していたという解釈がなされている。私自身も六年半ほど前に、ある男性から、美禰子は三四郎を愛していた、だから美禰子は野々宮を愛していたというあなたの読みは間違っているという強い抗議の手紙をもらった。

ではなぜ、美禰子が愛していたのは三四郎なのか、野々宮なのか、わからなくなるのか。

答えは簡単だ。三四郎が「視点人物」なので、彼の意見や感想を丸ごと信じてしまうからだ。

そこで私はニュージーランドの学生たちに、読みの方法を理論的に教えると同時に、こういう質問もした。「内緒話を聞いていると、話している人の言葉を信じやすくはない？」すると「確かにそうだ」という返事が返ってくるので、三四郎の言っていることも内緒話のようなものだ、だから彼の言葉を鵜呑《うの》みにせず、他の情報にも注意して読むようにと指導した。

忘れてならないのは、「前期三部作の前提」のところで説明したように、『それから』と『門』では、愛し合う男女は女性の側の兄によって紹介されたとあり、『三四郎』では、兄によって紹介された男女は、野々宮と美禰子、そして三四郎とよし子である。しかも大学生になったばかりの三四郎は美禰子の兄とは面識がなく、彼女の結婚相手とも偶然会っただけである。こういう設定は、美禰子の恋愛の相手は三四郎ではないと示している。また三四郎は上京後さまざまな人物と出会うが、主な登場人物たちは、三四郎が上京してくる前から、野々宮と親密な交友関係があったと設定されているのである。

では漱石はなぜ、そのような複雑な設定をとったのか。結論から先に言えば、三四郎が美禰子を追いかけるのは本質的には喜劇であり、一方、野々宮と美禰子の関係は『ハムレット』的な要素をもつ悲劇として描かれている。

漱石が『三四郎』を喜劇と悲劇の二重構造を持つ作品にしたのには、理由があった。というのは職業作家となって初めて書いた『虞美人草』（一九〇七）は一部の読者には人気があったが、文学的には失敗作だった。『坑夫』（一九〇八）も読者の反応はまあまあだった。そこで成功した『吾輩は猫である』（一九〇五—〇六）や『坊つちやん』（一九〇六）のように、『三四郎』には喜劇的な話を入れた方が良いと考えたようだ。なぜなら『三四郎』は基本的には『坊つちやん』と似た構造を持っているからだ。『坊つちやん』は、東京の物理学校を卒業して西の四国、松山へ教師として行く青年の話だが、漱石は『三四郎』ではそれを逆にして、西の熊本の高等学校を卒業して、東京の大学に入る青年の話を描いており、三四郎が東京に着いてからの作品の構造も『坊つちやん』と似ている。

『坊つちやん』の構造については、有光隆司が「『坊つちやん』の構造——悲劇の方法について」

（一九八二）という論文で、次のように鋭い指摘をしている。この作品は、坊ちゃんが見たこと、経験したことに焦点があてられてきたが、坊ちゃんが演じる喜劇の背景には、坊ちゃんが赴任していく前から続いていた、古賀という教師と、彼の許嫁であるマドンナこと遠山の令嬢、そしてマドンナを奪おうとする教頭の赤シャツ、（赤シャツと対抗する）山嵐こと堀田の間で『悲劇的』な葛藤がくり広げられており、坊ちゃんがその間にわってはいることで、彼らの間の葛藤の一部が見えるようになる。つまり「『坊つちゃん』とは、喜劇を演じる男の向こう側に、悲劇役者たちの世界が透けてみえる、そのような仕掛けを内包した作品なのだ[1]」と。

『三四郎』でも、やはり三四郎が「その間にわってはいることで」、野々宮と美禰子の悲劇的な恋愛の一部が透けて見えるという二重構造になっている。

ただし『三四郎』には『坊つちゃん』と違う点がある。坊ちゃんはマドンナこと遠山の令嬢には恋愛感情を持っておらず、古賀や赤シャツのライバルにはならないが、三四郎は美禰子に片思いをして美禰子を追いかけ、野々宮と美禰子の恋愛に波乱をおこすように動いているからだ。しかし従来の研究では、三四郎と美禰子の関係にのみ焦点があてられ、野々宮と美禰子の関係は注目されてこなかった。

そこで本書では三四郎と美禰子の関係については簡略に分析し、野々宮と美禰子の関係の方を詳しく見ていき、三四郎とよし子の関係についても分析するが、その前にまず三四郎と姦通というテーマとの関連から見ておきたい。

（1）三四郎が元「海軍の職工」の妻との姦通に失敗する話の政治性

漱石はあたかも内務省の検閲制度を笑うかのように、『三四郎』の冒頭で、上京途上の三四郎が、京都から乗車してきた元「海軍の職工」の妻と姦通しようとして失敗する話を描いている。当時、姦通は他人の妻を「寝取る」とも言われていたが、漱石は、三四郎が元「海軍の職工」の妻と同じ蒲団に寝ようとする挿話を、「寝取る」という言葉を念頭にしながら描いていることがわかる。ただし従来の読みは違っていて、その中で最も影響力の大きかった瀬沼茂樹『夏目漱石』（一九六二）にはこうある。

『三四郎』の冒頭の列車のなかで、三四郎は出征兵士の妻と同衾する事件にであう。これは三四郎の初心で純情な性質を現すとともに、女性の怖ろしさをあらわし、この小説の重要なテエマの暗示である。女性の怖ろしさは女性の本質にある「誘惑者」の所在をしめしている。女性は感性的に、肉体的に「男への欲求」を秘めており、その肉体的構造から車中の人妻のように露骨に出て、相手を「度胸のない方」と戯弄することもできる。(2)

つまり『三四郎』の主題は、「誘惑者」としての「女性の怖ろしさ」を描くことにあり、「女性の怖ろしさ」は「感性的に、肉体的に『男への欲求』を秘めて」いることからきていて、そういう恐ろしさを持つのが元「海軍の職工」の妻や美禰子で、「初心で純情な性質」な三四郎が彼女たちに戯弄される姿が描かれているという主張である。この主張はその後の研究に大きな影響を与え、大岡も三四郎は美禰子に誘惑され、この挿話は、「女性のこわさ」と「女性の性的欲望と自然の挑発(3)」を描いたと言っている。

そこで私は「『三四郎』論の前提」（一九八四）という論文を発表し、女性にだけ性的欲望があり、「男への欲求」を持つという主張は事実に反する女性差別であり、「同衾」事件なるものは、三四郎自身が引き起こしたもので、それは元「海軍の職工」の妻と性的関係をもちたかったからだと指摘した。(4)『三四郎』の世界』でも同じ指摘をしたが、その時点では「姦通願望」と明言する勇気がなく、また明治時代には他人の妻と性的関係を持つことを「寝取る」と言ったことも知らなかった。

この挿話でまず重要なのは、冒頭の次の描写である。

うと〳〵として眼が覚めると女は何時《いつ》の間にか、隣りの爺さんと話を始めてゐる。此爺さんは慥《たし》かに前の前の駅から乗つた田舎者である。〔中略〕

女とは京都からの相乗《あひのり》である。乗つた時から三四郎の眼に着いた。〔中略〕

三四郎は五分に一度位は眼を上げて女の方を見てゐた。（一の一）

「うと〳〵として眼が覚めると女は」とあるのは、この旅が人妻の魅力に目覚める旅だと示唆しているが、三四郎が「女」、つまり元「海軍の職工」の妻に興味をもったのは、九州を離れるうちに、女の肌の色が白くなるので、「故郷を遠退《の》く様な」不安を感じていたところへ、肌の黒い「九州色」の女が乗ってきたので、最初は「異性の味方を得た心持がした」（一の一）からだとある。

面白いのは、『三四郎』の世界』でも指摘したが、初めて東京へ行くのにもかかわらず、三四郎は車外の風景には関心がなく、女性の肌の色ばかり見ていることだ。しかも「女」が故郷で知っていた御光さんより美人だったので、しだいに眼が離せなくなり、爺さんが下車すると、「三四郎は鮎の煮《に》浸《びたし》の頭を啣《くわ》へた儘《まま》女の後姿を見送つてゐた。便所に行つたんだなと思ひながら頻《しき》りに食つてゐる。女はやがて帰つて来た。今度は正面が見えた」（一の二）とある。これは三四郎の旺盛な食欲と性欲を描いた場面で、「鮎の煮浸の頭を啣へた儘」という描写には、三四郎を喜劇化しようとする作者の意図がはっきり出ている。もし喜劇化する意図がなければ、「箸を休めて」とか、「お茶を飲みながら」などと描けたはずだ。

　では漱石は、なぜ人妻に対する三四郎の性の目覚めから描いたのか。それは『文学論』（一九〇七）を見ればわかるように、漱石は「恋」は「両性的本能」であり、「所謂恋なるものは此両性的本能を中心として複雑なる分子を総合して発達したる結果」であり、「所謂恋情なるものより両性的本能即ち肉感を引き去るの難きは明かなりとす」[5]と考えていたので、三四郎が「女」に惹かれているのは、性的な欲望があるからだと告げるためである。

　そして物語は「女」が「一人では気味が悪いから」、「名古屋へ着いたら迷惑でも宿屋へ案内して呉れと云ひだした」（一の二）という風に展開する。そのため「女」には三四郎を誘惑して、一夜のアバンチュールを楽しみたいという欲望があったという読みが広がっている。つまり姦通したいのは、女の方だという読みである。

　しかし漱石は、三四郎はあてにならない観察者なので、三四郎の言動は客観的に読み直すように何度も作中で指示している。そこで与えられた情報を客観的に見ると、夜「九時半に着くべき汽車が四十分程後《おく》れた」（一の三）とあり、「女」は「名古屋はもう直《ぢき》でせうか」とか、「此分では後れますでせうか」（一の二）と心配そうに何度も訊いている。つまり「女」は既婚者であっても、名古屋は初めての土地で、しかも汽車が遅れて、名古屋に着くのは夜の十時過ぎなので、不安に駆られていることが明らかである。忘れてならないのは、今と違って、駅前や町の灯りも華やかではなかった時代の話である。だから「女」が「一人では気味が悪いから宿へ案内してくれ」と頼むのは、性的欲望を抱いているからではない。

もう一つ考慮すべきなのは、「女」は隣席の爺さんに、旅順《りょじゅん》へ行った夫から「此半歳許《このはんとしばかり》前から手紙も金も丸で来なくなつて仕舞つた」ので、「里へ帰つて待《まつ》てゐる積《つもり》だ」（一の一）と言っていることだ。つまりお金がない「女」は、高等学校の古帽子をかぶっている三四郎は、高い宿には泊まらないだろうと考えて、宿屋への案内を頼んだとわかる。

こういう読みには反論もあろうが、見逃せないのは、二人が同じ蒲団に寝るきっかけは、「女」より先に宿屋へ着いた三四郎が「上がり口で二人連《づれ》ではないと断わる筈の所を」（一の三）断らなかったので、同室にされてしまい、下女が宿帳を持ってきた時も、三四郎は「福岡県京都《みやこ》郡真崎村小川三四郎二十三年学生と正直に書いた」が、女が風呂から戻っていないので、「已を得ず同県同郡同村同姓花二十三年と出鱈目《でたらめ》を書いて渡した」とある。つまり「女」を自分の妻として宿帳に登録したわけである。しかも三四郎は宿帳に記載した直後、「頻《しき》りに団扇《うちわ》を使つてゐた」（一の三）とあり、漱石は三四郎にはやましいところがあるぞと、読者に警告している。

そして女の外出中に、「下女が床《とこ》を延べに来る。広い蒲団を一枚しか持つて来ないから」、三四郎は「床は二つ敷かなくては不可《いけ》ないと云ふ」けれども、下女は「頑固に一枚の蒲団を蚊帳《かや》一杯に敷いて出て行つた」（一の四）。それは三四郎が最後まで、自分たちは夫婦ではないと言わなかったからだ。夫婦ではないと告げれば、下女は蒲団を二枚に変えたはずだ。しかも漱石は、「女」は下女が宿帳を持ってきた時も、蒲団を持ってきた時も部屋にいなかったと設定し、同じ蒲団に寝ることになったのは、彼女には責任がないと告げている。

ではなぜ三四郎は、自分たちは夫婦ではないと女中に言わなかったのか。

理由は、翌朝「女」が去った後、「行ける所迄行つて見なかつたから、見当が付かない。思ひ切つてもう少し行つて見ると可《よ》かつた」（一の五）といったことをみれば明らかである。つまり三四郎は元「海軍の職工」の男の妻をひと晩「寝取り」たかったので、同じ蒲団に寝るようにしたのだ。

しかしなぜ漱石は、三四郎の性的欲望を明確に表現しなかったのか。それは先に指摘したように検閲があったからだ。

もっとも三四郎は寝る時になると、おじけてしまい、「失礼ですが、私は疳性《かんしょう》で他人《ひと》の蒲団に寐《ね》るのが嫌だから……少し蚤除《のみよけ》の工夫を遣るから御免なさい」と言って「敷いてある敷布《シート》」を、「女の寐てゐる方へ向けてぐる〳〵捲《ま》き」、「蒲団の真中に白い長い仕切りを拵《こし》らへ」、自分は西洋手拭《タウエル》を二枚縦長に敷き、そのうえで、「細長く寝た」（一の四）とある。この部分だけ見れば、三四郎は瀬沼論のように「初心で純情」な青年だと言えるかもしれない。しかし三四郎は下女が蒲団を一枚もってきた時も、自分たちは夫婦ではないと言わなかった。このような三四郎を、純情だとは言えないはずだ。

一方、「女」の行動には誘惑者の「恐ろしさ」は見当たらない。既婚者なので、一枚しか蒲団がないのを見て三四郎の企みに気がついたけれども、三四郎がシーツを巻いて境界線を作ったので、同じ蒲団に寝たものの、ひと晩中「壁を向いた儘凝《じつ》として動かなかつた」（一の四）とある。つまり隙《すき》をみせないように朝まで緊張して横になっていたわけで、一睡もしていないことがはっきりしている。三四郎を誘惑したいのなら、誘惑できる状況にあるにもかかわらず、だ。

もっとも朝になると、「昨夜《ゆふべ》は蚤は出ませんでしたか」と笑って訊いたとあるが、これは一夜が無事に過ぎたので、皮肉を言う余裕ができたことを示している。三四郎は「えゝ、難有《ありが》う、御蔭さまで」と「下を向い」(一の四)たまま答えていて、やましい心があったために、「女」の顔を見ることができないとある。

そして駅で別れる時、「女」は「あなたは余《よ》つ程《ぽど》度胸のない方ですね」と「云つて、にやりと笑つた」とあるが、それを聞いた「三四郎はプラット、フォームの上へ弾き出された様な心持がした」(一の四)とあり、「女」が自分の下心に気づいていて、皮肉を言ったことがわかったと告げられている。

「女」が誘惑者と考えられたのは、三四郎が風呂に入っていると、「ちいと流しませうか」(一の三)と言って、帯を解き出したことにあろう。現代人の感覚からすれば、大胆きわまりない行動だからだ。

しかし明治時代にはまだ混浴は珍しくなかった。政府は、西洋人の目に野蛮な習慣だと思われることを恐れて混浴を禁止したが、新聞などにも男女の混浴が止まないことが報道されている。漱石も『草枕』(一九〇六)では、画工が湯に入っていると、那美さんが全裸で湯気の向こうに立っているという場面を描いているし、『行人』(一九一二―一三)でも、一郎とHさんが、男女混浴(三十五)を目にする場面がある。

したがって「女」が「ちいと流しませうか」と言ったのは、三四郎がどういう人物か試したとも読めるわけだが、漱石は「女」に誘惑する気がなかったことを、同じ蒲団に寝ることになったとき、ひと晩中「壁を向いた儘凝つとして動かなかつた」ことで示している。

興味深いのは、漱石が、「女」が同じ風呂に入ろうとしたという設定を、ダビデの話を喜劇化して描いていることだ。ダビデはウリアが戦場に駆り出されて留守の間に、バテシバが湯浴みをしているのを見て欲情し、宮殿に呼び寄せて姦淫を犯したとあるが、三四郎も「女」が同じ風呂に入ろうとしたことで、「両性的本能」を刺激され、宿帳に「女」を妻として登録し、一つの蒲団に寝るように謀るとある。なおウリアは兵士で戦場にいるが、漱石は「女」の夫を元「海軍の職工」とし、大連《だいれん》に出稼ぎに行っているとした。「女」の夫が海軍の兵士で、日本を離れていると描けば、大日本帝国の軍隊を侮辱したと批判され、発禁になる恐れがあったからだろう。この挿話を喜劇に仕立てたのも、発禁を避けるためだった。

三四郎がシーツを細長くぐるぐる巻いて、「女」との間に仕切りを作って寝るという場面は大変人気があるが、この場面は十一世紀の中頃、トゥルバドゥールと呼ばれた吟遊《ぎんゆう》詩人に歌われて人気を博し、十九世紀以後も人気のあった姦通文学の一つ『トリスタン・イズー物語』から得たアイデアではないかと思われる。姦通して宮廷を追われたトリスタンとイズーは森の中に逃げ込み、狩猟をしながら暮らしていると、イズーの夫のマルク王が森にやってきて、トリスタンがイズーとの間に剣を置いて寝ているのを見て、二人の間には性的関係はないと善意に解釈し、二人を許すという場面があるが、漱石はこの場面にヒントを得ていると言える。(6) 実は大岡も同じ指摘をしている。(7) つまり漱石は、剣を間に置いて寝るという場面を、三四郎がシーツをぐるぐる巻いて境界を作って寝る話に変え、しかも三四郎の喜劇性を強調する行為として描いているのである。

なお『門』でもダビデとバテシバの物語と『トリスタン・イズー物語』からヒントを得て描いている部分があるので、この二作については『門』のところで改めて詳しく説明することにして、ここでは漱石が西洋の二つの姦通の物語からヒントを得て、しかもそれを喜劇化し、三四郎が元「海軍の職工」の妻を寝取ろうとした話を描いていることを確認しておくだけにする。

もう一度、三四郎と「女」の話に戻ると、三四郎は同じ蒲団に寝るようにしたことを一度も謝らず、「女」の名前も訊かなかった。しかも「女」が翌日の別れの際に丁寧にお礼を言ったにもかかわらず、三四郎はぶっきらぼうに「左様《さよ》なら」と言っただけだった（一の四）。だから「女」は「あなたは余つ程度胸のない方ですね」と皮肉を言った。
ところが三四郎は反省などせず、「何所《どこ》の馬の骨だか分らないもの」（一の五）に馬鹿にされたと悔しがり、エリート意識を丸出しにしているが、漱石は、三四郎を次のように喜劇化し、笑いを誘っている。

読んでも解らないベーコンの論文集が出た。（中略）三四郎はベーコンの二十三頁を開いた。他の本でも読めさうにはない。ましてベーコン抔《など》は無論読む気にならない。けれども三四郎は恭《うやうや》しく二十三頁を開いて、万遍なく頁《ページ》全体を見廻してゐた。三四郎は二十三頁の前で一応昨夜の御浚《おさらひ》をする気である。（一の五）

ここは三四郎の内面の客観的な報告という形をとってはいるが、途中で別な価値を持つ「恭しく」という言葉が混じっている。実は前に言及したバフチンは、このように一つの文章の中に二つの異なる価値をもつ文体が混じっているものを「混成的構文」と呼び、第二の言葉遣いには、「皮肉な」アクセントが付与されていて、パロディ化（戯画化）という現象が起き、笑いが生まれると言っている。[8] たしかに三四郎が「読んでも解らない」ベーコンの論集の二十三頁を開いて、「恭しく」頁全体を見回している姿は滑稽で、笑いたくなる。

三四郎はその後、東京で大学に入るということなど「別の世界の事」を思い出し、そこでも「未来をだらしなく考へて、大いに元気を回復して見ると、べつに二十三頁の中に顔を埋めてゐる必要がなくなつた」（一の五）とあり、漱石は「だらしなく」という皮肉たっぷりな言葉を入れることで、三四郎をパロディ化している。

バフチンは、このような「混成的構文」によるパロディ化で笑いをとるのは英国の小説に多く、特にフィールディングやスモーレット、ディケンズ、サッカレーなどがその技法に優れていたと指摘している。[9] 英文学者の漱石はこれらの作家の作品を読んでいたので、彼らの作品から「混成的構文」を学んだのだろう。私がロンドンで初めて『三四郎』を読んだとき、英国的なユーモアがあると感心したのも、「混成的構文」があったからだった。

そして漱石は、三四郎が名古屋から東京へ向かう車中で広田に出会う話もユーモアたっぷりに描いていて、広田に、こう言わせている。

「どうも好《すき》なものには自然と手が出るものでね。仕方がない。豚抔《など》は手が出ない代りに鼻が出る。豚をね、縛つて動けない様にして置いて、其《その》鼻の先へ、御馳走を並べて置くと、動けないものだから、鼻の先が段〻延びて来るさうだ。御馳走に届く迄は延びるさうです。どうも一念程恐ろしいものはない」と云つて、にやにや笑つてゐる。〔中略〕

「まあ御互に豚でなくつて仕合せだ。さう欲しいもの、方へ無暗《むやみ》に鼻が延びて行つたら、今頃は汽車にも乗れない位長くなつて困るに違《ちがひ》ない」〔中略〕

今度は三四郎も笑ふ気が起らなかつた。〔中略〕何だか昨夕《ゆふべ》の女の事を考へ出して、妙に不愉快になつたから、謹《つゝ》しんで黙つて仕舞つた。（一の七）

広田の話は豚の鼻が御馳走に向かって延びる話だが、三四郎はその話を聞くと、車中で会った元「海軍の職工」の妻が気に入って、手を出そうとして失敗したことを思い出して、不愉快になったとある。つまり自分も豚のようだったと気がついたわけである。

これが人妻を「寝取ろう」として失敗した話の、喜劇的なオチとなっている。

もう一つ見逃してならないのは、名古屋では元「海軍の職工」の妻を寝取ろうとして失敗した後にもかかわらず、三四郎は浜松駅では夫とプラットフォームを歩いていた西洋人の女性にも魅了され、「一生懸命に見惚《みと》れてゐた」（一の八）とあることだ。つまり漱石は冒頭で三四郎が二度も人妻に惹かれたとし、三四郎は人妻が好きだということを強調しているのだ。

以上をまとめれば、次のように言える。漱石は、三四郎が元「海軍の職工」の妻を「寝取ろう」として失敗したり、西洋人の人妻に惹かれたりする話を描くことで、三四郎を人妻に対する姦通願望をもった青年として登場させている、と。

そして三四郎にシーツをぐるぐる巻いて蒲団に境界を作らせたり、「読んでもわからない」ベーコンの論集を「恭しく」眺めさせたり、広田に豚の話をさせたりしてユーモアたっぷりに描いたのは、読者を楽しませると同時に、発禁になることを避けるためだったと考えられる。

しかもこの挿話を、改悪された「姦通罪」が効力をもつ一カ月前の明治四十一（一九〇八）年九月一日から新聞に掲載し始めている。これは「姦通罪」を改悪した国家権力や検閲制度に対する挑戦であり、批判である。

もう一つ注目すべきは、元「海軍の職工」だった男の妻が、日露戦争中に夫は旅順に行き、戦後は大連に出稼ぎに行ったと嘆くと、隣に座った爺さんに次のように言わせていることだ。


自分の子も戦争中兵隊にとられて、とう〳〵彼地《あっち》で死んで仕舞つた。一体戦争は何の為にするものだか解らない。後で景気でも好くなればだが、大事な子は殺される、物価《しょしき》は高くなる。こんな馬鹿気たものはない。世の好《い》い時分に出稼ぎなど、云ふものはなかつた。みんな戦争の御蔭だ。（一の一）

日露戦争（一九〇四―〇五）が終わって三年しか経っていないのに、戦争した国家の指導者たちを批判するのは、検閲に引っかかる可能性の大きい大胆な行為である。しかし漱石は、前の前の駅で「発車間際に頓狂《とんきょう》な声を出して、駆け込んで来て、いきなり肌を脱いだと思つたら脊中《せなか》に御灸《おきゅう》の痕が一杯あつた」「田舎者」（一の一）の爺さんに批判させることで、ユーモアというオブラートで包み込んでいて、検閲しにくくしている。それでも「戦争は何の為にするものだか解らない」、「大事な子は殺される」云々という批判の声は、読者の記憶に残るはずだ。「女」にしか興味のない三四郎は、爺さんの話を聞き流しているとあるが。

漱石はこのように、『三四郎』の冒頭で、「姦通罪」を改悪した国家権力を笑いとばすような三四郎の姦通失敗譚《たん》を描き、同時に戦争によって国民を苦しめる指導者たちも痛烈に批判しているのである。

なお三部作のテーマという点から見れば、漱石は『三四郎』の冒頭で、三部作のテーマは姦通であり、三四郎は将来姦通者になるぞと、ユーモアたっぷりに告げている。そしてユーモアは、作品を面白くすると同時に、内務省の検閲の目を逃れるための手段でもあった。

(2) 三四郎、二人の人妻に似た美禰子を追う

東京に着くと、三四郎は里見美禰子を追いかける。

そこで従来の研究では、美禰子は三四郎を愛したり、誘惑したりしたという読みが主流となり、そのために『三四郎』と『それから』とのテーマ的な関連が見えなくなったわけである。

ではなぜ三四郎は、美禰子を追うのか。『「三四郎」の世界』でも詳しく説明したが、作品には二つの理由が描かれている。

一つは、美禰子が元「海軍の職工」の妻と、浜松駅で見惚れた西洋人の人妻の良いところを合わせもった魅力的な女性だからであり、もう一つは、三四郎は自分の欲望を美禰子に投影し、美禰子の方が自分を求めていると思い込むことだ。

まず三四郎が元「海軍の職工」の妻に惹かれた理由を見ると、「色が黒く」「九州色」だったからだとあるが、三四郎は美禰子についても、「池の縁《ふち》で逢つた女の、顔の色ばかり考へてゐた。――其色は薄く餅を焦がした様な狐色であつた。さうして肌理《きめ》が非常に細かであつた。三四郎は、女の色は、どうしてもあれでなくつては駄目だと断定した」(二の六)とある。つまり美禰子も小麦色に近い肌の持ち主で、しかも二十三歳とあり、元「海軍の職工」の妻と同じような年齢である。

また浜松駅にいた西洋人の人妻については、「かう云ふ派手な奇麗な西洋人は珍しい許《ばか》りではない。頗《すこぶ》る上等に見える。三四郎は一生懸命に見惚《と》れてゐた」(一の八)とある。もちろん美禰子は日本人

だが、その顔立ちは、原口が「普通の日本の女の顔は歌麿式や何かばかりで、西洋の画布《カンバス》には移《うつり》が悪くて不可《いけ》ないが、あの女〔美禰子〕や野々宮さんは可《い》い。両方共画《ゑ》になる」（七の四）というので、西洋人のように目鼻立ちがはっきりしているとわかる。しかも西洋人の人妻のような外見の華やかさも持っていて、三四郎が池の端で見たとき、美禰子は「華やかな色の中に、白い薄《すすき》を染抜いた帯」をしめ、「頭にも真白な薔薇《ばら》」を飾っており、それが「黒い髪の中で際立つて光つてゐた」（二の四）。薔薇はもちろん西洋の花で、彫りの深い美しい顔立ちの美禰子の姿は、「派手な奇麗な」そして「頗る上等」な西洋女性を彷彿《ほうふつ》とさせたはずだ。もちろん西洋の女性はドレス姿で、美禰子は着物だが、三四郎が九州では見たことのない洋風のモダンな装いをしていると設定されている。実はこの池の端での出会いは、後で説明するように、美禰子が日本版オフィーリアであることを示す場面でもある。

　そして美禰子は広田の引っ越しの日には、当時は珍しかったサンドウィッチを持ってきたし、雲を見ても「駝鳥《だちょう》の襟巻《ボーア》に似てゐるでせう」（四の十二）と形容し、「Pity's《ピチーズ》 akin《アキン》 to《ツー》 love《ラッヴ》」を「美くしい奇麗な発音」（四の十六）で口にし、ヴァイオリンも弾いた。

　また八章で美禰子の家を訪問すると、大変立派な家で、三四郎が通された部屋は、当時は珍しかった「重い窓掛の懸《かか》つてゐる西洋室」で暖炉もあり、暖炉の上には「蝋燭立」があり、「妙に西洋の臭ひが」して、「加徒力《カソリック》の連想がある」（八の五）部屋である。その上、里見家にはお抱えの車夫もいるし、美禰子は自分の銀行口座も持っている。そういう美禰子の西洋的で裕福な暮らしぶりも、「頗る上等な」西洋人の人妻に憧れている三四郎には、魅力的だったことがわかる。

　三四郎はこのように二人の人妻の良い所をあわせもった美禰子にひと目惚れし、「好きなものに鼻を延ばす豚」のように追いかける。

（3）自分の欲望を投影（Projection）する三四郎

また漱石は、三四郎が美禰子を追うのは、自分の欲望を美禰子に投影して、美禰子の方が自分を求めていると思い込んでしまうからだと明らかにしている。

実は漱石は投影、すなわちprojectionという心理現象に早くから興味を持っていた。『文学論』の第四編、第一章でも、「Projection」という英語に、今と異なる「投出」という訳語を用いて、文学作品にそれがどう描かれているかについて詳しく解説していて、「吾人は動《やや》ともすれば自己の情緒を移して他を理会せんとする傾きあり[10]」と記している。また英文のノート「Ⅳ-7」にもProjectionの説明があり、「解釈ニヨリテ感情ハ勿論異ナルベシ．皆自己ヲprojectスルニ過ギズ[11]」とある。さらに村岡勇編集の『漱石資料――文学論ノート』（一九七六）にも「Projection」という項があり、そこでは、ある男女を描いた一枚の絵の解釈が人によってさまざまであることを例にあげ、絵の解釈が異なるのは、見るものが自分の欲望を絵の上に「projectスルニ過ギ[12]」ないからだと記されている。

しかも「Projection」についての漱石の関心は学問的レベルにとどまらず、創作にも活用している。『吾輩は猫である』では、「Projection」という言葉こそ用いていないが、「行水の女に惚れる烏かな」という俳句について、寒月《かんげつ》に次のように発言させている。

> 是は心理的に説明するとよく分ります。実を云ふと惚れるとか惚れないとか云ふのは俳人其人に存する感情で烏とは没交渉の沙汰であります。然《しか》る所あの烏は惚れてるなと感じるのは、つまり烏がどうのかうのと云ふ訳ぢやない、必竟《ひっきょう》自分が惚れて居るんでさあ。（六）

このように漱石は「Projection」という心理現象に興味があったので、『三四郎』でも、野々宮の研究室を出た後、池の端で、孤独感を覚えていた三四郎が「汽車で乗り合はした女の事を思ひ出し」「赤くなつた」（二の三）後、「不図《ふと》眼を上げると、左手の岡の上に女が二人立つて」（二の四）いるとし、三四郎が性的な欲望を覚えたとたん、美禰子が現われると設定している。これは美禰子には三四郎を欲する理由はないが、三四郎は自分の欲望を美禰子に投影して、自分に関心があると己惚れするぞという読者への警告だと読むべきだ。しかも漱石は「女が二人立つて」いるとし、女なら誰でもよかったと告げている。ところが近くへ来ると、美禰子の方が看護婦より若くて、元「海軍の職工」の妻のような小麦色の肌で、しかも西洋人の人妻のように「華やか」だったので、美禰子に惹かれたわけだ。

そしてこう続いている。

「さう。実は生《な》つてゐないの」と云ひながら、仰向いた顔を元へ戻す、其拍子に三四郎を一目見た。三四郎は慥《たしか》に女の黒眼の動く刹那を意識した。其時色彩の感じは悉《ことごと》く消えて、何とも云へぬ或物に出逢つた。其或物は汽車の女に「あなたは度胸のない方ですね」と云はれた時の感じと何《ど》所《こ》か似通つてゐる。三四郎は恐ろしくなつた。（二の四）

美禰子の方は「仰向いた顔を元へ戻す」時、偶然三四郎と目が合っただけだとわかるが、三四郎は案の定、美禰子は自分を欲していると思いこみ、「非常に嬉し」くなると同時に怖くもなり、「矛盾」した気持ち（二の四）になったとある。三四郎がこのように女（美禰子）は自分を求めていると思ってしまうのは、故郷で知っていた御光さんが、自分を追っかけたので、自分は女性に魅力があるとうぬぼれていたからだと推測できる描き方である。

二度目に会ったのは初秋の病院で、美禰子は野々宮が真夏に「西洋小間物屋」で買った「蝉の羽根」（二の六）のようなリボンを髪に結んでよし子を見舞いに来る。これは美禰子は野々宮兄妹と仲が良いこと、そしておしゃれな美禰子が季節外れのリボンを髪に結んでいるのは、野々宮に夢中であることを示している。ところが三四郎は、よし子の部屋はどこかと訊かれただけで、自分に興味があると有頂天になるわけで、三四郎の喜劇性がはっきりする。

三度目の出会いは広田の引っ越しの日で、美禰子も手伝いにやって来て、「失礼で御座《ござ》いますが……」と会釈すると、三四郎はこう反応する。

> 二、三日前三四郎は美学の教師からグルーズの画を見せてもらつた。其時美学の教師が、此人の画《か》いた女の肖像は悉くヴォラプチユアスな表情に富んでゐると説明した。ヴォラプチユアス！池の女の此時の眼付を形容するには是より外に言葉がない。何か訴へてゐる。艶《えん》なるあるものを訴へてゐる。さうして正《まさ》しく官能に訴へてゐる。けれども官能の骨を透《とお》して髄に徹する訴へ方である。〔中略〕甘いと云はんよりは苦痛である。卑しく媚びるのとは無論違ふ。見られるものの方が是非媚びたくなる程に残酷な眼付である。（四の十）

従来は三四郎の言葉を額面どおりに受け取り、美禰子は三四郎を官能的に求めていると解釈されてきた。しかし「ヴォラプチユアス」（voluptuous官能的）に三四郎を求めているはずの美禰子は、「広田さんの御移転《おこし》になるのは、此方《こちら》で御座いませうか」と、丁寧だがよそよそしい口調で訊いただけだった。そして三四郎に名前を訊かれると、名刺は渡すが、相変わらず無口で、三四郎のいう「官能に訴へてゐる」ところは少しもない。

このように三四郎の目を離れて客観的に読めば、野々宮にもらった「蝉の羽根」のようなリボンを髪に結んで野々宮の妹を見舞いに来た美禰子が野々宮を愛していることは明らかだ。しかも美禰子は「御貰《おもらひ》をしない乞食」（五の九）だと自称するほど誇り高い女性である。そういう美禰子が、病院で出会った時に真新しい角帽をかぶって得意げだった青年が、広田の新しい借家にいるのを見たとたん、「官能に訴へ」るとは考えにくい。

しかも美禰子は原口でさえ「僕で可《よ》ければ貰ふが」（七の五）というほど魅力的な女性で、お金も教養もあり、『坊つちやん』で男性たちの憧れの的だったマドンナこと遠山家の令嬢に似た存在である。ただし坊ちゃんはマドンナに恋はしないが、三四郎は上京途上で惹かれた元「海軍の職工」だった男の妻と西洋人の人妻に美禰子が似ていたので、ひと目惚れしてしまい、美禰子も自分を欲していると思い込んでしまうのだ。

そして広田の引っ越し先に美禰子がやってくると、彼女の目が学んだばかりの十八世紀フランスの風俗画家ジャン＝バティスト・グルーズの絵の女性の目に似ていたので、再び自分の欲望を美禰子に「投影」し、「ヴォラプチユアス」に、つまり官能的に自分を求めていると思い込むが、漱石はすでに一章で、広田を通して、三四郎は好きなものに鼻をのばす「豚」のように好きな女性なら勝手に追いかけるぞ、と予告している。

しかも漱石は「ヴォラプチユアス云々」の叙述の後で、三四郎を喜劇的な「黒ん坊（原文ママ、以下同）(13)の王族」オルノーコに模して、美禰子への恋は片思いにすぎないと明らかにしている。

（4）喜劇の「黒ん坊の王族」オルノーコ三四郎の片思い

漱石作品の特徴のひとつは、登場人物が外国文学の主人公に喩えられていることだ。『虞美人草』では、藤尾をシェイクスピア劇の主人公であるエジプトの誇り高き女王クレオパトラに模し、クレオパトラのように自死させたが、『三四郎』の世界』で指摘したように、第四章では、広田が十七世紀に英国で女性として最初に職業作家になったアフラ・ベーンの『オルノーコ』（一六八八）の梗概を話すという形で、三四郎をオルノーコに喩えている。

先生に其梗概を聞いて見ると、オルノーコと云ふ黒ん坊の王族が英国の船長に瞞《だま》されて、奴隷に売られて、非常に難義をする事が書いてあるのださうだ。しかも是は作家の実見譚だとして後世に信ぜられてゐたといふ話である。

「面白いな。里見さん、どうです、一つオルノーコでも書いちやあ」と与次郎は又美禰子の方へ向つた。

「書いても可《よ》ござんすけれども、私にはそんな実見譚がないんですもの」

「黒ん坊の主人公が必要なら、その小川君でも可《い》いぢやありませんか。九州の男で色が黒いから」

（四の十五）

ベーンの小説のオルノーコは北アフリカの一王国の王子で、英国人の船長の奸計《かんけい》で奴隷にされたために悲劇的な人生を歩むことになるが、西洋の王族にも劣らない教養を身につけた気高く容姿端麗な英雄として描かれている。原題も *Oroonoko: or, The Royal Slave* で「奴隷にされた王族」とあり、オルノーコは十八世紀中葉から十九世紀初めに西洋文学でしばしば描かれた「Noble Savages」(高貴な野蛮人)の先駆だと言われている。(14) ところが漱石は、オルノーコを英国の船長に簡単に騙される喜劇的な「黒ん坊の王族」に変え、三四郎を喜劇化して描いている。

そして広田に「あの小説が出てから、サヾーンといふ人が其話を脚本に仕組んだのが別にある」と、男性の脚本家トーマス・サザーンの作品に話を変えて、「その脚本のなかに有名な句がある。Pity's akin to love といふ句だが……」(四の十五)と言わせる。そして皆から「Pity's akin to love」の「翻訳権」を与えられた与次郎は、「可哀想だた惚れたつて事よ」(四の十五)と滑稽な句に訳すわけである。

けれどもサザーンの脚本『オルノーコ　悲劇』(一六九六)では、英国人船長の悪巧みで奴隷にされ、愛する妻からも引き離されて失意の底にあるオルノーコは、売られた先の農園の支配人である英国人ブランフォードに「I pity you」(あなたの境遇を憐れむ)と同情されると、こう答えるとある。

OROONOKO: Do pity me.
　Pity is akin to love, and every thought
　Of that soft kind is welcome to my sole.
I would be pities here.(15)

オルノーコ：どうか憐れんでください
　憐憫の情は愛に近い、それ故いかなる憐憫の
　情も、私の魂を慰さめてくれるのです。
　私はここで〔あなたの〕憐れみを受けて生きていこう。

オルノーコの台詞《せりふ》はシェイクスピアのオセロのように格調高いことで有名で、喜劇的な要素はまったくなく、「Pity is 云々」は、「憐憫の情は愛に近い」と訳した方が適切であり、サザーンは男性同士の心の交流を描いている。しかし漱石はわざと異訳して、男女の恋愛を示す「可哀想だた惚れたつて

事よ」と喜劇的な句に変えている。

このように漱石がベーンとトーマス・サザーンのオルノーコの悲劇的な話を喜劇化したのは、日本の読者は二人の作品を読んだことがないと確信していたからだ。

では「オルノーコ」挿話の寓意は何か。次の三点である。

一 三四郎は、日本版の喜劇「黒ん坊の王族オルノーコ」の主人公オルノーコを演じる。

二 この喜劇の脚本を書いたのは、人を滑稽に描く「ポンチ」絵が得意な与次郎である（与次郎は、四二郎でもあり、三四郎と一対になる名前で、二人は漫才のコンビのように笑いをふりまく存在でもある）。

三 劇の主題は二つ。一つは「黒ん坊の王族」オルノーコの三四郎が英国人船長に（類した）男性に騙されて難義すること。もう一つは「可哀想だた惚れたつて事よ」という句のように、卑俗で滑稽な片思いをすること。片思いの相手は美禰子である。

もちろん三四郎は「王族」ではないが、田舎出の選民意識が強い尊大な青年で、元「海軍の職工」の妻を「何所《どこ》の馬の骨だか分らないもの」（一の五）と馬鹿にし、初対面の広田や野々宮も服装が粗末なために軽んじているので、「王族」のイメージが湧くように描かれていることがわかる。

なおベーンの小説では、オルノーコは祖父の妻になった恋人イモインダと姦通するという挿話が含まれているので、この点については三四郎とよし子の関係の項で、説明を加えることにする。

(5) 二十世紀のハムレット野々宮と、オフィーリア美禰子の「消えぬ過去」

三四郎を喜劇的な「黒ん坊の王族」オルノーコとした漱石は、兄の友人の野々宮を愛する美禰子を、兄レアティーズの友人ハムレットを愛するオフィーリア（漱石はオフェリヤと表記）に、野々宮をハムレットに模している。

周知のように漱石はオフィーリアもハムレットも好きで、『草枕』では那美さんをオフィーリアに模した。また『虞美人草』では、藤尾の兄の甲野欽吾について、浅井君という登場人物に「ハムレット」（十七）と呼ばせ、藤尾が自殺した後、甲野は日記に、ハムレットの有名な台詞「生か死か。これが問題だ」をもじって、「生か死か。是が悲劇である」（十九）と書くとしている。

そして美禰子がオフィーリアで、野々宮がハムレットであることが最もはっきり描かれているのは、十二章の文芸協会の演芸会で、『ハムレット』が上演されている場面である。

その挿話の始まりは、与次郎に入場券を買わされた三四郎が遅れて演芸会の会場に着き、一人後方の席に座る。つまり三四郎は、「オルノーコ」挿話のように、与次郎の演出で演芸会に行くわけで、それは三四郎が視点人物としてその場に必要だからでもある。一方、野々宮と美禰子は、よし子と一緒に最前列に座を占めていて、しばらくすると原口が仲間に加わる。

劇が始まると、三四郎は、「ハムレットに飽きた時は、美禰子の方を見てゐた。美禰子が人の影に隠れて見えなくなる時は、ハムレツトを見てゐた」（十二の三）とある。つまり三四郎は舞台で演じられている劇と美禰子を交互に見ているのである。そのため美禰子はあたかも劇の中の登場人物であるかのような印象を与えるが、実は漱石はこういう設定を、シェイクスピアの『ハムレット』の中で、登場人物たちが旅役者たちの演じる劇をみる場面（第三幕第二場）を参考にして描いている。

もう少し説明すると、ハムレットは王位を継いだ叔父が、父である王の存命中に、母親である王妃と姦通し、王位と王妃を奪うために父親の王を暗殺したと疑っていた。そこで旅役者の一座を見つけると、彼らに叔父、母妃、父王を主人公とした暗殺劇を宮廷で演じるように依頼し、友人のホレイショーには、離れた場所に座り、王が暗殺される場面で、叔父と母妃の表情がどのように変わるか観察してほしいと頼む。つまり叔父の王と母妃は、劇を観る側であると同時に、役者たちが演じる劇の主人公でもあり、ホレイショーは、旅役者の芝居と同時に、現実の王と王妃を観察するという構図になっている。

ではここで三四郎は、どんな役を演じているのか。離れた席から野々宮や美禰子のグループと劇を同時に見ていることから、ホレイショー的な役だとわかる。そして劇が始まると、三四郎は劇と美禰子を交互に見ているが、舞台で演じられているのは、ハムレットがオフィーリアに向かって、「尼寺へ行け尼寺へ行けと云ふ所」（十二の三）で、そのために美禰子も、オフィーリアのように愛想をつかされているという印象がうまれる。そして次のような叙述が続いている。

ハムレットがオフエリヤに向つて、尼寺へ行け尼寺へ行けと云ふ所へ来た時、三四郎は不図《ふと》広田先生のことを考へ出した。広田先生は云つた。――ハムレットの様なものに結婚が出来るか。――成程本で読むと左《さ》うらしい。けれども、芝居では結婚しても好さそうである。能《よ》く思案して見ると、尼寺へ行けとの云ひ方が悪いのだらう。其証拠には尼寺へ行けと云はれたオフエリヤが些《ちつ》とも気の毒にならない。（十二の三）

原作では「尼寺へ行け」とハムレットに言われたオフィーリアは溺死するので、二人が結婚することはない。しかし三四郎が観ている日本版の芝居では、ハムレットはオフィーリアを拒絶するが、「結婚しても好さそう」で、しかもハムレットの言い方が悪いので、オフィーリアが「些とも気の毒にならない」とある。つまりこの場面には、ハムレットはオフィーリアを拒絶はしているが、将来彼女と結婚する可能性がある、だからオフィーリアは気の毒ではないというメッセージが含まれているのである。

漱石は、先にベーンとサザーン作品のオルノーコの悲劇を喜劇に変え、三四郎を喜劇の主人公とし、美禰子に滑稽味のある片思いをすると明らかにしたが、ここではハムレットはオフィーリアを拒絶したけれども、将来オフィーリアと結婚する可能性があるという風に書き変えているのである。

では日本版オフィーリアが美禰子なら、ハムレットは誰か。

もちろん美禰子と一緒にいる野々宮である。

「えっ、野々宮は王子ではなく、貧乏学者じゃないか」という反論もあるだろうが、すでに指摘したように、主要な登場人物たちは、三四郎が上京してくる前から、野々宮と密接な交友関係があったと設定されている。しかも野々宮は、三四郎が理想とする「三《みっ》の世界」に「自由に出入すべき通路」(四の八)を持っているとある。

新入生となった三四郎は四章で、自分には「三《みっ》の世界」があると言い、その「一つは」、「明治十五年以前の香《か》がする」(四の八)世界、つまり三四郎の故郷の九州の田舎を指しているが、野々宮も三四郎の母の手紙では、「勝田の政さんの従弟」(二の一)で、病気のよし子の看病には国元から母親が来ているし、よし子に初めて会ったとき、三四郎は「遠い故郷《ふるさと》にある母の影が閃《ひらめ》いた」(三の十二)

とあり、野々宮兄妹も九州出身だとわかるようになっている。

「第二の世界」は学問の世界で、三四郎は大学に入ったばかりだが、野々宮は明治政府が西洋諸国から吸収することに力をそそいだ科学の分野で、「光線の圧力」を研究して成果をあげていて、与次郎は「其道の人なら、西洋人でもみんな野々宮君の名を知つてゐる」（三の六）と言っている。

漱石が熊本の第五高等学校で教えていた時の学生で、物理学者となった寺田寅彦によれば、漱石は野々宮の研究課題を決めるために東京帝国大学理科大学の寅彦の研究室を訪ねたが、寅彦に砲弾の研究は機密に触れるので変えてほしいと言われ、「光線の圧力」にしたそうだ。[16]「光線の圧力」も当時の最先端の研究の一つで、漱石がいかに野々宮の造型に力を入れていたかがわかる。

「第三の世界」はどうか。三四郎はこう表現した。「燦《さん》として春の如く盪《うご》いてゐる。電燈がある。銀匙がある。歓声がある。笑語《しょうご》がある。泡立つ三鞭《シャンパン》の盃《さかづき》がある。さうして凡ての上の冠として美くしい女性がある。三四郎はその女性の一人に口を利いた。一人を二遍見た。此世界は三四郎に取つて最も深厚な世界である」（四の八）と。つまり「第三の世界」とは、文明開化の地、東京で成功した人々のいる世界だが、三四郎は「自分は此世界のどこかの主人公であるべき資格を有してゐるらしい」が「自由に出入すべき通路を塞いでゐる」（四の八）と感じているとある。

一方、野々宮は、三四郎と初めて会った日に、瀟洒《しょうしゃ》な「西洋小間物屋」で「蝉の羽根の様なリボン」を買い、そのリボンを美禰子が髪に結んでよし子を見舞いに来るし、三四郎に「本郷で一番旨い」西洋料理を「御馳走」（二の六）しており、文明開化の世界が野々宮の生活圏の一部であることが示されている。また文明開化の産物である大学の運動会でも、学生服姿の三四郎にとっては「フロックコートや何か着た偉さうな男」（六の九）たちは、成功の証に見えたが、「野々宮さんは何時《いつ》になく真黒なフロックを着て、胸に掛員の徽章《きしやう》を付けて、大分人品」がよく、「婦人席が別になつてゐて、普通の人間には近寄れない」（六の九）ため、三四郎は美禰子やよし子を遠くから見るだけなのに、野々宮は「首を婦人席の中へ延ばして」（六の十）、美禰子を自分の方に呼び寄せて言葉を交わし、よし子も二人に合流するとある。これは野々宮が「第三の世界」に「自由に出入すべき通路」をもっていることを具体的に物語る箇所である。

そして八章の洋画の展覧会にも、野々宮は画家の原口とやってくるので、芸術の世界にも「自由に出入すべき通路」を持っていることが明らかだ。九章では、与次郎と原口が広田を大学教授にするために一流の知識人や文化人を集めて開いた「精養軒の会」、つまり「銀匙」「歓声」「泡立つ三鞭の盃」がある場でも、三四郎は与次郎に受付をさせられるが、「原口さんが、野々宮に話しかけ」、「他の人もみんな黙つた」ので、野々宮が「会の中心点」（九の二）になったとあり、あたかも野々宮がこの集まりの主人公であるかのように描かれている。十二章の演芸会でも、野々宮は美禰子とよし子と最前列にいて、原口も加わり、そこが中心で、三四郎は一人後ろの方で見ていた。

このように野々宮は、三四郎が憧れている「第三の世界」を形成するあらゆる場面で主人公のような位置におり、オルノーコの三四郎には「第三の世界」が「近づき難い」のと違い、野々宮が日本版『ハムレット』劇の主人公のハムレットであることが明らかな設定となっている。

ではハムレットの野々宮とオフィーリアの美禰子の間にはどんなドラマ、つまりどんな「消えぬ過去」が描かれているのかという点だが、二人の間のドラマには、漱石の博学ぶりを示す部分が多く、しかも文学的にも優れた描写となっているので、次に詳しく見ていく。

（6）相思相愛の二人

野々宮と美禰子が初めて登場するのは二章だが、二人はここでもハムレットとオフィーリアに似た存在として造型されていて、二人が相思相愛の中であることがわかるように描かれている。

まず三四郎は、母親に手紙で「勝田の政さんの従弟に当る人が」「理科大学」にいるので会いに行けと言われ大学に行くと、野々宮は地下の穴倉にある実験室で、「光線の圧力」（二の一）を調べていた。その後、三四郎が池の端にしゃがんで「汽車の女」のことを考えていると、丘の上に美禰子が看護婦と現われるが、ここで注目すべきは、三四郎は演劇会の時と同じく観客で、目を上げて丘の方を見ると、女性が二人、照明のような夕陽をあびて立っており、背景には「派手な赤煉瓦のゴシック風の建築」があるとなっている。このような構図は、演じられている劇は西洋のもので、さらに「女のすぐ下が池」（二の四）という設定により、川に身を投げて死ぬオフィーリアを想起させる（実際にも本郷の東大構内には大名庭園の名残りの池があり、今では「三四郎池」と呼ばれている）。

ただしシェイクスピアの原作ではオフィーリアが身を投げるのは川で、漱石が愛したジョン・エヴァレット・ミレーの絵でも、オフィーリアは川面に浮かんだ姿で描かれているが、『草枕』では、主人公の画家がオフィーリアのモデルにしたいと思っている那美さんが立つのは「鏡が池」の崖となっていて、美禰子が立っている丘の下にも池がある。このように漱石が川を池に変えたのは、日本の川は流れが早く、ミレーの絵のように静かに川面を漂う趣は出ないと考えたからだろう。

そして二人の女性は一緒に丘をおりて来るが、若い方は「白い花」を手にしていて、髪に「白い薔薇」をさしているとあり、これもオフィーリアをイメージした設定である。なぜならオフィーリアは気が狂ってからは、常に花を手にして登場し、勉学先から急遽宮廷にもどった兄レアティーズは、オフィーリアを見ると、「五月の薔薇、かわいいおとめ、やさしい妹、おお、オフィーリア」とか、「春の薔薇」（第四幕第五場）と呼びかけるからだ。つまり「薔薇」はオフィーリアを象徴する花で、一九一二年には英国で「オフィーリア」という名の薔薇が作られている。

また美禰子が木の名前を訊くと、看護婦は「是は椎《しい》」と「丸で子供に物を教へる様」（二の四）に言ったとあるが、これも気の触れたオフィーリアに、お付きの侍女が話しかけているような印象を与える。

そしてオフィーリアの美禰子が退場した直後に野々宮が登場し、「石橋の向ふに長く立つてゐる」（二の一）とあり、野々宮も劇中の登場人物のような現われ方をする。「長く立つてゐる」とあるのは、三四郎が初めて会った野々宮について、「脊は頗る高い」（二の二）と言っていることを思い出せば納得がいく。

野々宮の容貌については「額の広い眼の大きな」（二の一）顔で、原口は兄に似た妹よし子を「西洋の画布」に描いても「画になる」（七の四）と言っているので、野々宮も眼の大きな絵になる容貌の持ち主で、長身だとなっている。

今の言葉でいえば、野々宮はイケメンである。ただし「黒ん坊の王族」オルノーコの三四郎は、着ているもので人を評価する傲慢さがあるので、「質素な服装《なり》」の野々宮は「電燈会社の技手位の格」（二の三）だと馬鹿にしたが。

そして野々宮は散歩に三四郎を誘うと、美禰子たちとは逆に、池の方から「岡の上」へ登って行き、「さつき女の立つてゐた辺で一寸留《とま》つて」、「ね。好《い》いでせう。君気が付いてゐますか。あの建物は中々旨く出来てゐますよ。工科もよく出来てるが此方が旨いですね」と言う。これは美禰子が野々宮の好きな場所に立っていたことを示す設定であり、しかも野々宮の「隠袋《ぽつけつと》」には「女の手蹟《しゅせき》らしい」封筒（二の五）も入っており、五章になるとそれは美禰子からの手紙だったことが明かされる。

その後、三四郎を連れて「西洋小間物屋」に寄って、「蝉の羽根の様なリボン」（二の五）を買い、美禰子はそのリボンを髪に結んで、野々宮の妹よし子を病院に見舞いに行くわけだが、女性に身につけるものを贈るのは、愛情表現のひとつである。これは三四郎が御光さんに、鮎のお礼に何か買おうかと思うが、御光さんが愛情表現だと誤解するかもしれないと怖れて何も買わなかったことからもわかる。したがって野々宮が美禰子にリボンを買ったのは、彼女を愛しているからであり、美禰子も愛情表現だと受け取ったので、秋口になって季節外れのリボンを髪に飾って、野々宮の妹よし子を見舞いに来たことがはっきりする。

このように二章では野々宮と美禰子が一緒にいる場面はないが、三四郎をともなって散歩に出た野々宮の一連の行動と美禰子の登場の仕方は、二人が愛し合っていることを物語っている。

なお十章で美禰子は、この丘に立って団扇をかざしている姿を、原口に描いてもらっているが、美禰子が立っている丘は野々宮が愛した場所で、美禰子が着ている着物も、野々宮にリボンをもらった日に着ていたものだ。したがってその絵はリボンをくれた野々宮への愛の証として、展覧会の後、野々宮に贈るつもりだったと読める。

以上のように、二章で与えられた情報を見ると、一緒には登場しないにもかかわらず、ハムレットの野々宮とオフィーリアの美禰子が相思相愛の仲であることがわかるように描かれている。そして三章でも、野々宮と美禰子は一緒には登場しないが、何度か述べたように野々宮の妹よし子が入院しているところへ、野々宮が買った「蝉の羽根の様なリボン」を髪に結んで美禰子は見舞いに来たわけで、二人が相思相愛の仲だとわかる設定となっている。

(7) 二人の諍い

四章では、野々宮は遅れて広田の引っ越し先の家にやってくるが、野々宮にお茶をいれてきた美禰子は、野々宮が腰掛けている縁側に一緒に座り込み、「よし子さんは、どうなすつて」と訊く。このように美禰子が自然に野々宮のそばに座るという設定は、広田や与次郎の前でも、二人は仲がよいことを隠してこなかったと告げている。しかも野々宮は、よし子が大久保の借家は「戸山の原を通るのが厭だ」というので困っていると言った後、

「どうです里見さん、あなたの所へでも食客《ゐさうらう》に置いて呉れませんか」と美禰子の顔を見た。

「何時でも置いて上げますわ」

「何方《どつち》です。宗八さんの方をですか、よし子さんの方をですか」と与次郎が口を出した。

「何方《どちら》でも」(四の十七)

二人の会話には、愛し合っている男女に特有な親密さがよく表われており、野々宮が困ればすぐ美禰子に頼るところに甘えも見えるし、美禰子の方も、与次郎がからかうと「何方でも」と答えて野々宮への愛を告白するわけで、実に上手い描き方だ。

こういう場面に注意を払えば、三四郎が美禰子は「ヴォラプチユアス」に自分を欲していると思い込むのは、自分の欲望を美禰子に投影しているだけだとわかるはずだ。

しかも野々宮が、よし子は「何しろ小供だから、僕が始終行けるか、向ふが始終来られる所でないと困るんです」と言うと、与次郎が「それぢや里見さんの所に限る」とからかうが、与次郎がからか

うのは、彼らが愛し合っていることを読者にわからせる機能をもっている。

「まあ、どうかしませう。――身長《なり》ばかり大きくつて馬鹿だから実に弱る。あれで団子坂の菊人形が見たいから、連れて行けなんて云ふんだから」

「連れて行つて御上げなされば可《い》いのに。私だつて見たいわ」

「ぢや一所に行きませうか」

「えゝ是非。小川さんも入らつしやい」

「えゝ行きませう」

「佐々木さんも」

「菊人形は御免だ。菊人形を見る位なら活動写真を見に行きます」（四の十七）

ここで野々宮は、美禰子だけを誘っている。デートの誘いである。ところが美禰子は三四郎も誘い、与次郎も誘う。美禰子が二人を誘ったのは同席している人たちに声をかけないのは、失礼になるからだ。美禰子は厳しく礼儀を教え込まれているが、そうした女性は、礼を失しないために同席している者を誘うのが普通で、漱石はそういう作法があることを日本や英国で見たのだろう(17)。

誘われた方は、断るのが礼儀である。特に恋人たちのデートの約束に割り込むのは野暮なことくらい、常識があればわかる。それで与次郎は上手く断わるが、三四郎は「野蛮な所」からきた「黒ん坊の王族」で、礼儀を知らないから、即座に行くと返事した。忘れてならないのは、三四郎は人妻が好きだということだ。つまり他の男性の妻、または夫的な存在の男性のいる女性が好きなのである。だから野々宮と親密な美禰子は、三四郎には特別に魅力的だと推測できる。しかも美禰子は「ヴォラプチユアス」に自分を求めているると思い込んでいるので、「え丶行きませう」と即座に応じた。

興味深いのは、菊人形見物など、人の多い所へ行くことを嫌う広田も一緒に行くと言い出すとあり、漱石は三四郎が二人について行くことを広田が心配していると告げている。

そして広田の心配はさっそく現実となり、野々宮は美禰子が他の男性たちを誘ったことに怒って、菊人形見物の日も決めずにさっさと帰ってしまう。美禰子は、野々宮が声をかけても返事もせず出て行ったので、怒っていると気がついて慌てて追いかけて行く。

このように漱石は、二人の行動の描写だけで諍《いさか》いが始まったことを示しているが、野々宮が原作のハムレットのように独占欲が強く、嫉妬深いことも明らかにしている。

しかも野々宮は菊人形見物の当日になっても怒っていて、三四郎が広田の家に着くと、美禰子と次のような会話を交わしているとある。

「そんな事をすれば、地面の上へ落ちて死ぬ許りだ」是は男の声である。
「死んでも、其方《その》が可《い》いと思ひます」是は女の答である。
「尤もそんな無謀な人間は、高い所から落ちて死ぬ丈の価値は充分ある」
「残酷な事を仰しやる」（五の四）

二人は「空中飛行器」の話をしていたことが後で判明するが、野々宮は好戦的で、美禰子にケンカを売っているとしか受けとれない語調である。

しかも二人は団子坂へ行く途中も「空中飛行器」をタネに諍い続け、美禰子が「我慢しなければ、死ぬ許ですもの」と言うと、野々宮は美禰子を馬鹿にするように広田の方を向いて、「『女には詩人が多いですね』と笑ひながら云つた」ので、広田は「男子の弊《へい》は却つて純粋の詩人になり切れない所にあるだらう」（五の五）とたしなめた。これは広田が二人の間の仲裁者的な存在であることを示している。広田は弟子の野々宮と亡くなった友人の妹の美禰子が結ばれることを秘かに願っていると表明している。与次郎が「あの女の夫《ハスバンド》に」「野々宮さんならなれる」（九の五）と断言したのも、広田の望みを知っているからだ。

（8）「ストレイ シープ」とは？

従来の研究では、美禰子が三四郎を愛している根拠は、美禰子が三四郎と菊見の会場を抜け出し、自分たちを「ストレイ シープ」と称したからだと言われてきた。しかし次の設定に注目すべきである。野々宮は広田に「男子の弊は却つて純粋の詩人になり切れない所にあるだらう」とたしなめられてからは、美禰子に話しかけもせず、菊人形の展示会場に着いてからも無視し続けるとあることだ。そして次のように続く。

よし子は余念なく眺めてゐる。広田先生と野々宮はしきりに話しを始めた。〔中略〕三四郎は外《ほか》の見物に隔てられて、一間《けん》ばかり離れた。美禰子はもう三四郎より先にゐる。見物は概して町家のものである。教育のありさうなものは極めて少ない。美禰子は其間に立つて、振り返つた。首を延ばして、野々宮のゐる方を見た。野々宮は右の手を竹の手欄《てすり》から出して、菊の根を指しながら、何か熱心に説明してゐる。美禰子は又向《むかふ》をむいた。見物に押されて、さつさと出口の方へ行く。三四郎は群衆《くんじゅ》を押し分けながら、三人を棄て丶、美禰子の後を追つて行つた。(五の六)

従来の研究では、美禰子は三四郎と二人きりになりたくて会場を出たと言われているが、ここで少しニュージーランドの学生たちの反応を紹介したい。

まず私は、美禰子が会場を出て行く場面について、美禰子の視線に注意して読めと指示した。すると学生たちは、「野々宮は美禰子を誘っておきながら、広田にばかり話しかけ、美禰子を無視しているので、美禰子は怒って会場を出て行く」という主旨の解釈をした。

「でも美禰子は三四郎と二人きりになりたくて会場を出たんじゃない?」と訊くと、「冗談でしょう」「三四郎なんて、美禰子の眼中にはないよ」などという返事が返ってきた。

そこで、広田の「どうも好きなものには自然と手が出るものでね。仕方がない。豚等は手が出ない代わりに鼻が出る」という警告を思い出してごらんと言うと、「なるほど、美禰子に惚れた三四郎はチャンス到来だって、喜んで後を追った、好きなものに鼻をのばす豚のようにって。漱石も厳しいよね」と大笑いした。また学生たちは、小川のほとりで休んでいる時に、広田に似た人物が通りすぎると、三四郎が「広田先生や野々宮さんは嘸《さぞ》後で僕等を探したでせう」と「始めて気が付いた様に云つた」(五の九)という場面では、三四郎の空々しさがうまく表現されていると笑った。

次に美禰子が「責任を逃れたがる人」(五の九)と言ったのは誰のことかと訊くと、皆から「もちろん野々宮。美禰子は探しに来なかったことや、結婚を申し込もうとしないことに苛立っているから」という答えが返ってきた。

そこで、美禰子が自分たちを「迷子」(ジェイ・ルービンの英訳本はLost child[18])と言った後、英語で「迷へる子《ストレイシープ》」と言い換えるのはなぜかと訊くと、すぐにはわからないが、美禰子は教会に行っていると指摘すると、聖書の「ストレイ シープ」の話だと気がつく学生が多くなった。新約聖書のマタイ伝十八章とルカ伝十五章では、キリストは九十九匹の羊を残して、迷子になった一匹の羊を探しに行き、見つけたので大いに喜ぶとあるからだ。なお迷える子羊を探し出して腕に抱いたキリストの絵を見たことのある学生もいた。

その後「美禰子が迎えに来てほしいのは、誰だろうか」と質問すると、「もちろん野々宮!」と皆が答えた。「では野々宮はキリストに似ているだろうか」と訊くと、「菊人形見物に美禰子を誘ったのは野々宮だから、羊を野に連れて行くキリスト的かもしれない」と答える学生がけっこういた。そこで漱石が二章で、三四郎は初めて野々宮に会ったとき、「額の広い眼の大きな仏教に縁のある相」で、「脊は頗る高い」「瘠《や》せてゐる」(二の二)と評していることを思い出させる。すると学生たちは、「そうか、背が高くて、痩せていて、目が大きいのは、キリストみたいだよね」と言うが、中には、「仏教に縁のある相っていうのはおかしいよ、仏像って太った顔だろう」と、笑いをとる学生もいた。そこで、三四郎はキリスト教に縁がないという設定なので、漱石は「仏教に縁のある相」だと言わせたのだろうと説明した。

長くなるので学生たちには話さなかったが、漱石は、「ストレイ シープ」の挿話も『消えぬ過去』から思いついたようだ。レオの妹のヨハンナは、少女時代から兄の親友のウルリッヒを愛しており、キリストが迷える子羊を腕に抱いている絵を部屋に飾っていて、痩せているキリストはウルリッヒにそっくりだと、レオに告げるからだ。

つまり漱石は、「キリスト＝ウルリッヒ」という『消えぬ過去』の設定にヒントを得て、野々宮を痩せて聖なる顔とし、教会に行く美禰子には、聖書を踏まえて、自分は野々宮が探しにくるのを待っている「ストレイ シープ」だと言わせ、野々宮を愛していることを三四郎に婉曲に知らせるという設定にしたようだ。

しかも美禰子は次の六章では、小川のほとりに羊が二匹いて、デビルもいる絵を描いた「絵端書」を三四郎に送り、自分たちが一緒にいたのはデビル（悪魔）に見入られたようなもので、間違いだったと告げるが、学生たちに、「美禰子はなぜ一緒にいたのは間違いだったと、きちんと説明しないんだろうか」と訊くと、「三四郎を傷つけたくないから」「はっきり言うのは難しいから、漱石は絵にしたのだろう」などと答えた。「じゃあ三四郎はデビルの意味がわかっていると思う?」と訊くと、「そうか黒ん坊の王族だと、デビルも知らないことになるのか」と学生たちは解釈した。

私はそこで「ストレイ シープ」の挿話は、文明開化の地、東京で育ちキリスト教的な教養を身につけた美禰子と、「野蛮な所」から来た三四郎の文化的背景の相違からくるコミュニケーションギャップを描いた箇所で、漱石は、三四郎が「湯に入つて、好《い》い心持になつて上がつて見ると、机の上に絵端書がある」という設定をとって、風呂上がりで「好い心持」（六の三）だったことも、三四郎が葉書の絵を楽天的に解釈してしまった原因だと説明した。すると学生たちは、「喜劇の主人公を描くのにも、心理描写が緻密なんだ」と感心した。

最後に三四郎はオルノーコで、美禰子はオフィーリアに喩えられていることを思い出させると、学生たちは「三四郎が美禰子に片思いしているって、よくわかる」、「漱石って、頭いい！」などと褒めるものの、「でもちょっと凝りすぎている」という批判も出た。

（9）和解した二人

菊人形見物の後、野々宮と美禰子はどうしたのか。気になるところだが、次の六章の大学の運動会の場面になると、二人が仲直りした姿が描かれている。

もちろん「視点人物」の三四郎がその場にいることが必要なので、ここでも与次郎に勧められて運動会に出掛けるが、競技を見るより美禰子とよし子に会いたいのに男性の席と婦人席は別になっていて、遠くから婦人席を見るだけで満足しなければならない。つまり十二章の文芸会の「ハムレット」の劇を見た時と同じように、オルノーコの三四郎は観客として、ハムレットの野々宮とオフィーリアの美禰子の間のドラマを観る位置に置かれている。

野々宮の方は計測係として決勝点、つまり観衆が一番注目している場所にいる。すでに指摘したように、この場面も三四郎には「自由に出入すべき通路」がない「第三の世界」に、野々宮は「自由に出入すべき通路」があることが示されている。

野々宮さんは何時になく真黒なフロツクを着て、胸に掛員の徽章を付けて、大分人品が宜《い》い。〔中略〕やがて黒板を離れて、芝生の上を横切つて来た。丁度美禰子とよし子の坐つてゐる真前の所へ出た。低い柵の向側から首を婦人席の中へ延ばして、何か云つてゐる。美禰子は立つた。野々宮さんの所迄歩いて行く。柵の向ふと此方《こちら》で話しを始めた様に見える。美禰子は急に振り返つた。嬉しさうな笑《わらひ》に充ちた顔である。三四郎は遠くから一生懸命に二人を見守つてゐた。すると、よし子が立つた。又柵の側へ寄つて行く。二人が三人になつた。（六の十）

野々宮は同僚や学生、それに父兄や来賓《らいひん》も見ているなかで、わざわざ美禰子に声をかけ、美禰子も野々宮の所へ行き、「嬉しさうな笑《わらひ》に充ちた顔」で受け答えをしている。これは二人が周囲のものに自分たちの仲を知られてもかまわないと思っていることを示す設定であり、しかもよし子も合流するので、二人は家族にも認められた許婚《いいなずけ》同士のように見える。

三四郎の方は「二匹の羊」を描いた葉書をもらって以来、美禰子が愛しているのは自分だと思い込んでいるので、野々宮がフロックコートを着て、自分より「人品が良く」見えることに焼きもちを焼くだけで、野々宮と美禰子の行動の意味はわかっていない。

では二人の和解のきっかけは、何だったのか。

具体的には描かれていないが、会場を出た三四郎が美禰子とよし子に出会うと、「よし子は当分美禰子の宅《うち》から学校へ通ふ事に、相談が極《きま》つた」（六の十三）と知らされる。そこで、次のように推測できる。美禰子は菊人形見物の日に三四郎と会場を出る結果になってしまい、野々宮の愛を失うのではないかと恐れて、兄によし子を預かりたいと頼んだところ、恭助の方もよし子を預かれば、野々宮も妹との結婚に踏み切るだろうと思って同意したので、よし子は里見家にやっかいになることになった、と。

この場面でもう一つ重要なのは、野々宮と美禰子は決勝点近く、つまり舞台の中央だといえる場所にいることだ。そして西洋人的な顔立ちで長身の野々宮が「真黒なフロツク」で正装し、その隣にはやはり西洋人的で華やかな美禰子も「盛装」して、「嬉しさうな笑《わらひ》に充ちた顔」で寄りそっていて、よし子も一緒にいるし、彼らの周りには、「着飾つ」た女性たちや「フロツクコートや何か着た偉さうな男が沢山集まつ」（六の九）ているという構図になっていることだ。

当時、東京帝国大学の運動会に皆正装して集まったのかどうかはわからないが、この構図は、ハムレットとオフィーリアの周りに宮廷人が多勢集まった舞踏会や園遊会、またはカーニバルのような華やかな場面を想起させ、競技している学生たちは余興にアクロバットなどをやる芸人のようでもある。そのためこの場面は、仲直りした日本版ハムレットの野々宮とオフィーリアの美禰子のための祝祭のような印象を与える。

その後、会場を離れた美禰子とよし子のところに三四郎が合流すると、美禰子は「宗八さんの様な方は、我々の考ぢや分りませんよ。ずつと高い所に居て、大きな事を考へて居らつしやるんだから」、「学問をする人が煩瑣《うるさ》い俗用を避けて、成るべく単純な生活に我慢するのは、みんな研究の為め已《やむ》を得ないんだから仕方がない。野々宮の様な外国に迄聞える程の仕事をする人が、普通の学生同様な下宿に這入つてゐるのも必竟《ひつきよう》野々宮が偉いからの事で、下宿が汚なければ汚い程尊敬しなくつてはならない」(六の十三)と、野々宮を愛していることがはっきりする発言をした。

(10) 与次郎の悪戯に巻き込まれた美禰子と野々宮

「己惚れ」が強い三四郎も、美禰子が野々宮を褒めたので、野々宮にはかなわないと自信を失いかけるが、与次郎の悪戯に引っかかって、美禰子に愛されているという確信を再び強めていく。

では与次郎の悪戯とは、どのようなものか。

与次郎の悪戯は、実は二つ描かれている。

一つは、広田を大学の教授にしようと謀ることだ。ただしこれは師の広田の偉大さを世間に認めさせたいという善意から出たもくろみで、与次郎は原口を発起人にし、男性の登場人物たち全員を巻き込んで行き、九章の精養軒でのパーティも広田を売り込むために開いたものだった。しかし十一章になってこの計画が失敗したことが明らかになり、留学経験のある人物が教授に就任することが発表になると、いつの間にか三四郎がこの計画の立案者にさせられていて、与次郎が広田を売り込むために書いた「偉大なる暗闇」という論文の作者だと新聞紙上でも非難されることになる。一方、与次郎はすべての責任を逃れ、非難されたのは結局、三四郎と広田だけだとある。広田は「あれは悪戯をしに世の中へ生れて来た男だね」（十一の六）と文句を言うが、こういう設定は、「オルノーコ」挿話でオルノーコの三四郎が（英国人船長に類した）男に騙されて難義すると示唆したことを具体化したもので、難義させたのは与次郎だとわかる。

では二つ目の与次郎の悪戯は何か。

競馬ですった二十円を三四郎に支払わせたことだ。しかも野々宮と美禰子も被害を受ける。広田は引っ越しの時に野々宮から借りた二十円を、野々宮に返すように与次郎に頼むが、与次郎はその金を馬券ですってしまい、三四郎から二十円借りる。これが悪戯なのは、三四郎が美禰子に「惚れている」ことを利用して、与次郎は美禰子のところに二十円借りに行かせるからだ。つまり三四郎は金を貸した側から、借り手にされてしまうのだが、「美禰子は与次郎に金を貸すと云つた。けれども与次郎には渡さないと云つた」、「自分に逢つて手渡しにしたいと云ふ」のは自分に会いたいからだと、「美禰子の為に己惚《おのぼれ》しめられたんだと信じて」（八の四）喜んで美禰子に会いに行く。

美禰子の方は、与次郎から、三四郎が二十円必要なので貸してやってくれと頼まれたので、直接三四郎に手渡すと言っただけだった。だから与次郎の話が嘘だとわかると、美禰子は、なぜ与次郎が競馬ですった金を、あなたが借りるのかと訊く。これは自然な質問だが、三四郎は怒って、「ぢや借りても好《い》い。——然し借りないでも好い。家《うち》へさう云つて遣りさへすれば、一週間位すると来ますから」（八の六）と、「黒ん坊の王族」らしく傲慢な態度をとった。しかし美禰子は怒らずに三四郎を誘って銀行へ行き、三四郎に三十円おろしてきて欲しいと頼んで、そのお金は「預かつて置いて頂戴」（八の八）と、三四郎の自尊心を傷つけることなく巧みに三十円貸した。

その後、三四郎を展覧会に誘うが、銀行の前で別れたら、お金を貸したことがあからさまになり、三四郎が傷つくと思ったからだろう。与次郎は、美禰子は「姉さんじみた事をするのが好きな性質《たち》」（八の二）だと評したが、漱石は与次郎の言葉どおり、美禰子の三四郎への態度も姉のように思い遣りがあるという風に描いている。もちろん三四郎の方は、美禰子に「己惚しめられたんだと信じて」いた。

そして展覧会場では、美禰子と野々宮の間に再び諍いが始まる。野々宮が原口と一緒に展覧会場にやって来て、美禰子が三四郎と来ているのを見て、嫉妬するからだ。

二人のあらそいの発端は、美禰子が「呼ばれた原口よりは、原口より遠くの野々宮を見」て、三四郎の耳元で「何か私語《さゝや》いた」（八の九）ことにあるが、美禰子の視線は、菊人形見物のときと同じく野々宮の上にあった。野々宮を嫉妬させるために、三四郎と親しいふりをしたのだ。

案の定野々宮は怒り、美禰子が挨拶しても返事をせず、三四郎に「妙な連《つれ》と来ましたね」と皮肉を言ったので、美禰子も「似合ふでせう」とやり返す。すると野々宮は何も言わず「くるりと後ろを向い」てしまい、「畳一枚程の大きな」（八の九）肖像画を放心したように眺めたとある。この「一面に黒い」画面に描かれた「瘠せて、頬の肉が落ちてゐる」男の肖像画は、ヴェラスケスの「模写」（八の九）だが、嫉妬で心の中が真っ暗になっている野々宮自身の象徴でもある。これは野々宮が「瘠せて」頬がこけ、「額の広い眼の大きな」「西洋の画布《カンバス》」に描いても「画になる」顔立ちで、嫉妬した状態を象徴する色は「黒」だということから推測できる。

ここで疑問なのは普段は礼儀正しい美禰子が、なぜ三四郎と親しいふりをしたのかだが、一つ前の七章まで戻れば、結婚したい兄に、結婚を急がされていたので、野々宮を嫉妬させれば結婚を申し込むのではないかと思ったからだとわかるようになっている。ただし漱石はそう明記するのではなく、「結婚と云へば、あの女も、もう嫁に行く時期だね。どうだらう、何所か好《い》い口はないだらうか。里見に頼まれてゐるんだが」（七の五）と、原口が広田に訊くという設定を通して暗示している。

なお従来の研究では、三四郎に耳打ちした美禰子だけが非難されてきたが、これは美禰子に厳しすぎる読みだ。なぜなら漱石は、展覧会場での野々宮と美禰子の言動を通して「愛と自我の相剋」というテーマを追求しており、広田の「偽善家と露悪家」（七の四）に関する話も、二人の関係を理解するための伏線だからだ。

（11）偽善家と露悪家を演じる二人

『三四郎』で漱石は自分自身の考えを「西洋人」のような鼻を持ち「神主じみた」（一の五）広田に代弁させている。つまり広田は西洋的な教養と日本的な教養を併せ持つ理想的な人物として造型されているが、「偽善家と露悪家」について、次のように説明している。

「うん、まだある。此《この》二十世紀になつてから妙なのが流行る。利他本位の内容を利己本位で充たすと云ふ六《む》づかしい遣口なんだが〔中略〕人の感触を害する為めに、わざ〳〵偽善をやる。横から見ても縦から見ても、相手には偽善としか思はれない様に仕向けて行く。相手は無論厭《いや》な心持がする。そこで本人の目的は達せられる。〔中略〕極めて神経の鋭敏になつた文明人種が、尤《もっと》も優美に露悪家にならうとすると、これが一番好い方法になる。血を出さなければ人が殺せないといふのは随分野蛮な話だからな君、段々流行らなくなる」（七の四）

三四郎は広田の話を自分と美禰子の関係にあてはめてみて、「測り切れない所が大変ある」（七の四）と思うが、それは野々宮の存在を考慮していないからで、野々宮を加えれば、広田の話は理解できるようになっている。

まず三四郎は、展覧会場で美禰子が自分の耳元で「私語《さゝや》いた」のは、自分との仲を原口と野々宮に知らせる善なる行為だと思うが、美禰子は「表面上の行為言語は飽迄《あくまで》も善に違な」（七の四）くても、野々宮の「感触を害する為めにわざわざ偽善を」やったのであって、実際にも野々宮は傷ついてしまう。

では、感触を害した野々宮はどうしたのか。

美禰子が挨拶しても返事をせず、「妙な連と来ましたね」と、美禰子を馬鹿にした発言をした。しかしうかつな観察者の三四郎は、野々宮は自分に親しく話しかけただけだ、つまり善なる行為だと思う。けれども野々宮の意図は、美禰子に仕返しすることにあり、野々宮も美禰子の「感触を害する為めにわざわざ偽善を」やったわけだ。だから美禰子は「厭な心持が」して、「似合ふでせう」（八の九）とやり返した。

もちろん「己惚れ」屋の三四郎は美禰子の言葉を、自分たちは似合いのカップルだと見せびらかしたと解釈して、気をよくする。しかし美禰子の言葉は、「形式丈は」三四郎に「親切」だけれども、野々宮の「感触を害する」のが目的の偽善だった。だから野々宮はまた「厭な心持」になって、「何とも云は」

ずに「くるりと後ろを向」いて、ヴェラスケスの肖像画を見つめた。三四郎の方は、野々宮が唐突に「くるりと後ろを向いた」ことも肖像画を見るためだと思うが、菊人形見物の挿話が示すように、野々宮は嫉妬すると怒って美禰子を無視するクセがある。だから「くるりと後ろを向」いて肖像画を見るのは、「表面上の行為言語は飽迄も善に違な」いけれども、野々宮の目的は美禰子の「感触を害する」ことにあった。

このように野々宮と美禰子は、「表面上」は「飽迄も善に違な」い「行為言語」を通して、お互いを傷つけ合い、広田の言葉どおり、「血を出さな」いけれども、相手に与える傷の深さは相当なものだった。おまけに間にはさまった三四郎にはわからないように、巧妙に相手を傷つけた。したがって二人は「優美な露悪家」で、「極めて神経の鋭敏になつた文明人種」という形容にふさわしく造型されている。しかも二人が傷つけ合うのは愛し合っているからだが、愛とは、広田が言うように、本来「利他本位の内容」をもつもので、相手に対する思いやりの気持ちを含んでいる。ところが「我意識」にとらわれた二人は、己の我を先に立てて、「利他本位の内容を利己本位で充たすといふ六づかしい遣口」をとり、どちらも深く傷ついてしまう。

漱石はこのように野々宮と美禰子を通して、「我意識が非常に発展し過ぎて仕舞つた」不幸を描いており、野々宮と美禰子がハムレットとオフィーリアに模されていることを考慮するなら、漱石は二十世紀の「ハムレット」劇を、「我意識が非常に発展し過ぎて仕舞つた」（七の三）男女の「愛と自我の相剋」のドラマとして描いていると要約することができる。

そして怒った野々宮は、別れの挨拶もせず展覧会場を出て行ってしまう。

野々宮に拒絶されて絶望した美禰子は、野々宮の気を引くために三四郎を利用したことを後悔し、

「悪くつて？　先刻《さつき》のこと〔中略〕私、何故だか、あゝ為《し》たかつたんでもの。野々宮さんに失礼する積ぢやないんですけれども」「さつきの御金を御遣ひなさい」、「みんな、御遣ひなさい」（八の十）と、三四郎に謝罪した。

最近ではこの発言だけを取り出して、美禰子は三四郎という「男を金で買った」という読みが広がっているが、金の流れをみれば、与次郎は「馬券」ですった二十円を三四郎に払わせるために、美禰子のところへ借りにやらせたわけで、得をしたのは与次郎である。一方、三四郎は借金を肩代わりさせられ、二十円損した。しかも三四郎が「偉大なる暗闇」の作者にされて落ち込んでいるときに母親から手紙がきて、「大工の角三が山で賭博を打つて九十八円取られた」ので、「東京にゐる御前なぞは、本当によく気を付けなくては不可《いけ》ないと云ふ訓戒が付いてゐる」（十一の四）とある。これも三四郎が与次郎に騙されて、二十円の借金を肩代わりさせられることへの警告となっている。

以上のように、三四郎は与次郎の二つの悪戯によって被害を被るが、怒らなかった。それは与次郎のお陰で東京での交友関係が広がったうえ、美禰子のところに借金しに行かせられたので、美禰子の家を訪問したり、展覧会に一緒に行けたからだ。しかも与次郎は何度も三四郎に食事を奢《おご》っているし、寄席にも連れて行ったりしている。二人の間の損得勘定は合っているのだ。

なお三四郎は展覧会場での出来事によって、美禰子に愛されているという思いを一層強くするが、それは会場で兄と妹の絵が並べてあっても、一人の絵だと思ってしまうほどうかつな観察者なので、自分が野々宮と美禰子の諍いのタネになっていることに気がつかず、美禰子の言動はすべて自分への愛情の証だと解釈してしまうからだ。つまりこの八章の出来事も、「オルノーコ」挿話で告げられたように、与次郎の演出で、オルノーコの三四郎がオフィーリアの美禰子に「可哀想だた惚れたつて事よ」という滑稽で俗謡的な片思いをする喜劇の一部なのだ。

(12) 二人の結婚願望

ではその後、野々宮と美禰子はどうなったのか。

傷つけ合いながら別れることのできない二人は、展覧会場での諍いの後、九章になると再び和解しようと試みていることが明らかにされている。

もちろんその場面には「視点人物」の三四郎が必要である。母親から野々宮のところへ三十円を送ったのでもらいに行くようにという指示を受けた三四郎は、野々宮の下宿に向かう途中でよし子と出会い、一緒に行くとなっている。そして、よし子は兄にこう告げた。

「美禰子さんの御言伝《ことづて》があつてよ」、「美禰子さんがね、兄さんに文芸協会の演芸会に連れて行つて頂戴つて」（九の七）。

従来の研究では、よし子に「嬉しいでせう」とからかわれた野々宮が「僕の妹は馬鹿ですね」と取り合わないのは、よし子が冗談を言っているからだと解されてきた。しかし漱石は、「痒い様な顔をした」（九の七）と記して、野々宮は喜んでいると告げている。

「演芸会に連れて行つて頂戴」という美禰子の依頼は、今の読者にはたいしたことではないと思えるかもしれないが、当時は女性の方から誘うのは、はしたないと考えられていた時代だった。しかも美禰子は「御貰《おもらひ》をしない乞食」（五の九）だと自負していた。だから「演芸会に連れて行つて頂戴」というのは、兄に結婚をせまられている美禰子としては、精いっぱいの求愛の言葉だった。

実はこの場面には、もっと重要な情報もある。与次郎は「あの女の夫に」「野々宮さんならなれる」（九の五）と断言したが、ここでは野々宮が実際に美禰子と結婚する準備を始めていたことが明らかにされている。野々宮が、皆にまだ子供だと言っていた妹のよし子を結婚させようとしているからだ。よし子を結婚させようとしていることが、なぜ野々宮が美禰子と結婚したい証拠なのか。

これは漱石が七章で、里見恭助が、自分が結婚する前に妹の美禰子を結婚させようと、原口にまで相手を探してくれと頼んでいることを見ればわかる。ちなみに漱石は『行人』では、小姑《こじゅうと》のお八重が兄、一郎の妻のお直を批判したりして反目している様子を描いているが、『三四郎』では恭助や野々宮が、自分が結婚する前に、小姑となる妹を結婚させてしまおうとしている。

では野々宮は、いつ頃、美禰子と結婚しようと決心したのか。

「視点人物」が三四郎のため明確には描かれていないが、運動会の前後だと考えられる。なぜなら野々宮は運動会の会場で、同僚や学生たちや父兄の前で、美禰子と親密なところをわざわざ披瀝《ひれき》しているからだ。結婚する意志がないなら、美禰子を傷つけないためにも多勢の人の前で懇意なところを見せたりはしなかったはずだ。野々宮に呼ばれた美禰子が嬉しそうな笑顔で言葉を交わし、三四郎に野々宮を褒めるのも、野々宮は自分を愛していて、結婚する意志があると確信したからだ。

野々宮が美禰子との結婚に向けて動き出した直接の原因は何か。

それは五章の菊人形見物の日の出来事にある。三四郎は美禰子が会場を出て行くと、その後を追って行き、二人は小川のほとりで過ごすが、野々宮は美禰子が三四郎を菊人形見物に誘っただけで不機嫌だったので、二人がそろって会場からいなくなると、嫉妬に苦しめられたはずだ。それで美禰子と結婚しようと決め、運動会の会場では同僚や学生やその父兄も見ている前で、美禰子を許婚のように扱ったのだ。

運動会に続く七章では、恭助が原口に美禰子の結婚相手を探してほしいと頼んだとあるわけだが、よし子を預かっても、野々宮が美禰子に結婚を申し込まないので、諦《あきら》めて原口に頼んだと推測できる設定である。野々宮は原口とも親しいので、こうした状況を理解していたはずだ。

そこで野々宮は美禰子と結婚するために、幼いと皆にも言っていたよし子を急遽結婚させようと決心し、大学の友人に、好い結婚の相手はいないか聞いてみたのだろう。するとよし子に断られた後に美禰子と結婚する友人が、自分ではどうかと申し出た。野々宮が最愛の妹を結婚させても良いと思ったのは、信頼できる友人だったからだと推測できるし、国にいる野々宮の両親が相手に会いもせずに、「異存はない」（九の七）と簡単に承諾したのも、よし子の縁談の相手が野々宮の大学時代の友人であり、野々宮自身が持ってきた縁談だから安心していたと読める。

忘れてならないのは、与次郎もよし子は美人だと言っており、原口も「西洋の画布」に描いても映える美人だと言っている。つまりよし子も魅力的な女性なのだ。

ところがよし子は、その話を、「だつて仕方がないぢや、ありませんか。知りもしない人の所へ、行くか行かないかつて、聞いたつて。好《すき》でも嫌《きらひ》でもないんだから、何《なん》にも云ひ様はありやしないわ」（九の八）と、あっさり蹴ってしまう。

それで野々宮の計画は、駄目になってしまった。

もし野々宮が家父長的な人間なら、兄の権威を持ち出して結婚を強いたかもしれないが、よし子が「兄は日本中で一番好《い》い人」（五の三）というほど、野々宮は妹思いだとある。

「でも美禰子とよし子は仲が良いのだから、三人で一緒に暮らしても問題ないのでは？」ニュージーランドの学生たちからこのような質問が出た。

しかし問題は、野々宮には美禰子とよし子の二人を養うだけの収入がないことだ。

野々宮は外国にも知られた優秀な学者だが、「月にたつた五十五円しか、大学から貰つてゐない」（三の九）。そこでよし子との生活を維持するために私学にも教えに行くが、それでもよし子のヴァイオリンを買う余裕はなく、親から二十円送ってもらっている。またよし子が大久保の借家は怖いから厭だと言った時、都心に家を借りるのではなく、里見家によし子を預けて自分は下宿するので、野々宮には経済的に余裕がないことが一層はっきりする。

興味深いのは、漱石は登場人物たちが住んでいる家によって、彼らの経済状態がわかるように描いていることだ。洋行経験のある原口の自宅は「曙町」（十の二）のお屋敷町にあり、画室も「広い部屋」で、絨毯《じゅうたん》や「虎の皮」（十の三）の敷物や鎧《よろい》など高価な物が置いてある。里見兄妹も立派な洋室のある家に住み、下女も車夫もいるし、美禰子は自分の銀行口座ももっていて、三四郎に三十円貸しても返さないで良いというだけのお金もある。一方、広田は四十歳になっても西片町《にしかたまち》にある借家住まいだが、それは本人が定職以外の仕事はしないことや、食客《しょっかく》の与次郎を置いていることとも関係があるが、要は、原口や里見兄妹のように、親から家をもらわなかったからだ。九州出身の野々宮も親譲りの家がなく、家賃の安い大久保に家を借りてよし子と住んでいた。よし子がその家に住むことを嫌うと、よし子を里見家に預けて下宿する。だから野々宮には美禰子と結婚し、よし子も入れて三人で暮らせるような広い家を借りるだけの収入がないことが明白だ。

三四郎は学生だが、田舎にいる母親には資産があるので、美禰子は貧乏学者の野々宮より自分を選ぶと己惚れていて、美禰子からの絵葉書も自分への愛の告白だと思い込み、運動会で美禰子に会うと、フロックコートを着た野々宮を「大分得意の様ぢやありませんか」（六の十二）と馬鹿にした発言をする。

怒った美禰子は、野々宮の「下宿が汚なければ汚い程尊敬しなくつてはならない」（六の十三）と擁護し、野々宮の貧しさなど気にしていないことを表明する。

実は漱石は、貧乏学者と金持ちのお嬢さんの結婚という問題に強い関心を持っていて、『三四郎』執筆の取材で弟子の寺田寅彦の実験室に行ったあと、次のようなメモを残している。

苦学ヲシテ卒業シタ人ガ嫁ヲ貰フ時ニ富豪カラ貰ヒタガルダラウカ。又は同程度ノ家カラ貰ヒタガルダラウカ云々(19)

『坊つちやん』では、教頭ではあるけれどもよそ者の赤シャツが、没落した家の古賀を押しのけて遠山家の令嬢マドンナと結婚しようとしているし、『虞美人草』では、貧乏学者の小野が、資産家の甲野家の令嬢藤尾と結婚しようとするとある。

ただし野々宮が彼らと違うのは、美禰子の財産にたいして野心がないことで、美禰子が野々宮を愛するのも、学位に惹かれているからではなく、人柄を愛しているからだという風に描かれている。問題は、金のないことが、野々宮を消極的な恋人にしてしまっていることだ。これは、展覧会場での野々宮と原口の行動の違いに表われている。

野々宮は美禰子が三四郎と一緒に展覧会に来ているのを見て嫉妬し、美禰子を無視するという消極的な態度をとるが、逆に原口は積極的になり、美禰子に一緒にお茶を飲もうとしつこく誘う。それは原口が楽天的で自信家だからだが、漱石は原口の自信は、経済的な豊かさからもきているという風に描いている。

実は『三四郎』のなかで怖れない人間は、経済的に豊かで西洋に留学した経験もある原口と、自分の銀行口座を持つ美禰子である。したがって漱石は自信のあるなしは、経済力とも関連していると考えていたのだろう。

野々宮がどのくらい美禰子に経済的な引け目を感じていたかは描かれていないが、美禰子自身は野々宮の「下宿が汚なければ汚い程尊敬しなくつてはならない」と断言しているので、野々宮は美禰子と結婚することができたはずだ。

けれども「飛べる丈の装置」がなければ飛べないと断言した野々宮は、経済的条件を整えてからでなければ結婚に踏みきれず、広田はそういう野々宮の性格を知っていたので、「男子の弊は却つて純粋の詩人になり切れない所にあるだらう」（五の五）と忠告したわけだ。

もし野々宮が広田の忠告どおり、情熱に身をまかせることのできる「詩人」になれたら、経済的な問題など気にせずに、美禰子との結婚に踏みきれただろうが、野々宮は詩人にはなれず、結婚しないという「solution」を選ぶ。

つまり漱石は、「苦学ヲシテ卒業シタ人ガ嫁ヲ貰フ時ニ富豪カラ貰ヒタガルダラウカ」というテーマに、ここでは「否」という回答を出したのである。

(13) 野々宮のハムレット的苦悩と使命感

実は漱石は、ハムレットに模した野々宮には経済的問題のほかにも、結婚をためらう理由がいくつかあるという風に描いている。

ハムレットといえば、「生か死か、それが問題だ」という独白で有名だが、ハムレットはロマン主義が盛んになったころから、懐疑的だとか、心優しく優柔不断な男性だという解釈が広がった。またロマン主義の詩人・批評家サミュエル・テイラー・コールリッジ（一七七二―一八三四）の影響で、「悩める知識人」とか、痩身《そうしん》で内向的だという見方も強くなっていた。

漱石はロンドンでコールリッジの研究もしたので、野々宮もロマン主義的なイメージに沿って造型していて、痩せて頬がこけていて、眼も大きく背も高く、日本人離れした外見の持ち主だとし、展覧会の場面では、内向的で、嫉妬すると陰にこもり消極的だと描いている。

そして漱石は、野々宮の性格もハムレットのように優柔不断だとした。これは美禰子にリボンを贈ったり、よし子を里見家に預けたり、運動会の日には、同僚や学生、父兄の見ているところで、あたかも美禰子が許婚であるかのような行動を取るが、なかなか結婚の申し込みをしないところに表われている。美禰子はそういう優柔不断な野々宮について、「責任を逃れたがる人」（五の九）と、三四郎にグチをこぼしている。

さらに漱石は、野々宮もハムレットのように女性不信という問題を抱えていると暗示している。ハムレットは、母が父王の喪が明けないうちに叔父と結婚したために、父の生前に姦通したと思って女性不信に陥り、母に向かって「弱き者よ汝の名は女なり」と言って責めるが、「弱い」というのは貞操を守れないという意味で、ハムレットは母のこともあってオフィーリアの貞操意識も疑っていた。なお、当時は尼寺では売春も行なわれていたので、オフィーリアの身持ちが悪いと疑ったハムレットが彼女に「尼寺へ行け」と言ったという指摘もある。[20]

野々宮の場合は、母親が姦通したとは描かれていないが、十一章で野々宮の師である広田は、三四郎に、自分が結婚できないのは母親の不義で生まれたからだとほのめかした。つまり広田の話は「ハムレット」的に母の姦通という問題を含んでいるが、野々宮は広田の影響を受けて早くから女性や結婚への不信感を抱いていたと示唆されている。そして野々宮が、美禰子に対して不信感をいだくようになる過程は、菊人形見物に三四郎も誘ったことで怒って広田の家を辞したり、当日も美禰子に怒りをぶつけていることを見れば判然とする。

野々宮のもう一つの問題は、美禰子の言動や心の動きを分析せずにはいられないことにあった。

これはよし子が三四郎に、「自分の兄は理学者だものだから、自分を研究して不可《いけ》ない。自分を研究すればする程、自分を可愛がる度は減るのだから、妹に対して不親切になる。けれども、あの位研究好《ずき》の兄が、この位自分を可愛がつて呉れるのだから、それを思ふと、兄は日本中で一番好《い》い人に違いない」（五の三）と言うことからわかるようになっている。つまり妹なら、研究して欠点を見つけても許せるけれども、愛していて、独占したい美禰子の場合は、研究すればするほど不信が募ったのではないか。美禰子が三四郎を菊人形見物に誘っただけで怒るのも美禰子を信じられないからだ。

見逃してならないのは、漱石が野々宮の分析癖を、理学者という職業と関係があるとしていることだ。野々宮が分析しているのは、「光の圧力」だが、『文学論』には、「科学者が事物に対する態度は解剖的なり」、「科学者は決して此人或は馬の全形を見て其儘に満足するものにあらず、必ずや其成分を分解し、其各性質を究めざれば已まず[21]」と記している。そして漱石は、野々宮については「光の圧力」だけでなく、妹なども研究し分析するとした。

もう一つ重要なのは、『三四郎』を書く直前の「明治四十、四十一年頃　断片四六」に、次のように記していることだ。

○Ham. ノ Ophelia ヲ愛スルハ Othello ノ Des. ヲ愛スルガ如クデアラウ。然シ Ham. ノハ他ノ duty ノ為ニ Oph. ヲステルノデアル。其ウチニハ一種云フベカラザル forlorn ナ所ト邪見ノ様ナ底ニ纏綿ナ情ヲ想見スルコトガ出来ル。(22)

事実漱石は、二十世紀のハムレットに模した野々宮にも、原作のハムレット同様、「Duty（責務）」を与えている。科学の進歩に貢献しなければならないという使命感だ。これは二章で、野々宮が会ったばかりの三四郎に「近頃の学問は非常な勢ひで動いてゐるので、少し油断すると、すぐ取残されて仕舞ふ」、「だから夏でも旅行するのが惜しくつてね」（二の五）と言ったり、各章で野々宮が寸暇《すんか》を惜しんで研究に専念している様子を描くことで示されている。

したがってもし研究に専念できなくなれば、野々宮は美禰子との結婚よりも、研究をとる可能性があると推測できる。ただし漱石は、研究に専念する野々宮を全面的に肯定しているのではない。広田が三四郎に読むようにと渡した「ハイドリオタフヒアの末節」（十の二）には、功名心だの後世に名を残すことを第一にして生きることを批判した文章があり、「ハイドリオタフヒア」の文は、野々宮が美禰子との結婚をどうするか悩んでいる時期に挿入されている。したがって「ハイドリオタフヒア」の文は、野々宮は研究で名を残すことを選び、美禰子との結婚を諦めるだろうが、そういう選択をすれば、いずれ後悔するぞという警告を含んでいる。

けれどもシェイクスピアのハムレットが、オフィーリアへの愛を犠牲にして父王の仇《かたき》を討つという「duty」を選んだように、二十世紀のハムレットの野々宮も美禰子への愛を犠牲にして、科学の進歩に貢献するという「duty」を選ぶ。これは科学を重視する二十世紀という時代の特徴をとらえた興味深い設定だが、日本を西洋並みの文明国にすることは、当時の学者に課せられた使命でもあった。漱石自身も政府の命を受け英国に留学したので、野々宮の職業も学者にしたのだろう。

なおハムレットは、父王の仇を討とうと決心するまでは悩み続け、目的を達成するためにオフィーリアを拒絶したことにも苦しんだ。野々宮も「結婚しない」という結論を出すまでには悩んだだろうと推測できる。子供だと言っていたよし子を結婚させようとするほど、美禰子と結婚したかったのだから。しかし三四郎を「視点人物」としているので、野々宮の苦悩は具体的には描かれていない。野々宮が年下の、しかも知り合ったばかりの三四郎に自分の心を打ち明けるのは不自然だからだろう。

その代わりに漱石は、三四郎が聞く戸外を吹き荒れる「ごうと鳴つて来る度に竦《すく》みたくなる」（九の九）風の描写を通して、よし子が結婚したくないと断った時の野々宮の絶望感を象徴的に描いている。そして野々宮がよし子を美禰子の家に送り届ける時間に起きた火事で、三四郎が思い浮かべる「赤い運命の中で狂ひ回る多くの人」（九の九）によって、よし子が結婚を拒絶したので結婚を諦めざるを得なくなった野々宮が、あらためて美禰子への身を焦がすような激しい愛に囚われ、苦しんでいることを明らかにしている。

「赤い運命の中で狂ひ回る」云々という表現は、『それから』の最後で代助が職を探しに灼熱《しゃくねつ》の町中へ飛び出して行くと、「世の中が真赤」になり、「代助の頭を中心として」「焔の息を吹いて回転した」（十七の三）という表現とも共通しており、二作が連作であることも示している。

では野々宮はどのようにして、美禰子に結婚の意志がないことを告げたのか。

漱石はその部分も具体的には描かず、三四郎が文芸協会の演芸会で演じられている「ハムレット」の劇の中で、ハムレットがオフィーリアに「尼寺へ行け」（十二の三）という場面を観るという設定をとおして、象徴的に表現した。そのために野々宮が美禰子を拒絶したことがわからない読者もいるかもしれないが、三四郎の前で、野々宮が美禰子に結婚できないと告げることなどあり得ないと考えたうえでの設定であろう。

(14) 兄のもう一人の友人と結婚する美禰子

野々宮に拒絶された美禰子も絶望したはずだが、「御貰《おもらひ》をしない乞食」で誇り高いので、誰にも自分の苦しみを打ち明けず、兄のもう一人の友人と結婚する。

従来の説の中には、三四郎が美禰子の結婚相手が「立派な人」(十の八)だと言ったので、彼女の結婚自体も「立派」な結婚だったという見方があるが、野々宮を愛している美禰子にとっては、愛のない結婚だった。結婚すると聞いた三四郎が金を返しに行くと、美禰子は「寒いと見えて、肩を窄《すぼ》めて、両手を前で重ねて、出来る丈外《げ》界《かい》との交渉を少なくして」(十二の七)打ちひしがれた様子で、教会を出てくる。漱石はそうした異様な、「此凡てに揚がらざる態度」を描くことで、美禰子が絶望の底にあることを明らかにしている。

また漱石は、美禰子の苦しみを描く代わりに、さまざまな死のイメージを美禰子に重ねていて、二章では溺死するオフィーリアのように、池の上の丘の上に立っているとし、四章では美禰子は広田の持っている画帳にある「マーメイド」の絵を三四郎に「一寸御覧なさい」(四の十三)と見せる。有名なハンス・クリスチャン・アンデルセン(一八〇五—七五)の『人魚姫』の主人公のマーメイドも、愛する王子に拒絶されると、死んで海の泡となるので、マーメイドにも悲恋と死のイメージがある。

このように美禰子に死のイメージが重ねられているのは、野々宮に拒絶されたときに精神的な死に等しい苦しみを体験したという示唆だが、漱石は、二十世紀のオフィーリアの美禰子には、原作のように気が狂ったり、水死させたりはしなかった。次作『それから』につなぐためには、美禰子が生き残って他の男性と結婚することが、ストーリーの展開上必要だったからだ。そのために漱石は、美禰子に生き続けることのできる強靭《きょうじん》な精神と知性を与えている。

原作のオフィーリアは、純情で可憐でハムレットへの愛にのみに生きた女性として描かれており、知性と判断力には欠けていた。オフィーリアの知性の欠如は、当時、女子の教育が軽視されていたことと密接な関連があると言われている。興味深いのは、十九世紀末の英国で急にオフィーリアの愛好者が増えたことだ。その背景にはブラム・ダイクストラの『倒錯の偶像——世紀末幻想としての女性悪』[23]（一九八六）にも詳しく説明されているが、十九世紀になると、高等教育を受けた独立心の強い女性たちが増え、参政権を求める運動も広がり、一八八二年には女性たちの要求を入れて、既婚女性財産法もでき、女性の地位が高くなり、男性たちが女性たちに脅威を感じ始めたという状況があった。

漱石はこのように女性に対する反動的な風潮が広まっていた時期に英国に留学し、ミレーのオフィーリアの絵にも興味を持った。しかし漱石は、女性も教育を受けることが重要だと考えていて、「作家としての女子」［明治四十二（一九〇九）年］という評論でも「教育は男女の別に拘はらず同一の知識を与へる、更らに其れが職業に用ひらるゝ時は男子と異るところ無く生活を営んで行く」「其結果此点に於いて男女のテンペラメント——性質と云はうか——が次第に同化[24]」していくと、ジェンダー論的にも新しい考えを述べている。

それで二十世紀のオフィーリアに模した美禰子を理知的な女性として描き、英語の発音もきれいで、ミッション・スクール系の女学校の卒業生だとしたのだろう。美禰子をクリスチャンにしたのは、キリスト教では自殺が禁じられているからだ。

また漱石は、美禰子に「寒い程淋しい」（五の十）ところにも、一人で座っていられるような精神的な強さも与えている。ただし広田に「イブセンの女は露骨だが、あの女は心《しん》が乱暴だ」（六の四）と言わせている。「心が乱暴」だとは、心の中で「乱暴」なことを考えても実行に移さないことを意味しており、美禰子は西洋的な新しい教育を受けた女性ではあっても調和型で、当時人気のあったイプセン（一八二八―一九〇六）の『ヘッダ・ガブラー』（一八九一）や『虞美人草』の藤尾などのように、自棄になって自殺などしないというヒントだと言える。

実際、美禰子は絶望しても自殺せず、兄のもう一人の友人と結婚した。

美禰子の結婚については、中山和子が「『三四郎』片付けられた結末」（一九八二）で「美禰子のような才気と教養と、めぐまれた経済環境」にいる女性なら、ベーンのように、「職業作家を志」してもよくはないか、「漱石の周囲には大塚楠緒子も野上八重《ママ》子もいたはずである」[25]と批判している。

しかし大塚楠緒子も野上弥生子も、結婚してから作家になっているし、美禰子のモデルは平塚明子、すなわち平塚らいてうだという説もあるが、らいてうも、漱石が『三四郎』を連載する半年前に、漱石の門下生の森田草平と心中未遂事件を起こしたりして、暗中模索の時代にあった。らいてうが「青鞜」を結成し、「元始、女性は太陽であった」という女性解放宣言を行なうのは、『三四郎』が発表された三年後の明治四十四（一九一一）年九月である。

ジェンダーという観点からみれば受け身な美禰子の結婚に疑問があるのは確かだが、忘れてならないのは、漱石には次作『それから』で姦通劇を描くために、美禰子にも三千代と同じように意に染まぬ兄のもう一人の友人と結婚させる必要があったことだ。美禰子が独身のまま職業作家になれば、『それから』は成立しないのだ。

私が漱石を高く評価するのは、可憐なだけで知性に欠けたシェイクスピアのオフィーリア像を崇拝する保守的な英国の男性文化に抗して、美禰子を高い教養と強靭な精神を持つ女性として造型し、二十世紀の新しいオフィーリア像として示したことだ。漱石が知的な美禰子像を描くことができた背景には、日本でも女学校教育を受ける女性が多くなっていたことも忘れてはならないが。

もう一つ指摘したいのは、漱石は広田や原口など、結婚しない男性たちを登場させる一方で、後見人の兄に結婚をせまられる美禰子やよし子を描くことで、男性は結婚に縛られずに生きることができるが、女性にはそういう自由はないという明治の日本の限界を示していることだ。

漱石が女性に厳しい家父長制社会のあり方を描こうと考えたのは、広田が紹介するトーマス・サザーンの戯曲『オルノーコ　悲劇』の影響もあったと思われる。サザーンは、オルノーコの悲劇を描く一方で、結婚しなければ生きていけない女性たちの苦悩を、家父長制批判も交えて喜劇仕立てで描いているからだ。サザーンが女性たちの話を喜劇的描写を交えて描いたのは、ベーンの作品を元にしていることが知られていたので、オルノーコの悲劇自体を喜劇に書き換えることが困難だったからだろう。

一方漱石は、日本の読者がベーンの作品だけでなくサザーンの劇も読んだことがないとわかっていたので、三四郎を喜劇的な人物にするために、オルノーコの悲劇を喜劇に変え、結婚しなければならない美禰子をオフィーリアに喩え、悲劇にするという大胆な変更をしたわけである。

(15) 野々宮の姦通願望、ダビデの話と美禰子

『三四郎』は全十三章で構成されている。

そのうち三四郎を「視点人物」としているのは一章から十二章までで、一章には三四郎の東京への旅が描かれていて、十二章は三四郎が結婚することになった美禰子にお金を返して、「下宿へ帰ったら母からの電報が来てゐた。開けて見ると、何時《いつ》立つとある」（十二の七）とあり、三四郎を視点人物とする物語はそこで終わっている。

では、なぜ十三章を付け加えたのか。

十三というのは奇数で、奇数は始まりを示す数字で、しかもこの章は極端に短く、他の章とは異なり一話だけしかない。そのため十三章は次作の予告だという印象を与える。

描かれているのは、原口が描いた美禰子の肖像画も展示された丹青会《たんせいかい》の展覧会の場面だけで、三四郎の代わりに「局外の語り手」を通して、美禰子が夫婦で二日目に展覧会に来たことが語られ、美しい妻を得て得意そうな夫の姿が描かれている。美禰子の夫とは兄恭助のもう一人の友人で、美禰子は兄の希望でこの男性と結婚したことがはっきりする。

そして原口が自分の絵の人気はモデルが美禰子だからだと告げると、夫は喜ぶが、美禰子自身は肖像画を褒められても冷淡だと思われるほど冷静にふるまい、新婚の妻らしい喜びの言動はまったくない。美禰子にとってこの肖像画は野々宮への愛の記念だったので、辛い思いの詰まった絵だが、「心《しん》が乱暴」な美禰子は表面的には冷静な態度を崩さず、漱石は寡黙な美禰子の姿を描くことで、彼女が幸せでないことを示している。

一方、野々宮は最初の土曜日に広田や与次郎、三四郎と一緒に展覧会に来るが、美禰子の肖像画を見ながら、広田と画の「技巧の評ばかり」している。これは菊人形見物の場面とよく似ていて、野々宮が「技巧の評ばかり」するのは、美禰子に怒っているときである。そして野々宮が「隠袋《かくし》へ手を入れて鉛筆を探し」ているると、「一枚の活版摺の葉書が出て来」るが、それは「美禰子の結婚披露の招待状で」、「野々宮さんは、招待状を引き千切つて床の上に棄てた」とある。

野々宮はフロックコートで正装して披露宴に出席したが、「とうに済んだ」美禰子の披露宴の招待状を平服のポケットに入れて持ち歩いていることは、美禰子のことが忘れられないでいるという証拠である。そして自分がリボンを贈った日に着ていた着物姿の美禰子の肖像画を見ながら、彼女の披露宴の「招待状を引き千切つて床の上に棄て」るという荒々しい行為は、美禰子を結婚させてしまった自分への怒りと、美禰子の結婚を破壊し、彼女を取り戻そうという覚悟を示している。

つまり野々宮は「有夫ノ婦」美禰子を取り戻したいという姦通願望を抱いているのだ。そして十二章の演芸会の場面に戻れば、すでに指摘したように日本版ハムレットの野々宮は、オフィーリアの美禰子と「結婚しても好ささう」だと明かされている。

では、美禰子の方はどう描かれているのか。

十二章の終わりに戻れば、教会から出てきた美禰子は、「結婚なさるさうですね」と三四郎が話しかけると、「われは我が愆《とが》を知る。我が罪は常に我が前にあり」（十二の七）と呟いたとある。

従来この言葉は、三四郎を誘惑し、振り回したことへの謝罪だと解されてきた。しかし三四郎は、上京途上で惹かれた二人の人妻に似ていた美禰子に「片思い」をして勝手に追いかけただけで、美禰子には、三四郎がいなければ、野々宮も余計な嫉妬をせずに結婚することができたのにという悔しい気持ちがあっても当然な状況だった。私の学生たちの間からは、美禰子は無念だったろう、三四郎に怒りをぶつけてもよかったのに、三四郎って厚顔無恥《こうがんむち》だから、という意見が必ず出た。

重要なのは、美禰子が口にしたのが、旧約聖書の詩篇にある、ダビデが自分の姦淫の罪を神に許してほしいと祈ったときの歌の一句であることだ。もちろん美禰子はこの時点では姦通はしていないが、野々宮を愛しているのに、兄の望むまま、兄のもう一人の友人と結婚しようとしていることを「罪」だと考えていることが明白である。心のなかの姦淫も罪だとする考えはマタイ伝五章にあり、カトリック的な思考でもある。もちろん漱石は、美禰子の家の洋室には「加徒力《カソリック》の連想がある」（八の五）ときちんと記している。

　また「われは我が愆を知る。我が罪は常に我が前にあり」というダビデの言葉は、『門』で宗助と御米が安井を裏切って姦淫を犯したので、子供が育たないという話につながっている。したがって美禰子がダビデの言葉を口にするのは、将来、美禰子と野々宮が姦通するという示唆であり、同時に『門』の伏線としての機能も持っているわけで、巧みな設定である。そして漱石は十三章で、野々宮が美禰子の肖像画を見ながら、彼女の結婚式の「招待状を引き千切つて床の上に棄てた」とし、野々宮の方も「有夫ノ婦」となった美禰子を得るために彼女の結婚を破壊すると予告した。

　しかも漱石は三四郎にも、美禰子の肖像画を見ながら「迷羊《ストレイシープ》」と呟かせて、美禰子は「ストレイ シープ」のように、野々宮の愛の手を待っていると告げている。同時にこれは、美禰子が「ストレイ シープ」と言ったのは、野々宮を愛していると婉曲に告げたのだと、三四郎が気づいたことも示している。

　このように丁寧に読んでいけば、十三章は『それから』で始まる長井代助と平岡の妻三千代の物語の序章であることが見えてくる。

　漱石が婉曲な描き方をしたのは、もちろん検閲を避けるためだった。しかし野々宮と美禰子が姦通すると宣言したことに変わりはなく、こうした設定は「姦通罪」に対する挑戦にほかならない。

(16) 三四郎とよし子の「消えぬ過去」の形成

実は三四郎にも、喜劇的ではないドラマが描かれている。野々宮の妹、よし子との愛である。

三四郎とよし子の愛の物語も、野々宮と美禰子の愛の物語と同様、『それから』の代助と三千代の物語につながっているが、代助と三千代の「消えぬ過去」は、野々宮と美禰子の諍いや和解のドラマに満ちた「消えぬ過去」よりは、三四郎とよし子の「消えぬ過去」の方をもとにして描かれている。

漱石が『それから』の予告で、「『三四郎』には大学生の事を描《かい》たが、此《この》小説にはそれから先の事を書いたからそれからである。『三四郎』の主人公はあの通り単純であるが」云々と言ったのは、誤った情報を与えようとしているのではない。もちろんその予告には野々宮に関する情報は含まれていないが、漱石は消去法を用いて二組の恋人たちの物語を、代助と三千代の物語に収斂《しゅうれん》している。

そこで、ここでは三四郎とよし子の間の愛がどう描かれているのかを、詳しく見ていく。

◉二人の宿命的な出会い――『オルノーコ』『消えぬ過去』的設定

三四郎がオルノーコに模され、美禰子がオフィーリアに模されていることに注目すれば、三四郎が美禰子を追ったのは相手違いだとわかるが、ベーンとサザーンの作品でオルノーコが熱愛するのは、同郷の女性イモインダである。

『三四郎』のテクストでは、三四郎の同郷の女性は二人いる。御光さんとよし子で、兄を通して知り合うのは、よし子の方だ。野々宮が入院しているよし子に届け物をしてくれと三四郎に頼んだからだが、彼らの出会いは、宿命的な出会いとして描かれている。

三四郎は思ひ切つて戸を半分程開けた。さうして中にゐる女と顔を見合せた。（片手に握《ハンドル》りを把《も》つた儘）

眼の大きな、鼻の細い、唇の薄い、鉢が開いたと思ふ位に、額が広くつて顎が削《こ》けた女であつた。造作は夫《それ》丈である。けれども三四郎は、かう云ふ顔だちから出る、此時にひらめいた咄嗟《とっさ》の表情を生れて始めて見た。蒼白い額の後《うしろ》に、自然の儘に垂れた濃い髪が、肩迄見える。それへ東窓を洩れる朝日の光が、後から射すので、髪と日光《ひ》の触れ合ふ境の所が菫《すみれ》色に燃えて、活《い》きた暈《つきかさ》を脊《し》負《よ》つてる。それでゐて、顔も額も甚だ暗い。暗くて蒼白い。（三の十二）

実はこの場面は、ズーデルマンの『消えぬ過去』の中でレオがフェリシタスを訪ねた時の描写を下敷きにして書いたものだ。

漱石は明治四十一（一九〇八）年十月の『早稲田文学』に発表した「文学雑話」で、フェリシタスのような「無意識《アンコンシャス》なる偽善家《ヒポクリット》」を書いてみたいと言ったら、森田白楊《はくよう》（草平）が「書いて御覧なさいと[26]」言ったと記している。そのため従来の批評では、美禰子はフェリシタスのような「無意識の偽善家」で三四郎を誘惑するとあるが、漱石は美禰子をオフィーリアに模し、オルノーコの三四郎を誘惑するとは描いていない。その代わり、三四郎が病床にあるよし子を見舞う場面は、『消えぬ過去』の次の場面に触発されている。

彼は戸口に立ちどまつた。そして重い呼吸をした。

老婢はそつと彼の袖を曳き、彼女の近くへ寄つてもかまはないことを知らした。

彼女はむかうの床の上に横たはつていた。白晝の光の一條が彼女の上に流れて、彼女の顔を明くしていた。白い枕は彼女のまはりに後光のやうに輝き、床の他の部分は深紅の闇の上に埋もつていた。〔中略〕彼女の顔は蒼白く、彼女の目は青く隈取られていた。[27]

ここで「彼」とあるのはレオで、「老婢」はフェリシタスの女中のミイナ、「彼女」とはフェリシタスのことだが、漱石は女中をよし子の母親に変え、よし子の表情の描写も変えてはいるが、蒼白い顔と大きな眼はフェリシタス的だ。そしてフェリシタスの顔を「白晝の光」が明るく照らし、白い枕が「後光」のように彼女のまわりを取り囲んでいて、その背後は深紅（英訳では紫）の闇となっているのに対し、よし子の病室の「東窓を洩れる朝日の光が、後から射すので、髪と日光《ひ》の触れ合ふ境の所が菫色に燃えて、活きた暈《つきかさ》を背負つてる」とあり、類似は明らかであろう。

そしてレオがひと目でフェリシタスに魅了されたように、三四郎もよし子をひと目見るなり心を奪われ、「三四郎に取つて、最も尊《たつと》き人生の一片である」（三の十二）と記されている。

よし子の方も、「御這入りなさい」と「三四郎を待ち設けた様に云ふ。其調子には初対面の女には見出す事の出来ない、安らかな音色があつた。純粋の子供か、あらゆる男児に接しつくした婦人でなければ、かうは出られない」（三の十二）とある。

実はフェリシタスも、あらゆる男性に接していながら、純粋な子供の如く振る舞うとされているが、フェリシタスの場合は、その無邪気な振る舞いは男性を魅了するための演技で、病いの床にあったのも、寄宿舎に入れていた前夫ラーデンとの息子のポールが自分の落ち度で死んだことを知って、周囲の人々に同情してもらうために、劇薬と書かれてはいるものの死ぬことのない虫歯の薬を飲んで狂言自殺をはかったからだった（なおフェリシタスについては、『それから』で再度分析することにする）。

漱石はフェリシタスの描写を利用してはいるが、女学生のよし子の無邪気さや純粋さは演技ではないとわかるように描いており、また三四郎とよし子は「初《はじめ》から旧い相識《しりあい》」で、よし子の微笑みには「なつかしい暖味《あたゝかみ》」（三の十二）があるという表現を用いて、二人の出会いは宿命的なものだと強調している。

「遠い故郷《ふるさと》にある母の影が閃いた」（三の十二）とあるのも、よし子が母のように三四郎の人生に慰謝をもたらす存在だということを示しているが、同時によし子が頑固な三四郎の母にも気に入られるだろうというヒントにもなっている。というのは、母一人子一人の三四郎にとって、相手が母の気に入ることが重要だったからだ。これは、三四郎の夢が「国から母を呼び寄せて、美しい細君を迎へて、さうして身を学問に委ねる」（四の八）ことだという箇所を見ればわかる。

ただし三四郎の母親は息子思いの反面、「東京のものは気心が知れないから私はいやぢや」（四の七）と宣言し、国の御光さんとの結婚を勧めていた。三四郎の母からすると東京人の美禰子は失格だが、よし子は「勝田の政さん」（二の一）の親戚で、野々宮を身内であるかのように信頼し、三四郎が三十円送ってくれと頼んだときも野々宮のところに送るほどで、よし子との結婚も歓迎するはずだ。

なお従来の批評の中で広く支持されてきた三好行雄の『作品論の試み』（一九七七）では、「遠い故郷にある母の影が閃いた」という叙述は、「かれらははじめから性の牽引を意識しない」相手であることを示し、漱石ははじめからかれらの間の「愛の成立をあらかじめ絶っている」[28]とある。

しかしこれは誤読だと言わねばならない。なぜなら三四郎は病室でよし子と話しているとき、よし子の質問に「半分は答へるのを忘れ」るほど、よし子の長い「頸の曲り具合を眺めて」（三の十三）いて、よし子を赤面させているからだ。漱石は、三四郎がよし子に性的にも惹かれていることをきちんと描いているのだ。それはすでに指摘したように、恋愛には「所謂恋情なるものより両性的本能即ち肉感を引き去るの難きは明かなりとす」、「恋なるものは此両性的本能を中心として複雑なる分子を総合して発達したる結果なれば到底其性質より此基本的本能を除去すること能はざるなり(29)」と考えていたからだ。

ただし、よし子への愛は美禰子へのエロスの勝った愛とは異なり、プラトニックな友愛に近いタイプの愛として描かれている。これは五章を見ればはっきりする。三四郎は野々宮が遅くしか帰らないことを知っていながら、大久保の家によし子を訪ねて行くが、よし子といると安らぎを覚え、「此女の傍にゐると、帰らないでも構はない様な気がする」（五の三）とある。しかも普段は自尊心が強く、少しのことでも愚弄されたと思って傷つくのに、「子供の様なよし子から子供扱ひにされながら、少しもわが自尊心を傷《きずつ》けたとは感じ得なかつた」（五の一）とあり、「よし子に対する敬愛の念を抱いて下宿へ帰つた」（五の三）と記されている。

こうした愛の区別、すなわち美禰子への愛がエロスの勝った愛、よし子への愛を友愛に近いプラトニックでアガペ的な愛だというのは、深読みだという批判もあるだろうが、漱石は『三四郎』を書く前に、講演会ののち『ホトトギス』に出した「創作家の態度」［明治四十一（一九〇八）年］のなかで次のように述べている。

　又恋と云ふ一字でも此頃になると恋と云ふ一字では不充分な位種類が出来はしまいかと思はれます。既に沙翁《さおう》のかいたものでも分ければ幾通りにも分けられる恋が書いてありますが、近代に至

ると其区別が益《ますます》微細になりはせぬかと思はれます。(30)

そしてさまざまな愛の形を例に挙げているので、漱石が三四郎の美禰子への恋と、よし子との恋を描き分けたのも納得がいくはずだ。

三四郎が美禰子を追いかけたのは、二人の人妻、元「海軍の職工」の妻や西洋女性のように、二十三歳で性的に成熟した女性だったからだが、美禰子が輝く夕陽を正面から浴びて登場してくるという設定も、美禰子の華やかで成熟した美しさを象徴的に示している。

一方よし子は、爽やかな朝日を背後から浴びて、「髪と日光《ひ》の触れ合ふ境の所が菫色に燃えて、活きた暈《つきかさ》を背負」(三の十二)って登場し、漱石は二人を対照的な美しさをもつ女性として描き分けている。よし子が「菫色に燃えて、活きた暈」に囲まれているのは、高貴さと、すみれの花の可憐さを持つ少女であることを強調したものだが、美禰子が髪に飾っている花は豪華で高価な西洋の花、薔薇であり、漱石は花でも二人の美しさの違いを示そうとしている。

そして三四郎は、病院ではよし子の「頸の曲り具合を眺めて」(三の十三)顔を赤くさせたりしているが、大久保に訪ねて行った時は、「どうしても異性に近づいて得られる感じではなかつた」といった後、すぐ「其顔を正面から見たときに、三四郎は又、女性中の尤も女性的な顔であると思つたか、「もう帰らうと思つてゐたが、此女の傍にゐると、帰らないでも構はない様な気がする」(五の三)というように、一緒にいるだけで満たされた気持ちになっている様子が描かれている。つまり漱石は、己惚れが強く、官能の欲望に駆られて、美禰子を所有したいと焦る三四郎も、よし子といると自然体でいられると描き分けているのである。

よし子の方も常に三四郎を「待ち設けた様」な態度で接し、「三四郎が傍にゐるのが丸で苦になつてゐない」（五の二）とある。しかし三四郎が美禰子のことばかり聞くと、描いていた柿の赤い実に黒い絵の具を塗りすぎて駄目にするが、野々宮についても触れたように黒は嫉妬の色なので、よし子が嫉妬しているとわかる描き方である。

このように二人は温かい情愛で結ばれていて、一緒にいることが自然だと感じているが、よし子といるときの三四郎は、傲慢でも己惚れでも、そして喜劇的でもないことも明らかだ。

以上で三四郎とよし子の自然な情愛にあふれた関係は、『それから』で代助が三千代に向かい、「僕の存在には貴方が必要だ。何《どう》しても必要だ」（十四の十）というのに通じる愛の型であることが見えてきたと思うが、この点については、『それから』で改めて分析する。

◉低徊家の三四郎——よし子への無意識の愛

ここでは、三四郎がエロス的欲求に駆られて、美禰子を追いかけることによって、よし子へのプラトニックでアガペ的な愛を忘れていくことに注目したい。というのは、これは『それから』で、代助がなぜ三千代を平岡と結婚させてしまうかという問題とも関連があるからだ。しかも漱石は、この問題を当時の最新の心理学の知識を駆使《くし》して描いている。

まず重要なのは、漱石は、三四郎が美禰子を追いかけてよし子への愛を自覚しなくなるのは、彼が「低徊家《ていかいか》」だからだとし、三四郎は低徊家なので、「ある掬《きく》すべき情景に逢ふと、何遍もこれを頭の中で新たにして喜んでゐる」（四の七）と記していることだ。

漱石が「低徊家」という概念をどこから得たかと言えば、『それから』の五章で名前の出てくる米国の心理学者で哲学者でもあるウィリアム・ジェイムズ（一八四二―一九一〇）の著書『心理学原理』（一八九〇）の二四三頁中の「意識の流れ」からだと考えられる。というのは「明治四十、四十一年頃断片四七E」に、次のようなメモが残されているからだ。

Successive Psychoses ノ change ノ rate. James Vol. I. 243—Resting places, transitive parts.
低徊趣味トノ関係(31)

このメモだけではわかりにくいかもしれないが、メモのもとになったジェイムズの原文については、大久保純一郎が次のようにまとめている。我々の「意識の流れ」は「推移部分」と「停止部分」からなるが、前者においては変化の速度が早すぎるので、対象を明確に把握するのは難しい、後者の場合は内省する時間があるので、対象をはっきり知覚できる、と。そしてジェイムズは、知覚されなかった部分は、消えてしまうのではなく無意識の領域に沈み込んでいくということを、繰り返し強調している。これは無意識の形成される一つの過程を示していると言えるが、ジェイムズは無意識の領域にある愛は、何らかのきっかけで、表面に出てくるという、と(32)。

無意識の領域の愛ということについては、『それから』のところでもう一度考慮するが、ここで注目したいのは、ジェイムズの「停止部分」と、三四郎は低徊家なので「ある掬《きく》すべき情景に逢ふと、何遍もこれを頭の中で新たにして喜んでゐる」という叙述との関係である。というのは三四郎が美禰子に出会ってからは、その時の情景を反芻《はんすう》する時間はたっぷりあるけれども、よし子に会った後は美禰子にすぐ会うので、よし子のことを反芻する時間はない、という風に描かれているからだ。つまり反芻する時間がないということは、よし子への愛を意識の領域では明確に把握することができないでいるということである。

こうした状況は、まずよし子に病室で会った直後の場面に描かれている。

〔よし子と母親に〕挨拶をして、部屋を出て、玄関正面へ来て、向《むこう》を見ると、長い廊下の果《はづれ》が四角に切れて、ぱつと明るく、表の緑が映る上り口に、池の女が立つてゐる。（三の十三）

よし子と別れてから美禰子の姿を認めるまでが一つの文章で描かれているのは、よし子と過ごした貴重な時間を反芻する時間がなく、しかも美禰子の登場の仕方が劇的だったので、「はつと驚ろいた三四郎の足は、早速の歩調に狂《くるひ》が出来」（三の十三）るほど強い衝撃を受けたとある。

その結果、三四郎はよし子と会ったことを忘れてしまうが、ここでもう一つ留意しなければならないのは、「投影」という問題である。というのは、病院の「上り口」に美禰子の姿を認める直前に、三四郎はよし子の頸を見つめすぎて彼女を赤面させているが、これは三四郎がよし子に性的に惹かれていることを明かした箇所で、その直後に、美禰子が登場してくる。この設定は、二章で三四郎が元「海軍の職工」の妻のことを考えて顔を赤らめた直後に美禰子が登場する場面で、三四郎が性的欲望を美禰子に投影し、美禰子が自分を欲していると思い込む設定とよく似ている。

事実、病院の入り口で美禰子を見た三四郎は、よし子に刺激された欲望を美禰子に投影し、「肉が柔かいのではない骨そのものが柔かい」（三の十四）と、性的な関心を暴露している。そしてよし子に抱いた欲望と愛情を美禰子に転移してしまった三四郎は、美禰子の思惑も考えずに美禰子を追い、よし子に対する愛情は忘れてしまうのである。

このような設定を見ると、漱石は、三四郎の美禰子とよし子に対する反応を通して、ジェイムズが指摘したように、「我々の他人に対する感情には深い動機というものがあるが、それは内省を経ることによってのみ明らかになり、そうでなければ意識されない(33)」ということを、具体的に描こうとしていることがわかる。

そして漱石は、意識していなくても、よし子への愛は三四郎の心のどこかにあったことを、五章で、三四郎がなぜかわからないままに、野々宮兄妹の大久保の借家まで行く、という設定を通して示している。

「兄ですか」とよし子は其次《そのつぎ》に聞いた。

野々宮を尋ねて来た訳でもない。尋ねない訳でもない。何で来たか三四郎にも実は分からないのである。（五の一）

兄の野々宮が「何時《いつ》でも夜遅く」（五の一）しか帰らないことを知っていて、わざわざ訪ねて行くのは、よし子に会いたいからであり、よし子といると安らぎを覚え、傍にいると帰らなくて良いような気がするとある。

もう一つ注目したいのは、三四郎はよし子に対して「其《その》感じは、どうしても異性に近づいて得られる感じではなかつた」と言いながら、その後すぐ、よし子の「顔を正面から見たときに、三四郎は又、女性中の尤も女性的な顔であると思つた」（五の三）と記されていることだ。

つまり漱石は三四郎の認識と感情の間にギャップがあると告げているが、大久保はドイツの哲学者ヴィルヘルム・ヴント（一八三二―一九二〇）の著書『概論』（一八九六）の二三七頁に、漱石は「意識界ニアラハルル Idea ト feeling ノ遅速」という書き込みをしているので、ここはヴントの統覚論の影響を受けた設定だと考えられると指摘している。(34)

なおジェイムズも、人間の意識は感じていることすべてを即座に把握するものではないと繰り返し指摘している。したがって漱石はヴントとジェイムズの考えを総合的に創作に生かしたと見る方がより的確ではないかと思う。

興味深いのは、よし子と一緒にいるうちに、三四郎は美禰子のことを忘れてしまい、「もう帰ろうと思つていたが、此女の傍にゐると、帰らないでも構はない様な気がする」（五の三）とあることだ。というのは、これは三四郎が「意識界ニアラハルル idea ト feeling」が一致している状態にあることを明らかにした箇所であり、三四郎は、よし子に対する考えと感情が一致し、幸福感に充たされている。ところが、再びよし子への愛を忘れる事件が起きる。

三四郎はよし子に対する敬愛の念を抱いて下宿へ帰つた。端書《はがき》が来てゐる。「明日午後一時頃《みょうにち》から菊人形を見に参りますから、広田先生のうち迄入らつしやい。美禰子」其字《その》が、野々宮さんの隠袋《ぽつけつと》から半分食《は》み出してゐた封筒の上書《うはがき》に似てゐるので、三四郎は何遍も読み直して見た。（五の三）

これも病院でよし子に会った後にすぐ美禰子に会うという設定と基本的には同じで、三四郎は、よし子のことを反芻する時間がないうちに、美禰子の葉書を見て心を奪われてしまう。しかも菊人形見物の当日に広田の家のところまで来ると、美禰子と野々宮が言い争いをしているのが聞こえてくるので、そちらが気になり、よし子に会っても、前日訪ねて行ったことのお礼も言わない。これはよし子のことが頭にないことを表わしている。

次に三四郎がよし子に会うのは六章の運動会の日だが、よし子に声をかけられると、「此女に逢ふと重苦しい所が少しもなくつて、しかも落付いた感じが起《おこ》る。三四郎は立つた儘《まま》、これは全く、この大きな、常に濡れてゐる、黒い眸《ひとみ》の御蔭だと考へた」（六の十一）。ところがその直後に「美禰子も留つた。三四郎を見た」（六の十一）ので、またよし子のことは忘れてしまう。

このような三四郎のあり方は、広田の夢とも重なるので、次に見ておく。

◉広田先生の夢と三四郎とよし子

十一章で三四郎が広田を訪ねると、広田は昼寝をしている時に「廿年許前《にじゅうばかり》」に会った「十二三の奇麗な女」（十一の七）の夢をみたという話をした。

フロイトは「夢理論の修正」（一九三三）という論文で、睡眠は「無意識的な」欲望を抑圧している「意識的思考」が弱まるので、「無意識的な」[35]欲望が夢として現われると言っている。フロイトの初期の論文を漱石が読んでいた可能性はあるかもしれないが、年代的に「夢理論の修正」は漱石の没後のため読んでいないことが明らかだ。しかし同じような考えをもっていたことは、広田が午睡《ごすい》中に二十年前に結婚したかった女性が夢の中に出て来るとしていることからわかる。

そして広田が「夢」という無意識の状態で昔会った少女に出会うという話は、三四郎とよし子の関係についての伏線となっている。というのは、十二章で演芸会を見た後に風邪（インフルエンザ）で寝込んでいる三四郎が次のような状態にあるとき、よし子が見舞いに来るとあるからだ。

時々うと〳〵眠くなる。明《あき》らかに熱と疲《つかれ》とに囚はれた有様である。三四郎は、囚はれた儘《まま》、逆らはずに、寐たり覚《さめ》たりする間に、自然に従ふ一種の快感を得た。（十二の六）

つまり三四郎は眠ってはいないけれども、熱で眠っている時のように「意識的思考」が低下している状態にあり、「自然に従ふ」というのは、心で感じたことをそのまま受け入れ、「意識的」な思考で分析したりしない状態にあるということを意味している。

そこによし子が見舞いに来た。

未婚のよし子が一人で見舞いに来て、熱「臭い」のもかまわず三四郎の枕もとに座るというのは、看病のためだとはいえ大胆な行動であり、これは三四郎に対する信頼と愛情が、画家の原口の言葉を借用すれば「見世《みせ》を出してゐる所」（十の六）である。


大きな黒い眼が、枕に着いた三四郎の顔の上に落ちてゐる。三四郎は下から、よし子の蒼白い額を見上げた。始めて此女に病院で逢つた昔を思ひ出した。今でも物憂げに見える。同時に快活である。頼《たより》になるべき凡ての慰籍を三四郎の枕の上に齎《もた》らして来た。

「蜜柑《みかん》を剝《む》いて上げませうか」

女は青い葉の間から、果物を取り出した。渇いた人は、香《か》に迸しる甘い露を、した〻かに飲ん

だ。（十二の六）

これは三四郎の中で、美禰子に囚われている「意識的思考」が弱まったので、抑圧されていたよし子への愛が「自然」に流露している場面で、「頼になるべき凡ての慰籍を」感じ、よし子の愛を「甘い露」のようにたっぷり味わったのである。

この場面は『それから』で、代助が「自然の昔」（十四の七）に戻り、「僕の存在には貴方が必要だ。何《ど》うしても必要だ」（十四の十）と三千代に告げることと関連しているが、これは『それから』のところで詳しく分析する。

ここでもう一つ重要なのは、インフルエンザが治って元気になった三四郎が、借金を返すために出掛けた里見家の玄関口でよし子に会っても、そっけない会話をすることだ。


「もう悉皆《すっかり》好《い》いんですか」

「難有《ありが》う。もう癒りました。――里見さんは何所へ行つたんですか」

「兄さん？」

「いゝえ、美禰子さんです」

「美禰子さんは会堂《チャーチ》」（十二の七）

漱石は、よし子の「もう悉皆好いんですか」という問いかけに対し、三四郎が「難有う。もう癒りました。――里見さんは何処へ行つたんですか」と答えるだけで、すぐ美禰子のことを聞くという設定によって、よし子が見舞いに来たことを、三四郎が忘れていることを示している。

これは五章で、三四郎が大久保までよし子を訪ねて行き、一緒にお茶まで飲みながら、菊人形見物の日には美禰子のことで頭がいっぱいで、よし子に挨拶もしなかったことと似た場面となっている。

よし子は、三四郎がお礼もそこそこに「里見さんは何処へ行つたんですか」と訊いたので、美禰子に会いにきたとわかっていながら、「兄さん？」と訊き返した。三四郎が美禰子の兄とは面識がないことを知っているのに、だ。

そうしたよし子の不自然な返事を通して、漱石は彼女が怒っていることを表わしているが、三四郎はよし子の不満や怒りには気がつかず、美禰子に会いに教会へ直行する。

このようなストーリーの展開は、元気になって「意識的思考」が強くなると、三四郎は美禰子を追い続け、よし子への愛は再び「無意識の領域」に抑圧されてしまっていることを示していて、巧みな描き方だと言える。またこの設定は、『それから』の「十の一」と「十の二」で代助が「假寝《うたゝね》」をしているところへ三千代が訪ねてくる場面と関連しているが、この点は『それから』で詳しく分析する。

先の「前期三部作の前提」で触れた氷山の喩えを使えば、漱石は見えている一部分を描きながら、氷山の全体、つまり三四郎とよし子の複雑な心理の動きを見事にとらえている。

以上のように、三四郎がよし子への愛を意識していない状態のままテクストが終わっていることは、三四郎が将来、よし子を他の男性と結婚させてしまう可能性があることを暗示しているが、もう一つ思い出す必要があるのは、『三四郎』の冒頭で、三四郎は人妻が好きで、人妻に対する姦通願望をもっていると描かれていることだ。つまりテクストの冒頭と、最後の十二章を見れば、三四郎はよし子を愛していることに気がついていないけれども、よし子が結婚して人妻になれば、よし子を愛していたことに気がついて、よし子を求めるのではないかと推測できるようになっているのである。

また作中では言及されていないが、ベーンの『オルノーコ』では、オルノーコは祖父の妻となったイモインダと姦通し、最後にスリナムで再会した二人は結婚することになっている。言い換えれば、『オルノーコ』挿話には、日本版オルノーコの三四郎が結婚したよし子と姦通し、最後には結婚するというテーマが隠されているのである。

以上で漱石が、三四郎とよし子の間の「消えぬ過去」をきちんと描き、三四郎をオルノーコだとすることで、結婚したよし子と姦通するというテーマも用意していることがはっきりしたであろう。

(17) 検閲への配慮

漱石が『それから』と『門』への伏線をもつ『三四郎』を『東京朝日新聞』に掲載し始めたのは、政府が明治四十(一九〇七)年四月に姦通した妻と相手の男性の刑を重禁錮から懲役刑に改悪した後、より正確に言えば、改悪された「姦通罪」が効力を持つ一カ月前の明治四十一(一九〇八)年九月一日からである。しかも漱石は内務省の検閲をあざ笑うかのように、『三四郎』の冒頭で、三四郎が元「海軍の職工」の妻を「寝取ろう」として失敗する話や、浜松駅で西洋人の人妻に魅了される話を描き、三四郎を姦通願望を持った青年として登場させ、最後の十三章では、野々宮が「有夫ノ婦」となった美禰子と姦通すること、美禰子も「ストレイ　シープ」のように野々宮を待っていると明かした。

このように姦通を想起させるテーマを持つ『三四郎』は、なぜ発禁にならなかったのか。

それは三四郎が元「海軍の職工」を寝取ろうとして失敗する話を見ればわかるように、さまざまな方法を用いて三四郎を喜劇的に描くことで姦通というテーマを見えにくくしているからだ。しかも、旧約聖書で有名なダビデが湯浴みをしている兵士ウリアの美しい妻バテシバを見て姦通するという話と、中世にできた『トリスタン・イズー物語』の中でトリスタンがイズーとの間に剣を置いて寝ているという姦通の物語を、喜劇化して使うという文学的にも大胆なこともやっている。

また美禰子と野々宮をオフィーリアとハムレットに模し、シェイクスピアの原作にはない「愛と自我の相剋」など、後の漱石作品の重要なテーマとなる男女の葛藤も描いており、野々宮が美禰子との結婚を諦める場面は、「尼寺へ行け」というハムレットの言葉で示した。美禰子の方は、溺死するオフィーリアと違って、野々宮に拒絶されると兄の要求を受け入れて、もう一人の兄の友人と結婚するが、漱石は、ダビデが神にバテシバとの姦淫を謝るときの詩の一句、「われは我が愆《とが》を知る。我が罪は常に我が前にあり」を口にするという設定を通して、美禰子は将来、野々宮と姦通すると暗示した。そして十三章では野々宮が美禰子の結婚披露宴の招待状を「引き千切つて床の上に棄てた」という描写を通して、野々宮は美禰子の結婚を破壊し、彼女を得ようとすると示唆した。こうした婉曲な描き方も、発禁にされないための工夫であったと言える。

また見逃されがちだが、与次郎の指示で、文芸協会の演芸会を見に行こうと誘いにきた三四郎に、広田は母親が姦通して生まれたのが自分だということをそれとなく話すが、これも姦通がこの作品のテーマだと告げている。

以上のように漱石は、一章ではトリスタンとイズーが剣を間に置いて寝るという姦通の物語を利用し、一章と十二章ではダビデとバテシバの姦通の物語を下敷きにしている。しかもベーンの『オルノーコ』にもオルノーコとイモインダの姦通というテーマが隠されており、シェイクスピアの『ハムレット』にも母親と叔父の姦通というテーマが含まれている。そして三章で三四郎とよし子が初めて出会う場面では、『消えぬ過去』で姦通した過去を持つレオとフェリシタスの再会の場面を下敷きにしている。

このように外国の姦通の話を含む作品を多数取り込んでいることは、漱石がいかに博学であったかを示しているが、同時に外国文学に詳しくない検閲する側の政府へのからかいもあっただろうと推測できる。

とは言え、漱石の描き方には問題もある。

たとえば発禁になるのを避けるために、三四郎がシーツを巻いて蒲団の真ん中に境界線をつくって寝る場面などをユーモアたっぷりに描いたが、そのために一般の読者までも、その挿話が他人の妻を寝取ろうとしたけれども、勇気をなくしてしまった状態を描いたものだということを見過ごしてしまうからだ。

読者が姦通のテーマに気がつかないもう一つの理由は、広田や与次郎、原口など、個性豊かな登場人物たちの行動や言説があまりにも魅力的に描かれているからではないかと思われる。

漱石は、『三四郎』の予告で、「かぶれ甲斐」（『朝日新聞』明治四十一年八月十九日）のある人物たちを登場させたいと言っているが、『三四郎』が面白いのは、当時の知識人たちの姿が実に生き生きと描かれており、ミッション・スクールで教育を受けた美禰子の理知的で洗練された言動も魅力を失っておらず、彼らは今日でも「かぶれ甲斐」のある人物となっているからだ。

また、諷刺や寓意をこめた滑稽な「ポンチ絵」を描きながら登場する与次郎と三四郎との漫才コンビのようなやり取りには笑いが止まらないが、与次郎と一緒にいると、広田や野々宮、原口まで「ポンチ絵」的な可笑しさを帯びてきて、それが『三四郎』を明るく笑いの多い小説にしている。

その結果『三四郎』は、『吾輩は猫である』や『坊つちやん』と並ぶ人気を得ているわけだが、かぶれ甲斐のある登場人物たちや笑いに注目が集まることによって、姦通というテーマが見逃されてきたことも事実である。これはやはり『三四郎』の持つ欠点だと言える。

最後にニュージーランドの学生たちの反応を紹介すると、英文学やフランス文学、聖書などの知識をもっている学生が多いため、漱石作品の読み方や「projection」（投影）などの心理的現象を教えれば、『三四郎』はわかりやすくて面白い作品だと言っていた。

登場人物の中で、学生たちが一番同情するのは、野々宮を愛しているのにもかかわらず、愛してもいない男性と結婚しなければならない美禰子だった。しかし野々宮が美禰子の肖像画を見ながら、彼女の結婚式の招待状を破って床に棄て、美禰子を取り戻す覚悟をするという結末は、ロマンティックだと人気があった。

三四郎とよし子の恋愛については、始まったばかりだから、将来二人が姦通するようになるかは予見できないという意見が多かったが、三四郎がよし子への愛を意識していない理由はわかると言っていた。

なお学生たちは、漱石が当時の最新の心理学の情報を駆使して、登場人物たちの心理を納得できるように描いていることにも感銘を受けていた。特に三四郎が自分の欲望を女性にProjection、すなわち投影して、元「海軍の職工」の妻や美禰子が自分を欲していると誤解するという設定については、現実にもよくあることなので、理解できるという意見が多かった。

女子学生の一人が、「三四郎に同情して、彼は美禰子に愛されていたと読む男性たちは、素敵な女性に片思いし、失恋した経験があるんじゃないか」と言ったのには、皆が大笑いした。しかし美禰子は三四郎を愛していたという従来の読みは、男性の読みではないかという批判は鋭い。なぜならこれまで『三四郎』の大半の論者は男性であり、美禰子は三四郎を愛していたという彼らの解釈が主流になったために、『それから』とのテーマ的な繋がりが見逃されてきたと言えるからだ。

姦通というテーマについては、ニュージーランドも英国と同じく「姦通罪」はなかったものの、十九世紀の姦通小説についての知識があるので、理解に困ることはなかった。

第二部　『それから』――「天意に叶ふ」恋の物語

はじめに──「維新の志士」的気迫

一般的に三部作の作品の二作目の特徴としては劇的な展開が挙げられるが、『それから』はどうか。父から経済的支援を受けて大学卒業後も「高等遊民的」な暮らしをしていた長井代助は、再会した平岡の妻三千代と愛し合うようになるが、平岡が二人のことを代助の父親に讒訴《ざんそ》したので、代助は父親に勘当され、職を探しに灼熱の市内に飛び出して行き、病いに倒れた三千代の生死はわからないままで終わっている。

このようにストーリーだけ追えば、シンプルな展開に見えるかもしれない。そのせいか従来の研究では、『それから』はあまり高く評価されてこなかった。

しかし丁寧に読めば、『それから』は、タナーの言葉を借用すると、当時のさまざまな社会状況について「比類ないほど深い洞察を含ん(1)」だ作品であることがわかる。なかでも重要なのは、代助と三千代の恋愛が「天意には叶ふ」が、「人の掟に背く恋」(十三の九)と肯定されている箇所だ。「人の掟」が「姦通罪」を指すことは前後の文脈から明らかだが、前述したように、漱石が『三四郎』を『朝日新聞』に掲載し始めたのは、刑罰が重禁錮から二年以下の労役を含む懲役刑に改悪された刑法第一八三条が施行される一カ月前の明治四十一(一九〇八)年九月一日からであり、『それから』を同紙に掲載し始めたのは、刑法第第一八三条が施行された八カ月後の明治四十二(一九〇九)年六月二十七日からである。

このような時間的な重なりを見れば、「姦通罪」に抵触する「有夫ノ婦」三千代との恋愛を、「天意に叶ふ」恋として代助に正当化させたのは、「姦通罪」を改悪した政府への挑戦であることが明白であり、『それから』は「維新の志士の如き烈しい精神」で文学をやろうという漱石の気迫が強く感じられる作品となっている。

実は私は『「源氏物語」と騎士道物語――王妃との愛』（世織書房、二〇〇八）を書くために、日本の姦通文学だけでなく、西洋の姦通文学の歴史も調べたが、『それから』のように、「姦通罪」を制定した国家権力を正面から批判した作品は見つからなかった。そこで漱石がいかに反骨精神にあふれていたか、改めて認識したのである（なお日本と西洋の姦通文学の歴史については、『門』のところで詳しく紹介する）。

◉「天意」とは

これまで私は、漱石は「天意」をどんな意味で使っているのか、という質問を何度か受けた。

小澤勝美は『透谷《とうこく》と漱石――自由と民権の文学』（一九九一）で、ジャン＝ジャック・ルソーの著書『社会契約論（*Du contrat social*）』（一七六二）の日本語訳『民約訳解』を明治十五（一八八二）年に出版した中江兆民が、ルソーのNatureに「天」という訳をあてたので、漱石はその影響で、「天」を「正義や公平の根拠[2]」として用いたと指摘している。

確かに『それから』には、ルソーの『社会契約論』から影響を受けた箇所がかなり含まれていて、小澤の指摘は妥当だと言える。

だが明治時代には、「天」という言葉を有名にした書籍があった。福沢諭吉が明治五（一八七二）年に出版した『学問のすゝめ』である。福沢は『学問のすゝめ』の冒頭で、「天は人の上に人を造らず、人の下に人を造らずと、云へり」と記している。

『学問のすゝめ』は三百万部以上売れたと言われ、明治の大ベストセラーだったが、初編が出た明治五年は、江戸時代の身分制度が廃止された年である。だから「天は人の上に人を造らず、人の下に人を造らず」という言葉は、新しい時代の政治的理念として、人々に平等な社会を作ろうという意欲と希望を与えたのだろう。

もっともこの言葉は、福沢自身の発案ではなく、アメリカの独立宣言（一七七六）の中の All men are created equal を訳したものだ。直訳すれば、「総ての人間は平等に造られた」となり、「create」という言葉にはキリスト教で信じられている、万物を創造した神はすべての人間を平等に造った、という意味が込められている。

福沢はそういう事情を理解した上で、日本人はキリスト教徒ではないので、神ではなく「天」という言葉を使ったのだろうが、英文に沿った「造る」という語を用いることによって、「天」を人間や万物を造った偉大な存在だと示すことに成功しており、名訳である。

では漱石は『学問のすゝめ』を読んでいたのか。

漱石が『学問のすゝめ』を読んでいたという記録は見つけていないが、世間で大評判の「天は人の上に人を造らず、人の下に人を造らず」という言葉は知っていただろうし、英文学を研究していたのだから、独立宣言の英文も知っていたはずだ。

したがって漱石は、兆民の訳だけではなく、福沢の「天は人の上に云々」という句の人気も顧慮した上で、代助と三千代の恋を「天意」、つまり人間を含め万物を造った偉大な存在の意志に叶うとして正当化し、「人の掟」である「姦通罪」を批判したと見た方が適切であろう。

なお「姦通罪」を「人の掟」としたのは、検閲を逃れるためだとわかるが、本書の冒頭で説明したように、「人の掟」という言葉は漱石自身が考えたものではない。『それから』の中で、代助と佐川の令嬢の叔父高木にわざわざホーソーンの話をさせているので、「人の掟」という言葉も、ホーソーンが一八五〇年に発表した姦通小説『緋文字』の中で使った言葉を借用したようだ。しかも『それから』には、『緋文字』を批判したとわかる箇所もある。そこで『緋文字』について簡略に紹介しておく。

ホーソーンは、『緋文字』の舞台になっている十七世紀の米国ニューイングランドの清教徒の社会では、「姦通罪」は「人の掟」(human law)と呼ばれていて、「人の掟」の上には、明言はされていないけれども、姦通を罪とする「神の掟」があったと示唆している。主人公のヘスター・プリンは、夫が何年も音信不通になっている間に牧師のディムズデイルと姦通し、女の子を産んだので「人の掟」によって投獄され、刑を終えて出所しても、神への贖罪《しょくざい》のために「Adulteress(姦婦)」であることを示す赤い『A』の文字を服の胸につけていなければならなかった。そのような過酷な扱いを受けても牧師を守るために姦通相手について沈黙を守るヘスターに対して、ディムズデイルは自責の念に苦しみながらも保身のために名乗ることができずにいた。しかし健康を害し、自分の死期が近いと知ると、ヘスターと娘のパールを伴って処刑台に上がり、公衆の面前で、神に姦通の罪を犯したことを謝罪し、神に許されたと信じて安堵して死ぬが、民衆の多くはヘスターと娘を守るために偽りの告白をしたと彼を聖人扱いする。問題はホーソーンが、神に謝罪したディムズデイルを批判せず、ヘスターの方はいくら善行を積んでも神に許されることはないとし、死後もディムズデイルの墓から離れたところに埋められたとしていることである。(3)

おそらくホーソーンは、清教徒の社会だけではなく、姦通した女性に厳しかった十九世紀の一般の読者にも迎合し、ヘスターを罰し続けたのだろう。

しかし漱石は、ホーソーンがヘスターだけを「人の掟」と「神の掟」の両方で罰し続けたことに同意できなかったようだ。なぜなら『緋文字』から「人の掟」という表現は借りたが、姦通を正当化するために、「人の掟」の上に「天意」をおき、「天意には叶ふ」恋としているからだ。これは漱石の独創であり、漱石の反骨精神がよく表われている。

しかも漱石は、『それから』では父親や夫に絶対的な権力を与えた家父長的な「家」制度もさまざまなかたちで批判しているし、ルソーの『社会契約論』の思想を踏まえ、国家権力と個人の自由との対立という問題や、十九世紀の後半から二十世紀の初めにかけて、西洋諸国で大論争となった「頭」・「知」と、「心」・「情」の相剋という問題も取り組んでいる。同時にまた英国的な花言葉などを多用し、ロマンティックで洒落た雰囲気を持つ恋愛小説に仕上げている。

これから右に挙げたさまざまな要素と「姦通」というテーマがどのように関連づけられているかを見ていくが、その前に、『それから』と『三四郎』の人物像の類似について、簡略に分析しておく。従来の研究でこの二作が連作だとされなかったのは、人物設定などの類似が見逃されてきたからだ。

(1)『それから』と『三四郎』の登場人物の類似

前述したように、前期三部作では、主要な登場人物の数を次作では減らすという消去法が用いられているが、野々宮と美禰子、そして三四郎とよし子の二組の男女の造型と、代助と三千代の造型の間には、密接な関連がある。

三四郎と野々宮は福岡の出身で、三四郎は大学に入学したばかりで、理学者の野々宮は研究の分野では西洋でも認められていても、貧乏な学者である。一方、代助は東京人で、武士から官吏《かんり》になった後、実業家になって成功した長井得の次男で、働かなくても父親の援助で一家を構え、女中と書生を使って趣味三昧の安楽な暮らしをしているとあり、名前も似ておらず生活の基盤も異なるので、二作の間に共通点はないと見えたのだろう。

しかし代助は性格や教養などの面では、野々宮と類似するところが多い。たとえば代助は教養があることを誇っているが、野々宮も建築の美や、空の美しさを賞美したり、画家の原口と展覧会に行き、演劇にも興味を持っていて、一流の知識人や学者が集まった精養軒でのパーティでも、「会の中心点」（九の二）となるような高い教養を身につけているとある。

異なる点は、代助は日本の社会について批判的だが、野々宮にはそうした面はなく、批判する人物は広田である。そこで漱石は、人物の数を減らす消去法にのっとって、広田的な人物を導入する代わりに、代助の造型に、広田的な要素を取り込んだと考えられる。

野々宮と代助の間には他にも類似点があるが、一番似ているのは、愛する女性を友人と結婚させてしまうことだ。野々宮は経済的な理由もあり、仕事への野心を優先して美禰子との結婚を断念したために、美禰子は兄のもう一人の友人で、野々宮の友人でもあった男性と意に染まない結婚をするわけだが、代助も三千代を愛していたのに、友人の平岡が三千代と結婚したいと告げると、二人の結婚をとりまとめ、三千代を平岡と結婚させてしまう。

ただし野々宮は美禰子を愛していることを自覚していて、美禰子と結婚するためによし子を友人と結婚させようと試みたが、代助が三千代を愛していたことに気づくのは、三千代が平岡と結婚して、大阪に発つ時だった。しかも昔のことはあまり覚えておらず、昔を思い出すのは三千代に何度も会った後で、「代助は二人の過去を順次に溯《さかの》ぼつて見て、いづれの断面にも、二人の間に燃《もえ》る愛の炎を見出さない事はなかつた。必竟は、三千代が平岡に嫁ぐ前、既に自分に嫁いでゐたのも同じ事だと考へ詰めた時、彼は堪えがたき重いものを、胸の中に投げ込まれた」（十三の五）とある。

このように過去の代助は三千代への愛に無自覚だったという点で、野々宮とは違うが、似ている人物がいる。三四郎だ。

三四郎はよし子を愛していたが、二人の人妻、すなわち元「海軍の職工」の妻と西洋人の人妻に似た美禰子にも惹かれていたので、よし子との心の結びつきの強いプラトニックでアガペ的な愛には気がついていなかった。インフルエンザで熱を出して寝込んでいる時、よし子が見舞いに来ると、よし子への愛を感じ、美禰子のことは忘れているが、健康を取り戻すと再び美禰子のことばかり考え、よし子が見舞いに来てくれたことすら忘れていて、礼も言わないとある。

このように三四郎はよし子への愛に無自覚だが、元「海軍の職工」の妻を「寝取ろう」としたり、西洋人の人妻に惹かれたりと、姦通願望を持った青年として登場しているので、よし子が結婚すれば彼女を愛していることに気がつき、よし子を得ようとする可能性を持っていた。代助も三千代が平岡と結婚した後、三千代を愛していることに気がつくので、この点では代助は三四郎の後身的な存在として造型されていることがわかる。

以上のように漱石は、野々宮的な部分と三四郎的な部分を組み合わせて代助を造型しているが、代助の三千代との「消えぬ過去」は、野々宮と美禰子のドラマティックな「消えぬ過去」よりは、三四郎とよし子との「消えぬ過去」に近いものとして描かれている。この点は別の項で具体的に分析していく。

興味深いのは、美禰子の結婚相手と平岡が似ていることだ。

平岡は代助と三千代の兄の菅沼とは大学の同級生で、平岡も菅沼を通して三千代と知り合うが、美彌子の結婚相手も兄恭助の友人で、野々宮の友人でもある。それは野々宮が最愛の妹よし子の結婚相手としてその友人を選んだことからもわかるようになっているが、この男性は、十章で原口の家を辞した三四郎が美禰子に愛を告白した直後に、人力車で美禰子を迎えに来るという劇的な登場の仕方をする。そして三四郎は、この男性を「金縁の眼鏡を掛けて、遠くから見ても色光沢《つや》のいい男」だとか、「蹴込みから飛び降りた所を見ると、背のすらりと高い細面の立派な人であつた」と評したが、美禰子は三四郎のことを「大学の小川さん」（十の八）と紹介しただけで、その男性が誰かは三四郎には告げなかった。そして十三章では夫として美禰子と一緒に展覧会場に現われるが、漱石はやはり名前も職業も触れず、最低限の情報しか与えていない。

　このように美禰子の夫についての情報が少ないのは、三千代の夫となる平岡を自由に造型できるようにするためだったのではと思われる。なぜならこの男性と平岡は外見が似ており、平岡が代助のところにやってくる場面では、人力「車をがら〳〵と門前迄乗り付けて、此所だ〳〵と梶棒《かぢぼう》を下《おろ》した声は慥《たし》かに三年前分《ぜんわか》れた時そつくりである」（二の一）とあり、『三四郎』と続けて読むと、十章で人力車で現われた美禰子の夫になる人物が、平岡として登場したかのような印象を与える。

　しかも平岡は三千代と結婚した時点では有望な銀行員であり、体格が良く、やはり「眼鏡」（二の一）をかけている。そして失業中でも立派な身なりをしていて、代助を訪ねてきたときもお洒落で、いち早く「夏の洋服を着て」、襟も白シャツも「新らしい上に、流行の編襟飾《あみえりかざり》を掛けて」「ハイカラに取り繕ろつてゐた」（八の五）とあり、これも身なりの立派な美禰子の夫のその後の姿だという印象を与える描き方となっている。平岡が太り気味なのも、結婚後に太ったと考えれば、不自然ではない。

　また女性の登場人物たちもよく似ている。三千代は外見や容貌はよし子に似ていて、性格は美禰子に似ている部分が多い。

　三千代の特徴は心臓が悪く、青白い顔で、恥ずかしい時には頰を赤くすることだが、三四郎がよし子に初めて会った時、何の病気か明らかにされてはいないが彼女は入院しており、三四郎が彼女の「頸の曲り具合を眺めて」いると、「蒼白い頰の奥を少し紅くし」（三の十三）、笑うと「蒼白いうちに、なつかしい暖味《あたゝかみ》が出来た」（三の十二）とある。また三四郎がインフルエンザで熱を出して寝込んでいる時、見舞いに来たよし子の「大きな黒い眼が、枕に着いた三四郎の顔の上に落ちてゐる。三四郎は下から、よし子の蒼白い額を見上げた」（十二の六）とあって、蒼白い顔色が強調されている。美禰子の方は小麦色の肌で頰を赤らめることもない。

　なお三千代は「一寸見ると何所《どこ》となく淋しい感じの起る所が、古版《こはん》の浮世絵に似てゐる」（四の四）とあり、よし子は原口によれば「西洋の画布」（七の五）に描いても見栄えがする顔立ちだとあるので、二人の容貌は異なるところもある。しかし「三千代は美くしい線を奇麗に重ねた鮮かな二重瞼を持つて」いて、「何かの具合で大変大きく見える」し、三千代の顔を思い浮かべようとすると、「此黒い、湿《うる》んだ様に暈《ぼか》された眼が、ぽつと出て来る」（四の四）とあり、三四郎もよし子と会うと落ち着いた感じがするのは、「この大きな、常に濡れてゐる、黒い眸《ひとみ》の御蔭だと考へた」（六の十二）とか、見舞いに来たよし子の「大きな黒い眼が」、「頼《たより》になるべき凡ての慰藉《ゐせき》を三四郎の枕の上に齎《もた》らして来た」（十二の六）とある。このように三千代とよし子は共に蒼白い顔で、潤んだような「大きな黒い眼」の持ち主となっている。

　よし子のもう一つの特徴は、兄のように背が高いことだが、代助は展覧会に行った時、青木繁の代表作《わだつみのいろこの宮》（一九〇七）とわかる絵を見て、「青木と云ふ人が海の底に立つてゐる背の高い女を画《か》いた。代助は多くの出品のうちで、あれ丈が好《い》い気持ちに出来てゐると思つた。つまり、自分もああ云ふ沈んだ落ち付いた情調に居《を》りたかつたからである」（五の一）と思うことから、三千代もよし子のように背が高いという印象を与える。

そして三千代は社交界の女性ではなく、「色合から云ふと、もっと地味で、気持から云ふと、もう少し沈んでゐた」（七の二）とあるが、よし子も社交界の女性ではなく、運動会の日に会うと、三四郎は「此女に逢ふと重苦しい所が少しもなくつて、しかも落ち付いた感じが起《おこ》る」（六の十一）とある。また三四郎が病気の時、見舞いにきたよし子の「蒼白い額を見上げた。始めて此女に病院で逢つた昔を思ひ出した。今でも物憂げに見える。同時に快活である」（十二の六）とあり、三千代とよし子はよく似ている。

さらによし子が兄と住んでいた借家と、三千代が兄の菅沼と住んでいた借家も似ている。野々宮兄妹は三四郎が会った時、大久保の借家に住んでいて、よし子はその借家が、陸軍の練兵場や射撃場のある淋しい「戸山の原」（四の十七）を通らなければならないところにあるので、嫌だと言っていた。同じように、地方出身の菅沼兄妹の借家も、「谷中の清水町」と場所は異なるが「車もあまり通らない」路地にあり、「上野の森の古い杉が高く見えた」（七の二）と記されていて、やはり淋しい場所にあったと設定されている。そしてよし子も三千代もそこから女学校に通っていた。

美禰子も兄と住んでいるが、東京出身で、西洋間のある大きな家に住んでいた。元は両親の持ち家だったのを、長男の恭助が相続したとわかり、借家ではないことが明らかだ。

性格の方も、三千代とよし子は似ているところがある。三千代は平岡に言いつけられて、代助の所へ金を借りにきた時、「少し御金の工面が出来なくつて？」と頼むが、その言い方は、「丸で子供の様に無邪気であるけれども、両方の頬は矢つ張り赤くなつてゐる」（四の五）とあり、女学生のよし子の特徴についても、三四郎は「小供の様なよし子から小供扱ひにされながら」（五の一）と言うことから、三千代と相通ずる性格であり、恥ずかしいと赤面するところも似ている。

もっとも三千代の性格の多くは美禰子的に描かれている。

美禰子は野々宮が結婚を申し込まないので、すべてを自分の胸におさめて、兄の薦める相手と結婚するわけだが、それは美禰子が誇り高く、泣き言をいわない「御貰《おもらひ》をしない」（五の九）女性だからだ。三千代の方も代助を愛していたけれども、代助に平岡との結婚を勧められると、黙って平岡と結婚する。結婚しなければ、三千代は一人では暮らせないからでもあるが、「御貰《おもらひ》をしない」美禰子のように、誇り高く、泣き言をいわない芯の強い女性として描かれていて、平岡に蔑《ないがし》ろにされても「荒涼な胸の中《うち》を代助に訴へる様子もなかつた」（十三の三）し、代助が父から経済的援助を断たれるのではないかと怖れていると、「今貴方の御父様の御話を伺つて見ると、斯うなるのは始めから解つてるぢやありませんか」、「もし、夫《それ》が気になるなら、私の方は何《ど》うでも宜《よ》う御座んすから、御父様と仲直りをなすつて、今迄通り御交際《おつきあひ》になつたら好《い》いぢやありませんか」（十六の三）と、きっぱり言った。

さらに三千代は、美禰子のように聡明で公平だと描かれている。

六章で代助が平岡夫婦の借家へ訪ねて行くと、平岡が一緒に飲もうと言い出し、飲んでいるうちに代助に「君は僕の失敗したのを見て笑つてゐる」、「其《その》君は何も為《し》ないぢやないか」だとかからんで、「ねえ三千代。長井は誰が見たつて、大得意ぢやないか」と言うと、三千代は、「何だか先刻《さつき》から、傍《そば》で伺つてると、貴方の方が余つ程御得意の様よ」（六の六）と答える。そして、平岡に「何故働かない」と聞かれた代助が、「何故働かないつて、そりや僕が悪いんぢやない。つまり世の中が悪いのだ。もつと、大袈裟に云ふと、日本対西洋の関係が駄目だから働かないのだ」とか、「日本の社会が精神的、徳義的、身体的に、大体の上に於て健全なら、僕は依然として有為多望なのさ」、しかし社会が駄目だから働かないと弁明し、「三千代さん。どうです、私の考《かんがへ》は。随分呑気で宣《い》いでせう。賛成しませんか」と訊くと、三千代は、「何だか厭世の様な呑気の様な妙なのね。私よく分らないわ。けれども、少し胡麻化して入らつしやる様よ」（六の七）と鋭く批判し、媚《こ》びるところがない。そういう美禰子的なところが、三千代の魅力でもある。

このように漱石は、よし子と美禰子の良いところを合わせて三千代を造型しており、社交界の女性や花柳界の女性を数多く知っている代助が、すべてを捨てて愛しても不思議ではないような魅力的な女性として描いている。だから代助が三千代のことを、「大変可愛く感じ」（十の六）たり、「此の美しさに、自己の感覚を溺らし」（十六の二）たり、「しとやかな、奥行きのある、美しい女」（十六の四）と形容しても違和感がない。

付記すれば、『それから』には美禰子に似た女性がもう一人いる。代助の兄誠吾の妻、梅子である。梅子は美禰子のように「色の浅黒い」（三の五）美人で、お洒落で、「自分の自由になる資産をいくらか持っている」（七の三）し、実の姉のように親切で、三千代から借金を申し込まれた代助が頼るのも梅子で、梅子は全額は出せないが、と二百円の小切手を送ってきた。一方の美禰子も三四郎が与次郎に言われて金を借りに行くと、銀行の自分の口座からすぐに三十円を貸してくれた。したがって梅子は、美禰子が裕福な男性と幸福な結婚をしていたら、そうなっていただろうと思わせる人物として描かれている。

以上のように、『三四郎』と『それから』の主要な登場人物たちの間には類似点が多く、二作は連作だと読み取れるように描かれている。

（2）代助の姦通願望と「男が女を斬つてゐる絵」の政治性

『三四郎』の冒頭は、上京途上の三四郎が車中でうとうとして「眼が覚めると女は」（一の一）と、三四郎の性の目覚めから描かれていて、大連に出稼ぎに行った元「海軍の職工」の妻であるその女性を名古屋の宿で「寝取ろう」として失敗する話で始まっているが、『それから』の冒頭も、代助が目覚める描写で始まっていて、そこには代助の三千代への姦通願望が表わされている。ただし三四郎の姦通願望が喜劇的に提示されているのに対し、代助の三千代への姦通願望は、三千代の死をもたらしかねない危険な願望であることが、次のような象徴的な表現で描出されている。

> 誰か慌たゞしく門前を馳《か》けて行く足音がした〔中略〕その俎《まないた》下駄は、足音の遠退くに従つて、すうと頭から抜け出して消えて仕舞つた。さうして眼が覚めた。
>
> 枕元を見ると、八重の椿が一輪畳の上に落ちてゐる。代助は昨夕《ゆふべ》床《とこ》の中で慥《たし》かに此花の落ちる音を聞いた。彼の耳には、それが護謨毬《ごむまり》を天井裏から投げ付けた程に響いた。〔中略〕念のため、右の手を心臓の上に載せて、肋《あばら》のはづれに正しく中《あた》る血の音を確かめながら眠《ねむり》に就いた。
>
> ぼんやりして、少時《しばらく》、赤ん坊の頭程もある大きな花の色を見詰めてゐた彼は、急に思ひ出した様に、寐《ね》ながら胸の上に手を当てゝ、又心臓の鼓動を検し始めた。寐ながら胸の脈を聴いて見るのは彼の近来の癖になつてゐる。〔中略〕此掌に応へる、時計の針に似た響は、自分を死に誘《いざな》ふ警鐘の様なものであると考へた。〔中略〕代助は覚えず悚《ぞつ》とした。彼は血潮によつて打たるゝ掛

念のない、静かな心臓を想像するに堪へぬ程に、生きたがる男である。〔中略〕左の乳の下に手を置いて、もし、此所を鉄槌《かなづち》で一つ撲《どや》されたならと思ふ事がある。彼は健全に生きてゐながら、此生きてゐるといふ大丈夫な事実を、殆んど奇蹟の如き僥倖とのみ自覚し出す事さへある。

　彼は心臓から手を放して、枕元の新聞を取り上げた。夜具の中から両手を出して、大きく左右に開くと、左側に男が女を斬《き》つてゐる絵があつた。彼はすぐ外の頁へ眼を移した。（一の一）

　ここでまず重要なのは、代助の「枕元」に落ちている「赤ん坊の頭程」もある「八重の椿」だが、日本では、江戸時代の武士の間で椿の花が落ちるのは、人の首が落ちるのに似ていると考えられていた。そのため病人に椿の花を贈ることは避けられていて、その習慣は現在も続いている。

　なお漱石は『草枕』（一九〇六）でも、オフィーリアに模された那美さんが「鏡が池」の向こう岸に立っている姿を見ている画家が、那美さんの周りで池に落ちる赤い椿について「又一つ大きいのが血を塗つた、人魂《ひとだま》の様に落ちる」（十）と言い、やはり赤い椿に死のイメージを与えている。

　しかも代助の枕元に落ちた「赤ん坊の頭程」の椿の花は華やかな「八重」だと記されているので、女性の頭のイメージがある。現実にはそれほど大きい八重の椿はないが、漱石は「頭」という言葉を入れ、女性の頭というイメージを付与したかったことがわかる。そして椿の花が落ちた時、「護謨毬を天井裏から投げ付けた程に響」き、その直前には「誰かが慌たゞしく門前を馳けて行く足音がした」とあり、誰かが女の首を、代助の枕元に投げ込んで行ったという印象をもたらす。

　現実には床の間に生けてあった大輪の椿が落ちただけなのかもしれないが、夢うつつの状態にあった代助は、「赤ん坊の頭程」の大きな八重の椿を女性の首と思い込む。そしてその女性と枕を共にした、つまり姦通したために、女性は首を切られたと思い、自分も男に殺害されたのではないかと、あわてて自分の心臓に手をあてて動いているかどうかを確かめ、自分が生きているとわかると、安心して眠りに落ちた。翌朝目覚めた代助は、枕元に落ちている「赤ん坊の頭程」の「八重」の椿の花を見て自分の心臓のところを掌で押さえながら、「もし、此所を鉄槌で一つ撲されたなら」と思い、自分も暴力によって死ぬのではないかと怖れている。

しかも枕元に置かれていた新聞を開くと、「男が女を斬つてゐる絵」があったので、代助は、「すぐ外の頁へ眼を移した」と続いている。

新聞にあった「男が女を斬つてゐる絵」は小説か何かの挿絵だろうが、落ちた椿の花に続く描写からすれば、代助は姦通した妻を切る夫の絵として見たことがうかがえる。

だが代助は、一体なぜそんな不穏な夢を見たり、不吉なことを考えたのか。

先へ読み進むと、代助は平岡と三千代が近日中に東京へ戻ると知っていたとある。そして昨日着いたという平岡からの端書を見ると、父からの呼び出しを断るために、書生の門野に電話をかけさせにやり、自分は書斎に引きこもって写真貼を取り出すと、「廿歳位《はたち》の女の半身」が写った写真の所を開いて「凝《じつ》と女の顔を見詰めてゐた」（一の四）とある。

写真の女性は三千代だとわかるが、『三四郎』の最後の十三章で、野々宮は美禰子の肖像画を見ながらポケットに入れていた美禰子の結婚式の招待状を破り棄てたとあった。したがって代助が三千代の写真（肖像画の代わり）を見るのは、野々宮と美禰子の後身が代助と三千代であり、代助は三千代の結婚を破壊し、三千代を得ようとするという予告だと察することができる。

その後平岡が訪ねて来て、代助に次のように訊く。

「細君はまだ貰《もら》はないのかい」
代助は心持赤い顔をしたが、すぐ尋常一般の極めて平凡な調子になった。
「妻《さい》を貰ったら、君の所へ通知位する筈ぢやないか。夫《それ》よりか君の」と云ひかけて、ぴたりと已《や》めた。（二の一）

代助が「心持赤い顔をした」のは、三千代を愛していることを平岡に知られたくないからであり、「夫《それ》よりか君の」と言っただけでやめてしまったのは、三千代の様子を知りたいけれど、怖くて訊けないこと示している。しかも代助が「三千代さんは何《ど》うした」（二の五）と訊くことができたのは、近所の西洋料理店で一緒に食事をした後、平岡を停留所まで送って行き、電車が来る直前になってからである。

このように冒頭の不吉な夢から、代助の平岡への不自然な対応までを総合すれば、次のように言える。代助は、三千代が東京へ戻ってくると知って、三千代を取り戻したいという欲望に駆られ、不安定な精神状態にあったので、実際には床の間に飾ってあった椿の花が落ちただけなのに、自分が三千代と枕を共にすれば、すなわち姦通すれば、三千代は殺されるのではないか、自分も危害を受けるのではないかという怖れを抱いた、だから三年ぶりに平岡と再会しても、三千代のことはなかなか訊けず、別れる寸前になって、やっと三千代のことを尋ねることができた、と。

ではなぜ漱石は、代助が開いた新聞に、「男が女を斬つてゐる絵」があったとしたのか。

先に言及したように、竹盛天雄は「男が女を斬つてゐる絵」は、「姦通罪が施行されている旧民法下の制度を反映した、報道記事か『続き物』かは別として姦婦を斬る図」[4]だと指摘している。

そこで「旧刑法」を見ると、旧刑法第三一一条に「本夫其妻ノ姦通ヲ覚知シ姦所ニ於テ直チニ姦夫又ハ姦婦ヲ殺傷シタル者ハ其罪ヲ宥恕ス但本夫先ニ姦通ヲ縦容シタル者ハ此限ニ在ラス」とある。つまりこの法律は、夫が姦通の現場を見て怒って、妻または相手の男性を殺傷した場合は、夫に寛容な刑罰にするようにと指示したものである。政府がこの刑法を制定したのは、「姦通罪」の歴史のところで説明したように、西洋諸国に対する体面上、妻と相手の男性を殺害した夫を無罪にはできなくなったからだが、その代わりに政府は、「姦通罪」を重禁錮から懲役刑に改悪し、夫の側の不満を抑えようとした。つまり「姦通罪」の改悪と、旧刑法第三一一条の制定は表裏一体の関係にあったのだ。

そこで漱石は、代助の姦通願望を描いた後、出来たばかりの旧刑法第三一一条を思い出させる「男が女を斬つてゐる絵」を導入し、姦通すれば、三千代だけでなく、代助自身も殺される可能性があると告げたわけである。このような読みが深読みではないことは、十三章の次の場面を見ればわかるはずだ。

> 彼は三千代と自分の関係を、天意によつて、――彼はそれを天意としか考へ得られなかつた。――醱酵させる事の社会的危険を承知してゐた。天意には叶ふが、人の掟に背く恋は、其恋の主《ぬし》の死によつて、始めて社会から認められるのが常であつた。彼は万一の悲劇を二人の間に描いて、覚えず慄然とした。（十三の九）

そして代助が自分たちのことを「平岡君は全く気が付いていない様ですか」と訊くと、三千代は「気が付いているかも知れません。けれども私もう度胸を据へているから大丈夫なのよ。だつて何時《いつ》殺されたつて好いんですもの」（十六の三）と答え、三千代も姦通すれば殺される可能性があることを示している――もっとも三千代は心臓が悪いので、心臓病で死ぬかもしれないとも思っている。

もちろん平岡は三千代を斬ったりはしないが、三千代が病いに倒れると、代助が三千代を病床に見舞うことも禁じる。


「ぢや、時々病人の様子を聞きに遣《や》つても可《い》いかね」

「夫《それ》は困るよ。君と僕とは何にも関係がないんだから。僕は是《これ》から先、君と交渉があれば、三千代を引き渡す時丈だと思つてるんだから」

代助は電流に感じた如く椅子の上で飛び上がつた。

「あつ。解つた。三千代さんの死骸丈を僕に見せる積《つもり》なんだ。それは苛《ひど》い。それは残酷だ」

代助は〔中略〕右の手で平岡の脊広の肩を抑えて、前後に揺りながら、

「苛い、苛い」と云つた。（十六の十）

代助の反応は過剰に見えるかもしれない。しかし「姦通罪」は夫に絶対的な権力を与えていて、姦通した妻を殺害しても罪は軽い。だから「君と交渉があれば、三千代を引き渡す時丈だ」という平岡の発言は、代助が感じたように、「死骸」を見せる時だと言える。三千代が元気になれば、平岡の留守中に、勝手に家を出ることができるからだ。

このように『それから』では、代助の三千代への姦通願望だけではなく、姦通すれば三千代にも代

助にも死の危険性があることが繰り返し描かれている。つまり漱石は、「姦通罪」改悪を批判しているだけでなく、夫が姦通した妻とその相手を殺害しても罪は軽いという旧刑法第三一一条、そしてそれを制定した国家権力そのものも同時に批判しているわけである。

(3) 友情か恋愛の自由か

では姦通すれば三千代も自分も殺されるかもしれないと怖れていた代助は、どのような過程を経て、三千代との恋を「天意に叶ふ」恋だと思うようになるのか。

漱石は、そのきっかけの一つを平岡との友情の崩壊だとしている。

代助が「平岡、僕は君より前から三千代さんを愛してゐたのだよ」、「君から話を聞いた時、僕の未来を犠牲にしても、君の望みを叶へるのが、友達の本分だと思った」(十六の九)と告げていることから、昔は三千代への愛よりも、平岡との友情を大事にしていたことがわかるが、二章には二人の友情について次のように記されている。

代助と平岡とは中学時代からの知り合で、殊に学校を卒業して後《のち》、一年間といふものは、殆んど兄弟の様に親しく往来した。其時分は互に凡てを打ち明けて、互に力に為《な》り合ふ様なことを云ふのが、互に娯楽の尤もなるものであつた。この娯楽が変じて実行となつた事も少なくないので、彼らは双互の為に口にした凡ての言葉には、娯楽どころか、常に一種の犠牲を含んでゐると確信してゐた。さうして其犠牲を即座に払へば、娯楽の性質が、忽然苦痛に変ずるものであると云ふ陳腐な事実にさへ気が付かずにゐた。一年の後平岡は結婚した。(二の二)

つまり漱石は、代助と平岡の友情には常に自己犠牲が伴ったとしているわけだが、しかしなぜ二人の友情をそのようなものに描いたのか。

注目したいのは、明治四十二（一九〇九）年の「断片五〇B」から「断片五一B」までは、『それから』についての案だが、「五〇B」に次のような英文のメモがあることだ。

"Liberty, equality, and fraternity" are three disjunctive terms which can never get on together. If we are equals and brothers, that very fact denies the existence of freedom.（「自由、平等、友愛」は、決して共にありえぬ、三つの相反する語である。もし我々が平等であり同胞であるならば、正にその事実そのものが自由の存在を否定する。[5]）

これはメモという性質上、省略と飛躍を含んでいてわかりにくい所があるが、「自由、平等、友愛」とは、ルソーの唱えた理念である。

小澤が指摘したように、ルソーの『社会契約論』は、明治十五（一八八二）年に、中江兆民によって『民約訳解』という題で出版され、漱石も兆民の訳を読んでいた。ここでは一九五四（昭和二十九）年に初版が出て以来最も人気のある桑原《くわばら》武夫・前川貞次郎訳の『社会契約論』を見ると、ルソーは市民的で、民主的な社会的契約で結ばれた社会の各構成員は、すべてのものが平等で、同等の権利と自由を保持するといっている。[6] つまり「自由、平等、友愛」は共立するという思想である。

ところが漱石はメモでは、そうした理想的な関係は現実には成立しにくいと言っている。誤解のないように言えば、漱石は民主主義の理念自体を批判しているのではなく、「姦通罪」批判や国家批判も、民主主義の理念に基づいて行なっている。そのうえで、「自由、平等、友愛」は、共立しにくい場合もあると主張している。そして代助と平岡を「兄弟の様」だったと言わせたのも、ルソーの「同胞」（Brothers）に近いからだろうが、そのうえで代助も平岡も三千代を愛していたと設定した。つまり漱石は、友情・友愛を保つためには、どちらかが、三千代を愛する自由を諦めなければならないとし、代助と平岡にとっては、恋愛の自由と友情・友愛は共立しえないとしたのである。

そして、代助は三千代を愛する自由を諦めて、平岡との友情を選ぶとしているが、当時代助は、菅沼を失ったばかりだったので、「兄弟の様に親し」かった平岡を失うことを怖れたと推測できる。

また漱石は、当時の代助は父の儒教的な薫陶《くんとう》を受けて、自己犠牲や「義侠心《ぎきょうしん》」を重視していたので、「平岡に接近していた時分の代助は、人の為に泣く事の好きな男であつた」（十六の九）一方、「代助と接近していた時分の平岡は、人に泣いて貰う事を喜こぶ人であつた」（八の六）としている。つまり二人の浪花節《なにわぶし》的な関係において主導権を握っていたのは、「人に泣いて貰う事を喜こぶ」平岡であり、代助は常に平岡に譲歩していたという設定である。したがって平岡が三千代と結婚したいと言った時、代助が「僕の未来を犠牲にしても、君の望みを叶へるのが、友達の本分だと思った」ので、「三千代を周旋した」（十六の九）のも当然の成り行きだったことがわかる。

もし先に代助の方が三千代と結婚したいと言えば、平岡も受け入れたかもしれない。ただその場合には平岡は自分の意志を通したい方だとあるので、二人の友情は損なわれ、平岡は代助から離れていった可能性が強い。したがって代助が平岡との友情を選んだのも納得できる。

漱石は、友人である二人の男性が同じ女性を愛した場合には、恋愛の「自由」と「友情」は両立せず、どちらかが恋愛の自由を破棄しなければ友情は保てないので、代助は恋愛の自由、つまり三千代への愛を諦めたとしたわけである。

つけ加えると、漱石は『こゝろ』（一九一四）では、主人公の先生は、お嬢さんを得るために、親友のKを裏切ったとしている。その結果、先生に経済的に庇護されていた弱い立場のKは自殺した。つまり先生はお嬢さんを愛する自由を保持し、恋愛には勝利したけれども、Kとの友情をなくし、Kを自殺させてしまうわけで、これも「自由、平等、友愛」は成立しないという漱石の考えを反映した設定である。

代助の問題に戻ると、平岡に三千代を譲ることで友情は守ったが、しかし三千代の気持ちは訊かなかったので、彼女は見捨てられたと絶望して平岡と結婚する。こうした代助の行動は、女性の読者には女性軽視だと見え、不満が残る。

とはいえ、姦通のプロットという点から見れば、『三四郎』では野々宮は美禰子との結婚を諦め、美禰子は兄の別の友人と結婚するという設定が必要だったように、『それから』では、代助が三千代を平岡に譲ることが必要だったわけである。

なお小森陽一は『漱石激読』で、代助は三千代の兄菅沼に、三千代の「趣味の相手だけであってもらいたい。それ以上は関わるな。そういう禁じ手」を張られていたと解釈していた、三千代の髪を銀杏返《いちょうがえ》しに結わせないことで「代助との結婚は無理だと禁じ手を張られている」[7]と発言しており、同じ主旨のことを、早くからいろいろな所で述べているが、しかし十四章には次のようにある。

三千代が来てから後《のち》、兄と代助とは益《ます》親《ます》しくなつた。何方《どっち》が友情の歩《ほ》を進めたかは、代助自身にも分らなかつた。兄が死んだ後《あと》で、当時を振り返つて見る毎に、代助は此親密の裡《うち》に一種の意味を認めない訳に行かなかつた。兄は死ぬ時迄それを明言しなかつた。代助も敢《あへ》て何事をも語らなかつた。〔中略〕

兄は趣味に関する妹の教育を、凡て代助に委任した如くに見えた。〔中略〕代助も辞退はしなかつた。〔中略〕三千代は固《もと》より喜んで彼の指導を受けた。三人は斯《か》くして、巴《ともえ》の如くに回転しつゝ、月から月へと進んで行つた。有意識か無意識か、巴の輪は回《めぐ》るに従つて次第に狭まつて来た。遂に三巴が一所に寄つて、丸い円にならうとする少し前の所で、忽然其一つが欠けたため、残る二つは平衡を失なつた。（十四の九）

「三巴が一所に寄つて、丸い円にならうとする」という叙述は、三人が一つの家族になること、つまり代助が三千代と結婚して、菅沼とも家族の絆で結ばれることだとはっきりしている。菅沼は親友の代助が三千代と結婚することを望んで、趣味の教育を代助に頼んだので、代助は、三千代との「過去を順次に溯《さかの》ぼつて見て、いづれの断面にも、二人の間に燃る愛の炎を見出さない事はなかつた。必竟は、三千代が平岡に嫁ぐ前、既に自分に嫁いでゐたのも同じ事だ」（十三の五）と気づくという叙述があるわけである。

また漱石は、代助が「僕の存在には貴方が必要だ」と告白したとき、三千代は「何故棄てゝ仕舞つたんです」、「残酷だわ」（十四の十）と泣きだしたと記し、三千代は代助が自分と結婚するものだと理解していたことを明らかにしている。

ここで留意しなければならないのは、当時は菅沼兄妹の父親は地主で、まだ破産していなかったため、息子と娘の東京での生活を支援し、三千代を二度目の女学校に通わせることができたとされていることだ。つまり菅沼兄妹の父親にも資力があった時期で、それゆえ次男の代助は、三千代と結婚できると思っていたと推測できる。

しかし菅沼の死後、平岡の方が先に三千代と結婚したいと言ったので、代助は「兄弟の様」だった平岡を失うことを恐れて、身を引いたわけで、もし代助が譲らなければ、平岡は代助から離れていったはずだ。言い換えれば、家父長的な社会では男同士の友情は神聖なものだと美化されてきたし、今でも美化されているが、漱石は代助と平岡の関係を通して、男の友情も純粋で平等な関係だとは限らないと示唆したわけである。

また漱石が男の友情を否定的に描いた背景には、ズーデルマン批判もあったと考えられる。というのは、ズーデルマンは家父長的で、かつまた友情至上主義的な思想から、レオとウルリッヒの友情を理想化して描き、二人は町の人々が賞讃するほど子供の時から固い友情で結ばれ、信頼し合ってきたのに、フェリシタスがウルリッヒを騙し、レオを誘惑しようとしたために、二人の友情に亀裂が入ったとして、フェリシタスだけを非難しているからだ。

漱石はこのようなズーデルマンの男性中心主義を批判するためにも、男同士の友情が必ずしも無私で純粋なものとは限らないことを示す設定をとった可能性が強い。

(4)三千代との「消えぬ過去」と「道徳的禁制」

代助は、平岡との友情を守るために三千代への愛情を犠牲にしたわけだが、平岡が三千代と結婚すると、三千代を譲ったことを後悔し始めるとある。

それを具体的に描いたのが、平岡が三千代を伴って大阪へ発つので、「新橋の停車場《ステーション》に送つて」いくと、平岡の「眼鏡の裏には得意の色が羨ましい位動いた。それを見た時、代助は急に此友達を憎らしく思つた。家《うち》へ帰つて、一日部屋へ這入つたなり考へ込んでゐた。嫂《あによめ》を連れて音楽会へ行く筈の所を断わつて」（一の二）という叙述だ。

以後、代助は三千代のことが忘れられなくなり、平岡の手紙に「返事を書くときは、何時《いつ》でも一種の不安に襲はれる」、「自分の過去の行為に対して、幾分か感謝の意を表して来る場合に限つて、安々と筆が動いて、比較的なだらかな返事が書けた」（二の二）とある。

そして「ある事情があつて、平岡の事は丸で忘れる訳には行かなかつた」と続き、代助は三千代が忘れられず、平岡と三千代がどうしているか「色々に想像してみる」が、「然《しか》したゞ思ひ出す丈で、別段問ひ合せたり聞き合せたりする程に、気を揉む勇気も必要もなく、今日迄過して来た所へ、二週間前に突然平岡からの書信が届いた」（二の二）とある。つまり代助は平岡の妻になった三千代のことが「気がかりで」悶々としているが、友人の妻に手紙を出すことは道徳的に好ましくないし、そういう勇気もなく、もちろん世間一般の常識からすれば、友人の妻がどうしているか心配する必要もない、代助は論理的にはそうだとわかっていても三千代を忘れることができず、苦しんでいる。なお漱石は、ここでは三千代という名前を一度も出していないが、それは検閲を考慮したからだと考えられる。

だがなぜ漱石は、友人の妻を愛してはならないという、「道徳的禁制」との板挟みになって苦しんでいる代助を描いたのか。そういう疑問も出てくると思うが、友情についてのところで触れた「断片五〇B」の英文のメモの前半には、次のようにある。

○Naturalists justify themselves and at the same time others. Morals prohibitive are eliminated as alien to the activity of human inclination. It is the naked truth. But the naked truth without the aid of —, destroys the solidarity of society. Naturalism is, therefore, egoistic and individualistic, and resembles in this respect the outcry of 'freedom'.（自然主義者たちは自らを正当化すると同時に他を正当化している。道徳的禁制は人間特有の行為にとって異質なるものであるとして排除される。それは赤裸々な真実である。だが——のなき赤裸々な真実は、社会の連帯を破壊する。したがって自然主義は利己的《エゴイスティック》であり、個人主義であり、この点では、一見すると「自由」の雄叫びに似ている）[8]。〔註：訳の——は英文メモの欠落部分〕

漱石は、自然主義者たちは「道徳的禁制は人間特有の行為にとって異質なるものであるとして排除」するが、それは「利己的」な思想だと批判しているが、そう批判したのは、『それから』で「道徳的禁制」について描こうという意図があったからだと推測される。

もう少し説明を加えると、当時、自然主義者たちは人間の赤裸々な欲望を描くべきだと主張していて、田山花袋《かたい》は『蒲団』（一九〇七）で妻子のいる中年の主人公が若い未婚の女弟子に恋して、相手が嫌がっているのも意に介さず、自らの性欲と支配欲の命ずるままに追いかけ、自分のものにならないとわかると、彼女の意志を無視して親元に送り返してしまう姿を描いて、大喝采されていた。しかも成功に酔った花袋は、漱石にも自分たちのように虚構ではなく赤裸々な自己をさらけだした私小説的作品を書けと批判していた。そこで漱石は、『それから』の中で彼らに反論しようと考え、英文のメモを作成したのだろう。

なお自然主義作家たちがいかに漱石を馬鹿にしていたかは、自然主義者の一人、正宗白鳥《まさむねはくちょう》が「夏目漱石論」（一九二二）の中で、田山花袋や岩野泡鳴《ほうめい》などが、森田草平の『煤煙』（一九〇九年一月から五月『東京朝日新聞』連載）も「漱石物のやうな詰らないものではない」[9]と評したけれども、自分も同感だったと記していることからも推測できるであろう。

もう一つ考えられることがある。漱石は、ルソーが『社会契約論』で、人間は進化の過程で、「これまで欠けていたところの道徳性」を身につけ、「バカで劣等な動物から、知性あるもの、つまり人間たらしめた」条件を身につけたので、「たんなる欲望の衝動［に従うこと］はドレイ状態」[10]に戻ることだと主張していることに共鳴し、赤裸々な欲望を描いた自然主義者を批判するために、代助が「道徳的禁制」に苦しんでいるところを描こうとしたのではないかということだ。なぜなら、代助は三千代への愛に苦しんでいるけれども、「道徳的禁制」に縛られて、三千代の動向を知るために行動することもできず、一種の精神的な金縛り状態に落ち入り、モラトリアム（猶予期間）人間になってしまって、仕事もせず結婚もできない状態で生きているとしているからだ。

そして漱石は代助がモラトリアム状態にあった時、平岡から大阪を引きあげて東京に戻ると連絡があったので、三千代を取り戻したいという欲望が強くなり、夢にまで見るが、枕元に落ちた大輪の「八重」の椿の花や、新聞にあった「男が女を斬つてゐる絵」などから、三千代と「枕を共」にしたいという欲望のままに行動すれば、三千代にも、また自分にも死の危険があることを改めて理解したと設定した。

そのため平岡が訪ねてくると、三千代への思いを知られるのが怖くて、彼女がどうしているかも訊けなかったが、興味深いのは、平岡が、失職した身分では「一層《いっそ》君の様に一人身なら、猶の事、気楽で可《い》いかも知れない」とグチを言うと、間髪《かんはつ》を容れず「一人身になるさ」（二の五）と断言したことだ。代助が即座にそう断言したのは、かねがね平岡が三千代と別れてくれればよいと思っていたので、つい本音を吐露してしまったのだとうかがえる。

だがなぜ代助は、急にそんな大胆なことを口にしたのか。それは再会した平岡が昔のような人間ではないことがわかってきて、悪賢《わるがし》さや卑怯さが目につき始め、代助の心の中で、「道徳的禁制」が弱まってきているからだ。私が学生たちに、漱石は氷山の一角しか描かないので、漱石のテクストは丁寧に読むようにと教えたのは、代助の複雑な心理状態を、「一人身になるさ」というような簡単な言葉でビシッと表現しているからだ。

平岡の方は、代助が本音を言ったとは気がつかず、「冗談云つてら――夫《それ》よりか、妻《さい》が頻《しき》りに、君はもう奥さんを持つたらうか、未《まだ》だらうかつて気にしてゐたぜ」（二の五）と答えるが、三千代も代助のことを気にかけていると判明する。

その翌日、代助が実家へ行くと、父親から昔、恩になった人の一族である佐川家の令嬢との結婚を勧められた。梅子もその結婚を勧めるが、代助は、「先祖の拵《こしら》へた因縁よりも、まだ自分の拵へた因縁で貰ふ方が貰ひ好《い》い様だな」（三の七）と答える。

この「自分の拵へた因縁」云々という発言は、代助が三千代との「消えぬ過去」にとらわれていて、三千代を得たいと願っていることを明らかにしていて、冒頭の夢の描写にも照応している。

しかし梅子に「おや、左様《そん》なのがあるの」と聞かれると、「代助は苦笑して答へなかつた」（三の七）が、平岡と三千代の夫婦仲が壊れていることを知らないので「苦笑」するしかなく、これも見事な設定だと言える。

（5）平岡の三千代への裏切り

平岡が訪ねてきた翌日、三千代の訪問により、代助は平岡が三千代を裏切っていることを知る。

代助と向かい合って椅子に腰掛けた三千代は、まず「細い金《きん》の枠に比較的大きな真珠を盛つた当世風の」、「三年前《ぜん》結婚の御祝として代助から贈られた」（四の四）指輪をはめた手を上にして、今でも代助を愛していることを明らかにした。結婚指輪は下にした手にはめていた。そして三千代が挨拶して顔をあげると、「代助は、突然例の眼を認めて、思はず瞬《また、き》を一つした」（四の四）とある。

漱石は、たったこれだけの描写で二人が今でも愛し合っていることを明らかにしており、作家としての手腕はたいしたものだが、気になるのは、「代助が真珠の指輪を此女に贈ものにする時、平岡は此《この》時計を妻に買つて遣《や》つた」（四の五）とあることだ。普通、指輪は婚約者か夫が贈るものだが、代助が高価な真珠の指輪を贈ったのは、『三四郎』の中の原口の表現を借りれば、三千代を愛している心が「見世《みせ》を出し」（十の六）た行為だったとわかる。

その後三千代が生活費に困って指輪を質に入れた時、「自分の記念を何時でも胸に抱いていた代助」は失望し、三千代は「仕方がないんだから、堪忍して頂戴」（十二の二）と謝り、二人にとって真珠の指輪は愛の記念だったことがはっきりする。

ここでもう一度、三千代の最初の訪問に話を戻すと、三千代は三年振りの再会を楽しむために訪ねてきたのではなく、平岡に金を借りてこいと言われてきたとある。

「少し御金の工面が出来なくつて？」

三千代の言葉は丸で子供の様に無邪気であるけれども、両方の頰は矢つ張り赤くなつてゐる。代助は、此女に斯《こ》んな気恥づかしい思ひをさせる、平岡の今の境遇を、甚だ気の毒に思つた。（四の五）

すでに言及したように、三千代の言葉が子供のようなところや頬を赤くするのは、よし子を思い出させ、『三四郎』の連作だと判明するが、代助が借金の理由を聞くと、三千代はこう答えた。


「だから私考へると厭になるのよ。私も病気をしたのが、悪いには悪いけれども」

「病気の時の費用なんですか」

「ぢやないのよ。薬代なんか知れたもんですわ」

三千代は夫以上《それ》を語らなかつた。代助も夫以上を聞く勇気がなかつた。（四の五）

三千代は詳しく説明しなかったが、代助は、三千代が産後、体を悪くしている時に平岡が放蕩して、五百円もの借金をつくったと察した。

平岡が放蕩で作った五百円の借金がいかに多額かは、野々宮の大学の給料が月五十五円だったこと、そして『門』で、宗助の給料が月五円上がったので、御米が赤飯を炊いて祝うことを考えればわかるが、代助はその多額の借金の理由を知ると、平岡を尊敬することができなくなる。

平岡の方も、親の金で暮らしていて働かない代助を馬鹿にすることが多くなり、代助が平岡の借金の支払いのために梅子から出してもらった二百円の小切手を三千代に渡したことにも、平岡は次のように言う。

「うん。左様《さう》だつたさうだね。其節は又難有《ありがと》う。御蔭さまで。――なに、君を煩はさないでも何《ど》うかなつたんだが、彼奴《あいつ》があまり心配し過《すぎ》て、つひ君に迷惑を掛けて済まない」と冷淡な礼を云つた。それから、

「僕も実は御礼に来た様なものだが、本当の御礼には、いづれ当人が出《で》るだらうから」と丸で三千代と自分を別物にした言分であつた。（八の五）

代助は、平岡が自分の放蕩でつくった借金を、自分とは無関係なことのように振る舞う不誠実さに呆れてしまい、平岡が新聞社に就職口がありそうだと告げても、「それも面白からう」（八の五）とそっけない返事しかしなかった。

代助は「平岡はとう〳〵自分と離れて仕舞つた」と感じ、「今の平岡に対して、隔離の感よりも寧ろ嫌悪《けんを》の念を催した」。平岡も同じ気持ちだろうと思うが、「今は其悲しみも殆ど薄《うす》く剥《は》がれて仕舞つた」（八の六）と記されている。代助の自己犠牲によって保たれてきた平岡との友情は、ついに壊れてしまった。

そして「代助は何処かしらで、何故三千代を周旋したかと云ふ声を聞いた」（八の六）とあるが、平岡との友情が壊れたために道徳的な制約が薄れてきて、代助の中で、三千代を取り戻したい気持ちが強まってくる。これも心理的に優れた設定だと言えよう。

（6）「頭」と「心《ハート》」の相剋、および検閲

では「人の掟」に背く代助と三千代の恋愛を描いた『それから』が、発禁にならなかったのはなぜか。その理由はいくつか考えられる。

一つは、「姦通罪」と明言する代わりに「人の掟」という言葉や婉曲な表現を用いたことだ。

二つ目は、姦通小説にみられる官能的な欲望を描く代わりに、代助が「頭」によって抑圧してしまった「心」の望みを知り、それに従うという風に描き、しかも甘い言葉は使わず、論理的な言葉で理詰めに表現したことだ。

では「頭」と「心」の問題は、具体的にはどう描かれているのか。

まず代助は、三千代を愛していたのに、平岡との友情を守るために、三千代を棄ててしまったわけだが、これは「頭」で「心」の欲求を抑圧してしまったことを意味している。

そして漱石は十一章で、都会人は刺激が多くて目移りするので、永遠の愛などはないと代助が考えていることを明らかにし、最後には、代助は自分が「頭」で考えていることと、「心」が欲していることは違うことに気がつくとしている。

> 自分が三千代に対する情合も、此論理によつて、たゞ現在的なものに過ぎなくなつた。彼の頭は正にこれを承認した。然《しか》し彼の心《ハート》は、慥《たし》かに左様《さう》だと感ずる勇気がなかつた。（十一の九）

漱石は「心」にわざわざ「ハート」という英語のルビをふっている。したがって「頭」と「心」の

乖離、つまり「頭」で考えていることと「心」の欲求がバラバラだという問題は、英語圏の思想と関連があるとわかるが、実は十九世紀の中頃から二十世紀の初めにかけて、英語圏だけではなく、西洋社会全体で、「頭」・「知」を重視すべきか、「心」・「情」を重視すべきかについて大論争が起きていた。漱石はその論争について、自分なりの考えを、前期三部作では「姦通」という問題と組み合わせて表明している。しかしこの点は、従来の研究では注目されてこなかったので、ここで少し詳しく見ていく。

まず「頭」と「心」の論争について注目したいのは、ドイツの歴史社会学者ヴォルフ・レペニースが次のように述べていることだ。西洋社会では、十九世紀になると、科学の進歩とそれに伴って起きた工業化によって、「頭・知」を重視する合理主義や科学主義が急速に勢力を得て、「心や情愛」を合理的ではないと否定する傾向が強まり、文学者や思想家の間に危機感が広がっていた。英国でも、十九世紀後半になると、科学主義が広く支持されるようになり、「芸術家を冷遇し、詩人を無視」する傾向が生まれ、二十世紀に入ってからも、「人々は情によって支配されるべきか、理知によって支配されるべきか」が、政治運動の中でも議論されるようになっていた[11]、と。

漱石は英国にいる間に、このような論争について知識を得たと考えられるが、最も強い影響を受けたのは、『それから』の五章で代助が口にするウィリアム・ジェイムズの著書、『心理学原理』（一八九〇、完訳なし）だった。これはもう少し先で詳しく見ていく。

もう一つ注目すべきは、漱石が「文芸の哲学的基礎」〔『東京朝日新聞』明治四十（一九〇七）年〕で、「精神作用を知、情、意」の三つに区別し、「此《この》うちで知を働かす人は、物の関係を明《あきら》める人で俗に之《これ》を哲学者もしくは科学者」、「情を働かす人は、物の関係を味はふ人で俗に之を文学者もしくは芸術家」、「意を働かす人は、物の関係を改造する人で」、「軍人とか、政治家とか、豆腐屋とか、大工[12]」などと、職業別に特徴づけていることだ。

なお科学者については、『三四郎』のところで指摘したように、『文学論』では「知」を重視するだけでなく、分析癖があると言っている。そして理学者の野々宮は「光の圧力」だけでなく、よし子や美禰子に対しても分析癖を発揮していて、菊人形見物の日、美禰子と「空中飛行器」をめぐって議論し、美禰子が「死んでも」よいから高く飛びたいと言うと、美禰子を「無謀」だと批判し、「高く飛ばうと云ふには、飛べる丈の装置を考へた上でなければ出来ない」、「頭の方が先に要る」と主張し、広田の方を向いて、「女には詩人が多いですね」（五の五）と皮肉った。つまり「頭・知」を重視する野々宮は美禰子を「心・情」を重視する詩人だと馬鹿にしたわけだ。すると広田は、「男子の弊は却つて純粋の詩人になり切れない所にあるだらう」（五の五）と、逆に野々宮を批判する。つまり漱石は広田を通して、「頭・知」を重視し「心・情」を無視するのは、男性の悪い癖だと批判したのである。

こうしたジェンダー意識は、当時としては革新的で、稀有だった。というのは、ジェイムズも、そして他の西洋の論者も、「頭」を重視するのは男性の欠陥だという認識はまだ持っていなかったからだ。

もう一つ重要なのは、漱石は日本の男性たちが「頭・知」を偏重し、「心・情」を軽く見るようになったのは、日本が生存競争に生き残るために西洋化の道を選んだ結果、大学などで合理的思考を尊重する西洋の学問を学ばなければならなくなったことと深い関係にあると考えていて、男性たちが西洋の学問を学んだことを、「洋書をよく読む」という行為を通して、象徴的に描いていることだ。

たとえば『虞美人草』では、甲野も大学教育を受けていて洋書をよく読むとあり、『三四郎』でも野々宮は西洋で急速に発展した科学を学び、その研究は外国にも知られており、家でも洋書をよく読むとしている。そして代助も、大学を卒業してからも洋書をよく買って読むとし、『門』では、宗助が洋書を買ったり読んだりしたのは、「一昔《ひとむか》し前の生活」（二の二）で、洋書を読まなくなった宗助は、小六のように「感情に理窟の枠を張る」（四の二）こともなくなったとある。また後期三部作でも、「僕の頭《ヘッド》は僕の胸《ハート》を抑える為に出来てゐた」（「須永の話」二十八）という『彼岸過迄』（一九一二）の須永をはじめ、『行人』（一九一二—一三）の一郎、『こゝろ』（一九一四）の先生も洋書をよく読むとある。

　では代助における「頭」と「心」の乖離はどう描かれているのか。

　代助は友情を重視して、愛していた三千代を平岡に譲るが、これは野々宮が愛していた美禰子を友人と結婚させてしまったことと似ていて、「頭」に支配された行為である。しかも代助も分析癖があって、「三、四年前《ぜん》、平生《へいぜい》の自分が如何《いか》にして夢に入《い》るかと云ふ問題を解決しやうと試みた事があつた」。「好《い》い案排《あんばい》にうと〳〵し掛けると、ああ此所だ、斯《こ》うして眠るんだなと思つてはつとする。すると、其《その》瞬間に眼が冴えて仕舞ふ」（五の二）のだが、やめられない、頭では、自分の愚かさに気がついていたが、とある。

> 自分の不明瞭な意識を、自分の明瞭な意識に訴へて、同時に回顧しやうとするのは、ジエームスの云つた通り、暗闇を検査する為に蠟燭を点《とも》したり、独楽《こま》の運動を吟味する為に独楽を抑へる様なもので、生涯寐られつこない訳になる。と解つてゐるが晩になると又はつと思ふ。（五の二）

　このような代助の分析癖は、「光の圧力」を研究している野々宮と共通しており、代助は野々宮の後身的な存在だとわかるが、代助が分析癖から抜け出せないでいた時期は、三千代を平岡に譲ってしまった頃である。したがって代助が三千代への愛ではなく、平岡との友情を選んだのは、父親の儒教的薫陶で義侠心や自己犠牲を美徳だと思っていたからだけではなく、「頭」を過信し、「心」を軽んじていた時期だったと示唆されている。

では代助はいつ、「頭」を偏重している状況から抜け出すことができたのか。

三年ほど前、大阪へ発つ平岡と三千代を新橋駅へ送りに行き、三千代を愛していたことに気がついた頃からである。しかし時すでに遅しで、三千代は平岡の妻になって大阪に行ってしまったので、代助は彼女の様子が知りたくて仕方がないが、先に指摘したように「道徳的禁制」に縛られて、問い合わせることができなかった。これも「頭」がまだ「心」の欲求を抑えこんでいる状態を明らかにした設定だと言える。

そして三千代が東京へ戻ってくると、会いたい気持ちが募るが、夫婦の仲が上手く行っていると思っている間はやはり「道徳的禁制」に縛られていて、平岡が出かけた後に旅館に残っている三千代を訪ねたくても、訪ねることができず、「妙な心持がした。ので、又外へ出て酒を飲んだ」（四の三）とあり、三千代に会えなくて物足りない気持ちを、酒を飲んでごまかそうとしていると描かれている。

しかし三千代が借りにきた五百円は、彼女が産後心臓を悪くしたとき、平岡が放蕩して作ったと知ると、それをきっかけに「道徳的禁制」から自由になり、「三千代の事が気にかかる」のも、「別段不徳義とは感じなかった。寧ろ愉快な心持がした」（七の一）という風に変わる。この設定は、代助が「心」の欲求に従い始め、それを「愉快」だと感じるようになったと告げたものである。

そして父親が勧める佐川の令嬢との結婚を、梅子も勧めた時、代助が嫌だと答えると、梅子は「誰か好きなのがあるんでせう。其方《そのかた》の名を仰《おつし》やい」と問いつめる。

代助は今迄嫁の候補者としては、たゞの一人も好いた女を頭の中に指名してゐた覚がなかつた。が、今斯《か》う云はれた時、どう云ふ訳か、不意に三千代という名が心に浮かんだ。（七の六）

「頭の中」では、三千代を「嫁の候補者」だと考えたことはなかったのに、梅子の質問に不意をつかれて、三千代を妻にしたいという「心」の欲望が、突然意識の上にのぼった瞬間を描いた場面だが、漱石は「頭の中」、「心に浮かんだ」と、「頭」と「心」という言葉を意識して使っている。

もっともどんなに愛していても、他の男性の妻を自分の妻にと望むことは、「人の掟」を破る犯罪行為であり、また家父長的社会の基盤をゆさぶる危険な欲望である。そこで代助が実家を後にして帰途につき、電車を下りて神楽坂をのぼっているところで突然地震が起き、立っている地面が揺れ、「左右の二階家が坂を埋《うず》むべく、双方から倒れて来る様に感じ」、「恐怖に襲われた」（八の一）と記されている。地震は東京ではよく起きる自然現象だが、ここでは三千代を妻にしようとすれば、代助のこれまでの人生を根底から覆すような大変動が起きるぞという警告として描かれている。

代助はその後も三千代と会い続けるが、野々宮のように分析癖があり懐疑的なので、都会に住む者はいろんな人に会うから目移りがして、「あらゆる意味の結婚が、都会人士には、不幸を持ち来《きた》すものと断定した」、それは「甲から乙に気を移」（十一の九）すからだ、だから自分の三千代に対する愛も、結局は一時的なものに過ぎないと考える。

代助は渝《かは》らざる愛を、今の世に口にするものを偽善家の第一位に置いた。

此所迄考へた時、代助の頭の中に、突然三千代の姿が浮んだ。其時代助はこの論理中に、或因数《ファクター》は数へ込むのを忘れたのではなからうかと疑《うたぐ》つた。けれども、其因数《ファクター》は何《ど》うしても発見する事が出来なかつた。すると、自分が三千代に対する情合も、此論理によつて、たゞ現在的なものに過ぎなくなつた。彼の頭は正にこれを承認した。然《しか》し彼の心《ハート》は、慥《たし》かに左様《さう》だと感ずる勇気がなかつた。（十一の九）

先に触れたように、ここは代助が自分の「頭」で考えたことが、「心の」欲していることとは違うと気がついた瞬間であり、その後は三千代への愛が一時的なものではないことを、「頭」でも理解するようになっていくという風に展開していく。

必竟漱石は、「頭」と「心」をめぐる西洋諸国での論争に対して、「心」が重要だという結論を出したわけである。

そして政府の検閲という問題から見ると、漱石は「頭」に支配されていた代助が、「人の掟」に背く三千代への愛こそが自分の「心」が求めていたものだと自覚する過程を理詰めに描いており、理詰めに描くことで、検閲の目を逃れることができると考えていたことがわかる。そして実際にも検閲を逃れることに成功している。

(7) 代助の「心《ハート》」の欲求と花言葉

『それから』が検閲を逃れたもう一つの理由は、漱石が代助の「心」の欲求を、自然主義作家のように赤裸々に描かず、花や植物に託して婉曲に表現したからでもある。

また漱石は姦通という主題を、「頭」と「心」の相剋という理詰めなテーマと組み合わせたので、花や植物という華やかさのあるものに「心」の欲求を託して語ることで、読者が息抜きできる部分を入れようと考えたようだ。

日本ではあまり知られていないが、漱石が留学した当時のヴィクトリア朝の英国では、ヴィクトリア女王が花言葉が好きだったことや、あからさまな感情表現が苦手だった英国人は、言葉で感情を表現するよりも、花に託して自分の思いを伝える風潮があったことだ。

日本ではヴァレンタイン・デーにはチョコレートを贈るが、英国ではヴァレンタイン・デーや、愛していることを告げるのに赤いバラを贈る。他の英語圏やヨーロッパでも似た風習がある。英国のアンティークの専門家は、皿や飾り箱などに描かれている花を見て、その意味を説明できる知識を持っていなければならないほどだ。漱石も英国で暮らすうちに、花のもつメッセージ性に気がついたのだろう。

なお最初に漱石の植物の描写に注目したのは、調べた限りでは、私が京都女子大学で学んでいた時のフランス語の教師だった杉本秀太郎教授だった。杉本教授は京都の有名な町屋の出身で、フランス文学の専門家だったので、日本と西洋の文化に詳しく、「植物的なもの」(一九六七)という論文で、漱石の「『草花模様』が日本のではなくヨーロッパ産[13]」だと指摘している。

ただし漱石は、『それから』では、西洋だけでなく、日本の伝統的な花のイメージもあわせて用いている。最初に出てくるのは、代助の枕元に落ちている「赤ん坊の頭程」の大きな椿だが、先に指摘したように、椿の花は散らずにぽとりと落ちるので、日本では江戸時代に武士の間で落ちた人の首の象徴とみなされていて、それが現代まで続いている。そして「八重の椿」とあるので、女性の首、つまり三千代の首のイメージをもっている。私が日本での椿の花の意味を重視するのは、前述したように漱石は『草枕』（一九〇六）でもオフィーリアに模された那美さんが「鏡が池」の向こう岸に立っていて、それを見ていた画家が、那美さんの周りで池に落ちる赤い椿について「又一つ大きいのが血を塗つた、人魂《ひとだま》の様に落ちる」（十）と記しているからだ。

もっとも石原千秋は『漱石激読』で、代助が「畳の上の椿を取つて」、「それを白い敷布の上に置くと、立ち上がつて風呂場へ行つた」ので、「これは明らかに初夜のベッドシーンのメタファーだと僕は思うのですが」、「だって布団の上に赤い椿でしょう。花は女性器でしょう」、「かなり濃厚なベッドシーンですよ」、「このあと風呂場へ行く。ベッドシーンのあと、汗を流したようにも見える」(14)と解している。しかし「椿の花」を女性性器の象徴だとする考えは、日本にも西洋にもない。日本では赤い椿の花は女性向けのシャンプーや金融商品に使われたり、大河ドラマ『おんな城主 直虎』（二〇一七）などでも女性の象徴のように使う傾向があるが、女性の性器の象徴として用いられているのではない。確かにアメリカの女性画家ジョージア・オキーフ（一八八七―一九八六）は、カラーの花を女性の性器の象徴として描いているが、それは漱石より後の時代のことで、椿の花は、その形から、女性性器の象徴として描かれることは、私の知る限りではない。

石原の読みに対するもう一つの疑問は、代助の相手は誰なのかということだ。相手が三千代なら、人妻で出産経験もあるので、赤い椿が「初夜のベッドシーンのメタファー」だとは言えないからだ。

私はこの場面の次に「男が女を斬つてゐる絵」も出てくるので、代助の枕元に落ちた「八重の椿」は、代助が三千代と「枕を共にすれば」、つまり姦通すれば、三千代には死の危険があることを象徴的に描いたものだと解釈する。

次に出てくるのは、四章のアマランスの花だが、こう記されている。

縁側の硝子戸《ガラス》を細目に開けた間から暖かい陽気な風が吹き込んで来た。さうして鉢植のアマランスの赤い瓣《はなびら》をふら〳〵と揺《うご》かした。日は大きな花の上に落ちてゐる。代助は曲《こゞ》んで、花の中を覗き込んだ。やがて、ひよろ長い雄蕊《ゆうずゐ》の頂きから、花粉を取つて、雌蕊《しずゐ》の先へ持つて来て、丹念に塗り付けた。

「蟻でも付きましたか」と門野が玄関の方から出て来た。〔中略〕

「蟻ぢやない。斯《か》うして、天気の好《い》い時に、花粉を取つて、雌蕊へ塗り付けて置くと、今に実が結《な》るんです。暇だから植木屋から聞いた通り、遣《や》つてる所だ」（四の二）

ここには確かに性交のイメージがある。江藤淳も「『それから』と『心』」（一九八二）で、「漱石は代助に、このアマランスの花を交配させている。彼はすでに、その指先で危険な衝動を実現させはじめているのではないか。少なくとも彼は、内に潜む衝動を喚起するための儀式を、無意識のうちに行いはじめてはいないか」、「あたかもこの儀式に呼び寄せられたかのように、この日、代助の前に現れたのは、来訪を予期していた平岡ではなくて、その妻の三千代であった」[15]と鋭い指摘をしている。興ざめになるかもしれないが、浜野京子は「〈自然の愛〉の両儀性――『それから』における〈花〉の問題」（一九八三）で、漱石はアマリリスとアマランスを間違えていると指摘している。[16]私も浜野説と同じ考えだ。なぜならアマランスは葉鶏頭《ハゲイトウ》の一種で、一房に無数の小さい花が密集して咲くため人の手で交配するのは難しく、食用にもなり観賞用の花ではないからだ。しかも漱石は「日は大きな花の上に落ちてゐる」と書いているので、ヴィクトリア朝の英国で人気のあったアマリリスのつもりで、アマランスと書いてしまったようだ。

アマリリスの花は抜きんでて背が高いので花言葉は、「プライド」（誇り）と「輝くような美しさ」で、ヴィクトリア朝の男性は、「自信を持っている美しい女性」をアマリリスに喩えたと言われている。[17] なお三千代はよし子のように背が高いという示唆があるので、背の高いアマリリスの花は三千代にふさわしいと言える。

そして江藤論文にあるように、代助がアマランス（アマリリス）の花を交配した直後に、三千代が訪れる。門野は「意外な顔を」したけれども、代助は「待ち設けている御客が来た」（四の三）と言うので、代助は、三千代が来ることを予期していた。だからこそアマランス（アマリリス）を揺らす風を「暖かい陽気な風」（四の二）と感じ、雄蕊と雌蕊を交配するわけで、これは三千代に対する性的欲望が、原口流に言えば、「見世《みせ》を出してゐる所」を描いた箇所だと言える。

このように漱石は、代助の花への態度を通して、彼の無意識の欲望や恐れを描いているが、三千代については、新緑の青や緑を彼女の象徴として用いている。

> 代助は縁側へ出て、庭から先にはびこる一面の青いものを見た。花はいつしか散つて、今は新芽若葉の初期である。はなやかな緑がぱつと顔に吹き付けた様な心持ちがした。眼を醒《さま》す刺激の底に何所か沈んだ調子のあるのを嬉しく思ひながら、鳥打帽を被《かむ》つて、銘仙《めいせん》の不断着《ふだんぎ》の儘《まゝ》門を出た。
>
> 平岡の新宅に来て見ると、〔中略〕平岡夫婦の来てゐる気色《けしき》も見えない。〔中略〕又通りへ出た。神田へ来たが、平岡の旅宿へ寄る気はしなかつた。けれども二人の事が何だか気に掛る。こと

に細君の事が気に掛る。ので一寸顔を出した。（五の一）

代助にとっては、爽やかで清純なイメージをもつ青や新緑の緑が三千代の色であり、「何所か沈んだ調子」が三千代の特徴である。代助が「新芽若葉」の緑を見て「嬉しく思ひながら」出かけるのも、平岡の引っ越し先で三千代に会えると期待しているからだ。

なお三四郎が、野々宮に頼まれて入院しているよし子に届け物をすると、病室のよし子は「東窓を洩れる朝日の光が、後から射すので、髪と日光《ひ》の触れ合ふ境の所が菫色に燃えて、活きた暈《つきかさ》を背負つてゐる」（三の十二）とあり、よし子の色も爽やかで可憐な「菫色」で、これは三千代の青や新緑と似通った色のイメージだと言える。

漱石はこのように植物を通して代助の三千代への愛を表現しているが、ストーリーの上で重要なのは、平岡が放蕩して作った五百円の借金の支払いの一部として、梅子が二百円の小切手を送ってくれたので、それをもって平岡の家に行った時のことだ。なぜなら平岡は留守で、三千代は金の工面で落ちこんでいると、代助は「そんなに弱つちや不可《いけ》ない。昔の様に元気に御成《おな》んなさい。さうして些《ちつ》と遊びに御出《おいで》なさい」と慰め、「本当ね」と三千代も笑顔になり、「彼らは互の昔を互の顔の上に認めた」（八の四）とあることだ。つまり二人はこの時自分たちの「消えぬ過去」を思い出し、平岡のいない昔に戻りたいという気持ちを確かめあったのである。

そして「中二日置いて、突然平岡が来た」が、その直前に「君子蘭《くんしらん》」の「古い葉」の「一枚が何かの拍子に半分《はんぶ》から折れて、茎を去る五寸許《ばかり》の所で、急に鋭く下つたのが、代助には見苦しく見えた」ので、「鋏」で「其葉を折れ込んだ手前から、剪《き》つて棄てた」（八の五）とある。「君子蘭」の「古い葉」

が折れて「見苦し」いというのは、平岡を指しており、代助がその葉をハサミで切って棄てたのは、三千代と昔と変わらぬ愛を確認し合い平岡が邪魔になってきて、平岡を切って棄てたいという代助の心の願いが「見世《みせ》を出してゐる所」である。

しかもその直後にやってきた平岡は、礼にならないような借金の礼を言ったので、呆れた代助は、平岡との友情が壊れて、お互いに「嫌悪の念」(八の六)しかないことを知る。つまり代助は、心理的にも平岡を切り捨てたのだ。そして平岡が去った後、「縁側に垂れた君子蘭の緑の滴《したゝり》がどろ〳〵になつて、干上り掛つてゐた」(八の六)とあるのは、代助が平岡に感じた不快感と、友情が壊れたので、これから平岡は汚いことをするだろうという予感を表明したものとなっている。

このように前後の叙述も含めて読むと、漱石は、まず代助の植物に対する態度を通して、彼の無意識の欲望、または「心」の願いを明らかにし、その後で、願っていることが実際に起こるという順序で描いていることがわかる。

では八章で出てくる「リリー、オフ、ゼ、ヴレー」(鈴蘭)と白百合には、どのような意味があるのか。英国やヨーロッパでは、鈴蘭は結婚式に花嫁が手に持つブーケによく使われている。特に英国では、ヴィクトリア女王が鈴蘭の花を愛し、結婚式のブーケに使って以来、鈴蘭を結婚式のブーケに使う伝統がある。ケイト・ミドルトン(現キャサリン妃)がウィリアム王子と結婚した時に手にしていたのも鈴蘭を主にしたブーケだったし、ヘンリー(ハリー)王子と結婚したアメリカ人女性メーガン・マークルも忘れな草などの花と一緒に鈴蘭の花も入ったブーケを手にしていた。

このように鈴蘭が結婚式のブーケに好まれるのは、花が可憐でバラ、ジャスミンと並ぶ香りがするうえ、花言葉も良いからだ。キリスト教では鈴蘭は「聖母マリアの涙」とも呼ばれ、「純潔」、「貞淑」

などを意味しているが、ヴィクトリア朝では「変わらぬ愛」、「希望と愛」、「幸福の復活」などという意味もあった。

もちろん結婚式以外にも、春から初夏の頃に鈴蘭の花を贈ったり、贈られたりする習慣がある。特にヴィクトリア女王は鈴蘭が好きで、一八五一年に制作された《五月一日》（フランツ・ヴィンターハルター作）という絵の中では、女王に抱かれた赤ん坊のアーサー王子が鈴蘭の花束を手にしている。フランスでも幸運や幸せをもたらす花だと考えられていて、五月一日のメーデーには、参加者が鈴蘭を持って集まる習慣があるそうだ。私は熊本生まれで、涼しい所で咲く鈴蘭の花は見たことがなかったが、オックスフォードでの最初の初夏に、近所の大きなお屋敷に住む老婦人に、「庭で摘んだので」といって鈴蘭の花束をもらい、以来、鈴蘭が好きになった。

漱石も英国人が鈴蘭を愛するのを見て、花言葉を調べたのだろう。十章では鈴蘭の花をヴィクトリア朝的に使っているからだ。

代助は大きな鉢へ水を張つて、其中に真白なリリー、オフ、ゼ、ヴレーを茎ごと漬けた。簇《むら》がる細かい花が、濃い模様の縁を隠した。鉢を動かすと、花が零《こぼ》れる。代助はそれを大きな字引の上に載せた。さうして、其傍に枕を置いて仰向けに倒れた。黒い頭が丁度鉢の陰になつて、花から出る香《にほひ》が、好い具合に鼻に通《かよ》つた。代助は其香を嗅ぎながら假寐《うたゝね》をした。（十の一）

代助は鈴蘭の前には、薔薇の香のする香水を寝室にまいて寝ていたが、花の香りをかぎながら寝るようになったのは、「心」や夢の世界に戻ろうとする行為であり、しかも代助が鈴蘭の花の香に包まれて仮眠しているところに、三千代がやって来る。鈴蘭には「幸福の復活」という意味があるように、代助が鈴蘭の香を嗅ぎながら仮眠するのは、「幸福の復活」を願って、三千代を呼び寄せる儀式だと読むべきであろう。

興味深いのは、『三四郎』では、十一章で広田が仮眠中に、夢の中で昔好きだった少女と出会ったと三四郎に話し、十二章では熱で意識が朦朧《もうろう》としている三四郎のところへよし子が見舞いに来て、蜜柑を食べさせてくれ、「渇いた人は、香に迸しる甘い露を、したたかに飲んだ」（十二の六）とあり、三四郎はよし子と至福の時を共有するが、熱が引いて元気になると、よし子が見舞いに来たことすら忘れているとあった。このような設定は、将来、三四郎は自分を見舞いに来て至福の時間を与えてくれたのは誰だったのか思い出そうとして、仮眠し、無意識の状態に戻ろうとするだろうと示唆している。

したがって三四郎の後身でもある代助が、「幸福の復活」を意味する鈴蘭の花の香りにつつまれて仮眠するのは納得のいく展開だが、三四郎と異なるのは、代助は自分が待っているのは三千代だと知っていることだ。

そして代助が望んだとおり、仮眠中に三千代がやってきた。しかし三千代は、代助が熟睡しているのを見ると、買い物に行ってしまう。

目覚めた代助はがっかりするが、門野から戻ってくると聞き、風呂場で顔を洗い、「庭を眺めていると」、「曇つた空を燕《つばめ》が二羽飛んでいる様が大いに愉快に見えた」（十の二）と記されている。漱石は俳人らしく、燕を使って、間もなく三千代に会えると喜んでいる代助の姿を描いている。

ところが三千代がなかなか戻ってこないので、代助は「室《へや》の中に這入つた」が、「三千代が又訪ねて来ると云ふ目前の予期」のために、「思索も読書も殆ど手に」つかず、「大きな画貼を出して」広げてみるが、やはり集中できない。論理的な思考力を誇っていた代助は、「人の細君が訪ねて来る」のを持ち焦がれている自分の愚かさに気づいてはいるが、三千代のことしか考えられない「没論理の状態」が、今の自分の「唯一の事実」（十の三）であると思うようになっている。つまり代助は、「頭」で「心」をコントロールすることができなくなったとある。

そして待ち焦がれていた三千代が戻ってきて、取り次ぎに出た門野に挨拶する声が聞こえると、代助は「胸に一鼓動を感じ」、「血色のいい代助の頬は微かに光沢《つや》を失つていた」（十の三）とあり、漱石は恋をしている人間の心理状態を実に上手く描いている。

三千代の方は買い物で急いだせいで、普段より蒼白い顔で息を弾ませていて、水を欲しがるが、代助がすぐに台所には行かず、門野を呼ぼうとしたりともたついているので、三千代は、鈴蘭が生けてあった大きな鉢のなかの水を、コップにとって飲んでしまう。

この三千代の行為について、江藤淳は「彼女は鈴蘭を、つまり『谷間の百合』を浸した水を飲むことによって、〝青春の復活〟を象徴する祭儀を行い、同時に〝死〟の毒杯を仰いだ(18)」と述べている。鈴蘭には毒があることも知られており、代助との恋は死を招きかねないので、江藤の読みは鋭いと言える。

この時、三千代が初めて代助に会ったときの「銀杏返《いちょうがえし》」（十の四）に髪を結い、代助が昔くれた白百合を三本買って戻ってきたのは、楽しかった代助との「消えぬ過去」を共有しようという意志だと読めるが、水を飲んで元気になると、急に現実的になり、物が安いので神楽坂の方へ買い物に来るようになったと、所帯じみた話をし、心臓の方は良くならないだろうということや、借金の礼を言ったりなど、ロマンティックとは言えない話をする。

一方の代助は、白百合の「甘たるい強い香《か》」に官能を刺激されて困惑していた。

先刻《さつき》三千代が提《さ》げて這入つて来た百合の花が、依然として洋卓《テーブル》の上に載つてゐる。甘たるい強い香が二人の間に立ちつゝあつた。代助は此重苦しい刺激を鼻の先に置くに堪へなかつた。けれども無断で、取り除《の》ける程、三千代に対して思ひ切つた振舞が出来なかつた。

「此花は何うしたんです。買《かつ》て来たんですか」と聞いた。三千代は黙つて首肯《うなづ》いた。さうして、

「好《い》い香《にほひ》でせう」と云つて、自分の鼻を、瓣《はなびら》の傍《そば》迄持つて来て、ふんと嗅いで見せた。代助は思はず足を真直に踏ん張つて、身を後《うしろ》の方へ反らした。

「さう傍で嗅いぢや不可《いけ》ない」

「あら何故」

「何故つて理由もないんだが、不可ない」

代助は少し眉をひそめた。三千代は顔をもとの位地に戻した。

「貴方、此花、御嫌《おきらひ》なの?」

代助は椅子の足を斜めに立てゝ、身体を後《うしろ》へ伸《のば》した儘、答へをせずに、微笑して見せた。

「ぢや、買つて来なくつても好かつたのに。詰らないわ、回り路をして。御負《おまけ》に雨に降られ損《そく》なつて、息を切らして」(十の五)

白百合の香りがこのようにセクシュアルなものとして使われているのは、西洋の文学でも珍しいが、

代助はすでにアマランス（アマリリス）の雌蕊と雄蕊の交配をしたりして、三千代を性的にも求めていたことが明かされているので、甘ったるい百合の香りに官能を刺激されるのは理にかなった展開だと言える。特に漱石は、『三四郎』の項で指摘したように、恋愛には「所謂恋情なるものより両性的本能即ち肉感を引き去るの難きは明かなりとす」、「恋なるものは此両性的本能を中心として複雑なる分子を総合して発達したる結果なれば到底其性質より此基本的本能を除去すること能はざるなり(19)」という考えを持っていた。それで代助が待ち焦がれていた三千代と二人きりになった時、百合の香りに官能を刺激される場面を描いたのだろう。

代助が「甘たるい強い香」から逃れようと、「足を真直に踏ん張つて、身を後の方へ反らした」り、「椅子の足を斜めに立て丶、身体を後へ伸した」のは、平岡の妻である三千代を性的に求めてはいけないという「道徳的禁制」を感じているからだ。もしこの時、三千代も代助に性的欲望を感じていたなら状況は違ったはずだが、三千代が白百合の花を買ってきたのは、借金の返済のためにもらった二百円を生活費に使ってしまったことを詫びるためで、ロマンティックな会話を楽しむ心のゆとりがない心理状態にあった。

そこで代助は、二百円の小切手は、「何《ど》うせ貴方に上げたんだから、何う使つたつて」、「役にさへ立てば夫《それ》で好《い》いぢやありませんか」と慰め、「貴方という字をことさら重く且《かつ》緩く響かせた」。つまり「貴方」という言葉を通して、愛していることを告げたのだが、「三千代はただ」、「『私、夫で漸《やうや》く安心したわ』と云つた丈であつた」（十の六）とある。

このように借金のことで頭がいっぱいになっている三千代には、代助の愛に応える心のゆとりがなかったので、鈴蘭の花の意味する「幸福の復活」や「青春の復活」はなかった。

その後紆余曲折を経て、三千代に愛していると告げようと決心した代助は、「花屋へ這入つて、大きな白百合の花を沢山買つて」、「二つの花瓶《かへい》に分けて挿した。まだ余つてゐるのを、此間の鉢に水を張つて置いて、茎を短く切つて、すぱすぱ放り込んだ」（十四の七）。

そして三千代を招いて、白百合の香りに包まれながら、「僕の存在には貴方が必要だ。何《どう》しても必要だ」（十四の十）と、告白する。

このように漱石が代助と三千代の愛の象徴として清廉《せいれん》なイメージを持つ白百合の花を選んだのは、二人の間の心の絆をもとにした愛を強調するためだが、もう一つの理由は、ヴィクトリア朝の白百合の花言葉にあったと思われる。なぜならヴィクトリア朝では、白百合には「純潔」、「威厳」などの他に、「あなたと一緒にいると天にも昇るように幸せだ」という意味があり、男性が愛する女性に贈る花だったこと、そして貰った女性は、「あなたを愛している」とか、「あなたは僕の恋人だ」という告白だと知っていた。そのため白百合は、鈴蘭と同じように、結婚式の花としても使われていた[20]。

なお一部の研究者は、西洋では白百合はファルス（男根）のシンボルであり、漱石も同じ意味で使っていると主張しているが、キリスト教では聖母マリアのシンボルだとされ、「マドンナ・リリー」と名付けられた白百合もあり、ギリシャ・ローマ神話では、白百合はゼウスの伴侶ヘラの乳があふれ出て生まれた花とされ、中世には女性の豊かな生殖能力のシンボルだった。そして日本にも、女性の美しさをたたえる言葉として、「立てば芍薬《しゃくやく》 座れば牡丹《ぼたん》 歩く姿は百合の花」という表現がある。しかも漱石は、『夢十夜』（一九〇八）の第一夜で、百年経ったら必ず逢いに来ると言って死んだ女が、百年目になって白い百合の花になって愛していた男の前に現われるという話を描いており、『それから』で白百合を男根のシンボルとして使ったとは考えられない。

ついでに言及すると、塚谷裕一は『漱石の白くない白百合』(一九九三)で、漱石が白百合だとしている花は、「翻《ひる》がへる様に綻びた大きな花瓣《はなびら》」(十四の八)で、「甘たるい強い」(十の五)香りなどから、「山百合」に違いないとし、山百合は「地は白いが、普通、黄の筋と茶褐色の斑点がある」、「してみれば漱石は、山百合の花弁の中のディテールを無視し、大把《おおづか》みに白いと表現していたものとみえる[21]」と述べており、塚谷説は、今では広く受け入れられている。

しかし三千代も代助も手軽に近所の花屋から白百合を買ってきている。山百合は山野草であり、二人が買ってくる白百合は、当時切り花として愛されていた鉄砲百合だと思われる。鉄砲百合は九州南部が原産だが、英国などに一八二〇年頃から輸出されて人気を博し、「イースター・リリー」(復活祭の百合)と呼ばれるようになった。そこで関東でも大量に栽培されるようになり、横浜港からも輸出されていた。塚谷が山百合だとする理由は、花の大きさや香りの強さだが、鉄砲百合も花は直径が十二センチから十五センチくらいで、花の説明書には「大輪」とあり、鉄砲百合の写真を見ると、開いた時は花弁の先端が外へ反り返っている。また切ってから二、三日は香りが強いため、苦手な人も多い。東京で知り合った花屋の女性店主によると、鉄砲百合は、昔は切り花として人気があったけれども、最近は葬儀に使われ、一般用の切り花としての人気は落ちたそうだ。

このような状況から、漱石は鉄砲百合を念頭にして「白百合」と書いた可能性が高いと考えられる。ここでもう一度『それから』に戻れば、重要な点は、漱石は鈴蘭の花を使って、代助が三千代と「幸福な時間の復活」や「変わらぬ愛」や「愛と希望」を共有したいと願っていると暗示し、そして三千代に愛を告白しようと決心すると、「あなたと一緒にいると天にも昇るように幸せだ」という花言葉を持つ白百合の花をたくさん買ってきて、部屋に飾り、白百合の香りに包まれて三千代に愛していることを告白するという風に描いていることだ。これは、それまでの日本の恋愛小説には見られないロマンティックで洒落た設定である。

また「頭」と「心」の相剋というテーマとの関連で見れば、代助は心の「自然」（十四）にしたがって三千代に愛を告白するわけで、これは「心」の勝利を描いた場面でもある。

付記すれば、『漱石激読』のなかで、小森は『それから』の「君子蘭の場面はまるでポルノですね」と発言し、石原も「冒頭の椿の場面もそうですね、ポルノですよ」と賛同。小森は「そうか、『それから』はポルノ小説だ、内務省検閲の目をかいくぐった[22]」と結論づけた。おそらく両氏は、『それから』が一般の読者に受け入れられやすいように「ポルノ小説」だと評したのだろう。

しかし『それから』が「人の掟」、すなわち「姦通罪」や、次に分析するように家父長的な資本主義社会やその結婚制度なども批判した小説であることを視野に入れれば、「ポルノ小説」だと規定してしまうことは、この作品を矮小化《わいしょう》するのではないかと懸念している。

（8）家父長的資本主義社会における結婚の機能と父の権威

漱石は『それから』では、代助が「姦通罪」に抵触する三千代との愛を選ぶ過程を描くだけではなく、父親から佐川の令嬢との結婚を求められている状況を平行して描いている。

漱石はなぜそのような複雑な設定をとったのか。

本書の冒頭で引用したタナーは『姦通の文学』で、「傑作」であるとの認定を受けている十九世紀の小説の多くが姦通を中心の問題に据えているが、それは当時のブルジョア社会ならびに国家の基礎である家父長制度に基づく家族制度と、個人の幸福を求めんとする欲求の間に葛藤があることが意識されるようになったからだという主旨の説明をしている。[23]

漱石も当時の日本の家父長的な家族制度の体現者として父親の長井得を描き、代助に佐川の令嬢との結婚を強いるとしている。そこでその意味を分析するが、先に十九世紀のヨーロッパのブルジョア社会における結婚のあり方を見ておくことにする。なぜなら日本では、ヨーロッパでは常に個人の自由が尊重されてきたと思われているが、結婚の場合は、父親や夫の権利が重要だったからだ。

ブルジョア社会とは、簡略に言えば、封建的な身分制度の代わりに、自由競争による資本の蓄積を基盤とし、思想的にはルソーの唱えた「自由、平等、友愛」を一つの理念としていて、男女の結びつきについては、結婚を重視していた。それは自分たちが築いた富を守り、次世代にその富を渡すためだった。それゆえミッシェル・フーコーが指摘したように、「承認された性現象の唯一の場は、有用かつ生産的なもの、すなわち両親の寝室[24]」となり、それ以外の性的活動は排斥されるようになる。

しかし夫たちには娼家という性欲を満足させる場もあった。フーコーは娼家のジェンダー性には無関心だが、娼家を利用できたのは男性だけだったという事実は、忘れてはならない。つまりブルジョア社会でも、性の自由は夫だけにあり、妻たちの性を管理するために「姦通罪」があった。「姦通罪」がないのは、英国だけだった。

タナーは、ブルジョア社会では夫と妻の間の性的自由の二重性のために、「ブルジョア小説においては、法を維持するように働く厳格さ」と、「姦通という違反行為に走ったものに対する理解にあふれた同情」が必要だったと言っていて、偉大な姦通小説は、「法と同情のあいだ」の「均衡[25]」がとれていると評している。そしてタナーは、当時の家族制度がどのようなものであったかについては、マックス・ホルクハイマーの「権威と家族」（一九七〇）という論文を引用している。

ホルクハイマーは、「ブルジョアジーの黄金時代には、家族と社会の間には実り多い親密な関係があり、「父親の権威は社会の中で彼の果たす役割に支えられていたし、社会は父権家族の中で行なわれていた権威のための教育によって、常に更新されていたからである」、「いわば家庭は、ブルジョア文化の『胚細胞』だったのであり、その中の権威がそうであったように、生きた現実として機能していたのである」[26]と言っている。そしてホルクハイマーは、今やそうした父権的家族形態は崩れつつあると、父権的家族制度の弱体化を嘆いている。

ではブルジョア社会の家父長的家族制度のもとでの、結婚の形はどのようなものだったのか。

この点については、タナーの著書が出る前に、オーストラリア出身のロシア・西欧文学の教授で作家でもあったジュディス・アームストロングが『姦通小説』（一九七六）という著書で次のように詳しく分析している。

十九世紀の西欧社会での結婚は基本的には経済的契約で、財産があればあるほどその傾向が強く、結婚に際しては、父親と夫になる男性の側の選択が重視されていた。英国では、フランスなどより早くから、当人同士の意志が認められていたが、愛情に基づかない結婚、特に女性の意志が尊重されない結婚が、姦通が多い原因の一つであり、姦通小説の女性の主人公たちも、愛のない結婚をしたとなっている。しかも妻の夫以外の男性との恋愛、すなわち姦通は、夫が親から受け継いだ財産や自由競争で得た富が、他の男性の子供に継承される可能性があるので、それを防ぐために、英国以外の国では、妻とその相手の男性を罰する姦通罪が制定されていた。特にフランスでは一八〇四年に制定されたナポレオン法によって、姦婦は三カ月以上二年以下の懲役刑、相手の男は同様の刑罰および夫の求めに応じ百〜二千フランの罰金を支払わなければならなかった。しかし夫の方は、家庭に妾を引き入れた場合にのみ、妻が夫を姦通罪で訴えることができたが、その場合も罰金だけで懲役刑はなかった。もっとも妻に多額の財産がある場合、夫も妻の姦通を受け入れる傾向があった、と。[27]

そこで西欧の傑作と言われる姦通小説を見ると、アームストロングが指摘しているように、恋愛結婚した女性は一人もいない。また結婚が経済的な契約であることは、どの小説でも明らかだが、最も露骨に描かれているのは、スタンダールの『赤と黒』（一八三〇）である。レナール夫人の夫は、妻と子供たちの家庭教師ジュリアン・ソレルの姦通を知ると、「家内を殺すのはやめ、大恥かかせて追いだすとしよう。しかしあれにはブザンソンに伯母がいる。財産はそっくりあれに行ってしまう」、「いや、おれは絶対にあれを手放さないぞ」[28]とある。つまり夫は妻が相続する予定の多額の財産を考えて、妻を殺したり、離婚したりせず、ジュリアンを解雇するだけで終わる。

フローベールの『ボヴァリー夫人』（一八五七）でも、エマの結婚は、彼女の父親と夫になるシャルルの間で決められた経済的契約で、エマは二人の取り決めを受け入れて結婚する。

つけ加えると、父親が娘の結婚を決めるという因習は、今では結婚式の時、父親が花嫁の娘の腕をとって、夫になる男性に渡すという風習の中に生きている。日本では父親が娘に腕をかして教会の「ヴァージン・ロード」（和製英語）を歩くのは、ロマンティックな風習のように考えられているが、これも娘は父親の所有物であり、結婚も父親が決め、夫に譲渡するという家父長的家族制度の名残である。もちろん男性が女性の父親に結婚の許可をもらうという習慣も同じで、欧米の結婚式では、今でも母親の公的出番はない。

では漱石は、父親の権威や役割をどのように描いているのか。

面白いことに、『三四郎』では、父親は一人も出てこない。三四郎には母親しかおらず、野々宮も原口も広田も独立して一戸を構えており、彼らは自分の意志で、自由に行動している。一方、美禰子は、親に代わって家長となった兄の監督下にいて、兄の希望を断れなくて、愛してもいない兄の友人と結婚する。野々宮の場合は、まだ田舎に両親がいて、よし子を結婚させたくても、家長のような権威はなく、よし子が結婚を断ると強制することができなかった。このような設定を見ると、漱石は父親は描いていないが、家父長的な家制度を考えながら、『三四郎』を描いていることが明白だ。

『それから』では、長井家では母親は亡くなっていて、父親の得が家長として絶対的な権力を持っている。しかも得は尊敬していた旧藩主にもらった「誠者天之道也《まことはてんのみちなり》」という額から一字とって誠吾と名付けた長男夫婦と同居していて、誠吾には妻梅子との間に誠太郎という長男と縫子という娘がいる。これは典型的な三世代同居の家父長的家族構成である。別居している代助は、兄二人が死んで次男のような存在になり、石原千秋が『漱石の記号学』(一九九九)で指摘したように、長男が死んだ時のための「代わり」、つまり「スペアー」である。(29)

このように漱石は、長井家がホルクハイマーの言ったようなブルジョアジーの家父長的な家であり、家長の得が家族を支配していることを明らかにしている。

実は漱石が描いた家父長的な「家」制度が、ホルクハイマーの指摘したような制度に似ているのは、偶然ではない。日本の家父長的な「家」は、上野千鶴子が『近代家族の成立と終焉』(一九九四)で指摘したように、明治政府が近代国家を作るために生み出したものなのだ。(30) そして「家」制度の要である旧民法の原案を作成したのは、「姦通罪」の原案を作成したフランスの法学者ギュスターヴ・ボアソナードで、ボアソナードはナポレオン法をもとにしている。ただし旧民法では、フランスの民法よりも父親と夫の権利が強化されているが、明治の家父長的な「家」制度はフランスの法律に起源があった。

　したがって漱石が描いた長井家の父親中心の家族形態が、ブルジョアジーの家父長的家制度に似ているのも当然だったわけで、漱石が家制度の本質を的確に理解し、表現していたことは、もっと高く評価すべきだと思う。

　では漱石は、長井得の経済的な背景はどう描いているのか。

　得は明治維新までは武士だったが、身分制度が廃止されてからは役人をしていて、「役人を已《や》めてから、実業界に這入つて、何か彼《か》にかしてゐるうちに、自然と金が貯つて、此十四五年来は大分《だいぶん》の財産家になつた」、「誠吾と云ふ兄」は、「父の関係してゐる会社」で、「重要な地位」（三の二）にあった。その会社が何をしているかは描かれていないが、得は経営者か、経営者の一人だとわかる。

　明治の日本をブルジョア社会と呼ぶのは問題があるが、しかし「富国強兵」のために西洋から移入した資本主義経済は、明治三十年代になると繁栄期に入り、得のような事業に成功した者が、日本の支配者階級の一員となった。漱石はこうした状況を、得の経歴を通して的確に描いている。そして父からの金で暮らしている代助も、誠吾と一緒に「英国の国会議員とか実業家」とかいう夫妻を「正賓《せいひん》」とする「麻布のある家への園遊会に呼ばれて」、フロックコートを着て、「絹帽《シルクハット》」を被って出席するが、それは「父と兄との社交的勢力の余波で」、代助にも「招待状」（五の三）がきたからだとある。こういう挿話も、長井家が支配者階級の一員であることを明らかにするために加えられたことが明らかである。

　ただし漱石は、すべての資本家が支配者階級の一員になったわけではないことも知っていたので、代助にこう言わせている。東京に増えた「粗悪な見苦しき構へ」の住宅は、「最低度の資本家が、なけなしの元手を二割乃至《ないし》三割の高利に廻さうと目論《もくろん》で、あたぢけなく拵《こしら》へ上げた、生存競争の記念《かたみ》であつた」（六の三）と。

そういう競争社会の中で成功し、支配者階級の一員となった家長の得は、ホルクハイマーが指摘したように社会や国家と一体感をもっていて、代助にも次のように説教する。

「さう人間は自分丈を考へるべきではない。世の中もある。国家もある。少しは人の為に何かしなくつては心持のわるいものだ。〔中略〕

実業が厭《いや》なら厭で好《い》い。何も金を儲ける丈が日本の為になるとも限るまいから。金は取らんでも構はない。金の為に兎《と》や角《かく》云ふとなると、御前《おまへ》も心持がわるからう。金は今迄通り己《おれ》が補助して遣《や》る。おれも、もう何時《いつ》死ぬか分らないし、死にや金を持つて行く訳にも行かないし。月々御前の生計《くらし》位どうでもしてやる。だから奮発して何か為《す》るが好い。国民の義務としてするが好い。もう三十だらう」

「左様《さう》です」

「三十になつて遊民として、のらくらしてゐるのは、如何《いか》にも不体裁だな」（三の三）

この得の訓戒は、ブルジョワ的父権家族と国家や社会との一体感を、見事に描き出している。そして生活費は出すから、社会的貢献をしろという得の言葉には、息子の将来を憂いている年老いた父親らしい人間味もあらわれていて、すぐれた造型となっている。

それに対して代助は、「御父さんは論語だの、王陽明だのといふ、金《きん》の延金《のべがね》を呑んで入らつしやるから、左様いふ事を仰しやるんでせう」（三の四）と皮肉った。そして自分は「決してのらくらして居るとは思はない。たゞ職業の為に汚《けが》されない内容の多い時間を有する、上等人種と自分を考へてゐる丈である」（三の三）と考えていた。しかし自分が遊んで暮らせるのは、父親が自由競争で勝利して儲けた金をくれるからだということを忘れている。

漱石が、代助を父親に経済的に依存している設定にしたのは、最後にはすべてを失っても、三千代との愛を選ぶことの勇気を描くためだったからだが、代助はこの時点では、三千代と結婚したいとは願っていないので、父親の経済的支援はいつまでも続くと楽観していた。

実は代助が忘れていることが、もう一つ描かれている。旧民法では、子供は三十歳まで、家長の承諾なしに結婚できないということだ。得の方は、家長の権利を熟知していたので、自分の経営している会社の資金繰りが難しくなると、昔恩義を受けた高木の子孫で、兵庫県の多額納税者である佐川家の令嬢と代助を結婚させようとする。

得が佐川の令嬢との結婚話をもってきたのは、明治四十二（一九〇九）年四月に発覚した日糖事件《にっとう》（日本製糖汚職事件）とその少し前に起きた「東洋汽船といふ会社は、一割二分の配当をした後の半期に、八十万円の欠損」（八の一）を出した時期で、父も兄も、普段より忙しく動き回っていたとある。つまり得も日露戦争後の不況で経済的な問題を抱えていたので、代助を地主で多額納税者の佐川家の娘と結婚させようとしているわけだ。もっとも得は、初めは佐川の親戚の高木家に恩義があるので佐川の娘と結婚させたいと体裁の良いことを言っていたが、代助が乗り気でないのを見ると、「普通の実業家より基礎が確《しつか》りしてゐて安全だ」（十二の八）とか、自分も年をとったので、引退したいが、「今は日露戦争後の商工業膨張の反動を受けて、自分の経営にかゝる事業が不景気の極端に達してゐる最中だから、此《この》難関を漕ぎ抜けた上でなくては、無責任の非難」を受けるので、辛抱しているが、「地方の大地主の、一見地味であつて、其実自分等よりはずつと鞏固《きようこ》の基礎を有している事を述べ」、「さう云ふ親類が一軒位あるのは、大変な便利で、且つ此際甚だ必要ぢやないか」（十五の四）と本音をもらす。

アームストロングも、十九世紀の西欧社会では結婚は経済的契約で、財産があればあるほどその傾向が強く、結婚に際しては父親が主導権を握っていたと指摘しているが、得も代助を多額納税者である地主の佐川家の娘と結婚させることで、長井家の経済的基盤を強化しようとしている。

このように見ていけば、漱石が家父長的資本主義社会における家長の権威や結婚の役割を理解した上で、得の言動を描いていることがよくわかる。もちろん長男の誠吾も梅子も父親の側について、佐川の令嬢との結婚を勧めていた。

代助は、佐川家の娘と結婚するように家族から圧力をかけられることによって、三千代を愛していることをはっきり意識するようになるが、見逃してならないのは、代助が佐川の令嬢ではなく三千代を選べば、家父長制社会の結婚の理念そのものにも挑戦することになることだ。というのは、三千代は心臓が悪く、平岡が子供は「もう駄目だらう」（二の五）と、会ってすぐ代助に告げているからだ。当時の家制度では、「子なきは去る」と言われていたくらい、家名や財産を継ぐ男の子を産めないことは、女性にとっては致命的な欠陥だった。そのうえ三千代の父親は、「かつて多少の財産と称《とな》へらるべき田畠《たはた》の所有者であつた」が、「日露戦争の当時、人の勧に応じて、株に手を出して全く遣り損《そく》なつてから、潔く祖先の地を売り払つて、北海道へ渡つた」（十三の四）けれども、生活に困窮しているので、三千代が平岡と離婚できたとしても、長井家に経済的利益をもたらすことはなく、それどころか父親ともどもお荷物になるだけだった。

それに対して、佐竹の令嬢は若くて健康で、子供を産む可能性は高く、多額の持参金も期待できる。だから得は、佐竹の令嬢と結婚すれば、「独立の出来る丈の財産」もやるので、「洋行する」（九の三）こともできると、代助を誘惑する。

なお長井家の長男の嫁である梅子も健康で、すでに長井家の跡取りになる誠太郎という男の子を生んでいるし、「自分の自由になる資産をいくらか持つて」（七の三）いて、代助が借金を申し込むと、二百円の小切手を送ってくれた。

漱石は、このように三千代は無一文で、心臓が悪く、子供も産めないとし、長井家には相応《ふさわ》しくない嫁だとわかるように描いており、代助自身にも不利な結婚相手だった。にもかかわらず、代助は、佐川の令嬢ではなく三千代を選ぶわけで、いかに代助が深く三千代を愛しているかを物語る設定となっている。

もっとも代助は「人の掟に背く恋」は、世間が許さないこと、また当時の刑法は、夫が妻とその相手を殺しても寛容だったことも知っていたので、一時は怯《ひる》んでしまって、佐川の令嬢と結婚しようかとも思う。しかし、しばらくすると「結婚は道徳の形式に於《おい》て、自分と三千代とを遮断するが、道徳の内容に於て、何らかの影響を二人の上に及ぼしさうもない」、「既に平岡に嫁いだ三千代に対して、こんな関係が起り得るならば、此上自分に既婚者の資格を与へたからと云つて、同様の関係が続かない訳には行かない」、「心を束縛する事の出来ない形式は、いくら重ねても苦痛を増す許《ばかり》である」（十四の二）と気がつく。

そこで梅子に、「僕は今度の縁談を断らうと思ふ」（十四の三）、「姉さん、私は好いた女があるんです」（十四の四）と告げる。

（9）「愛の刑」と「愛の賚《たまもの》」

迷いが消えた代助は、自分の「心」の自然にしたがって、三千代に愛を告白しようと決心し、思い出の花である白百合をたくさん買ってきて、白百合の花の香りに包まれながら、三千代に「僕の存在には貴方が必要だ。何しても必要だ」（十四の十）と告白する。漱石は、検閲を避けるために堅苦しい表現を用いているが、「あなたなしでは、僕はもう生きていけない」と言っているのと同じである。

そして「代助の言葉は官能を通り越して、すぐ三千代の心に達した」（十四の十）と続くが、「官能を通り越して」、「心に達した」というのは、二人の愛が心の絆をもとにした愛であることを示しており、三四郎とよし子の関係を思い出させる。というのは、三四郎はよし子と一緒にいると、「御世辞を使ふ必要がない」、「三四郎は子供の様なよし子から子供扱ひにされながら、少しもわが自尊心を傷つけたとは感じ得なかつた」（五の一）、「此の女の傍にゐると、帰らないでも構はない様な気がする」（五の三）と言い、十二章では三四郎がインフルエンザで寝込んでいる時、見舞いに来たよし子は、「頼りになるべき凡ての慰籍《ゐせき》を三四郎の枕の上に齎《もたら》してきた」（十二の六）とある。これらから将来三四郎がよし子にむかって、「僕の存在には貴方が必要だ。何しても必要だ」と言うかもしれないと想像できる。

なお代助が、森田草平が自身と平塚明子（後のらいてう）との心中未遂事件を元にして書いた『煤煙』（一九〇九）を、「肉の臭ひがしやしないか」（六の一）と批判するのは、自分と三千代は心で結ばれていると思っているからであり、それは漱石自身の『煤煙』評でもあったはずだ。そして漱石は、代助に『煤煙』の「要吉といふ人物にも、朋子といふ女にも、誠の愛で、已むなく社会の外に押し流されて行く様子が見えない。彼等を動かす内面の力は何であらうと考へると、代助は不審である」（六の一）

と批判させているが、それは代助と三千代が「姦通罪」があるにもかかわらず、「誠の愛で」、已むなく社会の外に押し流されて行く様子を描こうとしているからだとわかる。

また漱石は、代助に「社会的に罪を犯したも同じ事」（十四の十）だとわかっているけれども、「僕はこんな残酷なことを打ち明けなければ、もう生きている事ができなくなつた。つまり我が儘です。だから詫《あやま》るんです」（十四の十一）と言わせている。男性がこのように真剣に愛の告白をするのは、日本文学には珍しいことだが、代助が謝るのは、三千代にも罪を犯させてしまうからだ。

漱石が、代助に「罪」とだけ言わせているのは、「姦通罪」と明言すれば発禁になるからだが、しかし丁寧に読めば、代助が「姦通罪」を意識して話していることがわかるように描かれている。

それに対し三千代は「残酷では御座《ござ》いません。だから誤るのはもう廃《よ》して頂戴」、「ただ、もう少し早く云つてくださると」（十四の十一）と言いかけて涙ぐんだ。それは結婚している今、愛していると告白されても、遅すぎると思っているからだが、三千代も「姦通罪」があることを意識していることが明らかな描き方である。そして代助が「貴方は平岡を愛してゐるんですか」、「平岡は貴方を愛してゐるんですか」（十四の十一）と訊いても三千代が黙っているのは、どんな答え方をしても、平岡への裏切りとなり、姦通したと非難されかねないからだが、熟考した挙げ句に三千代が口にしたのは、「覚悟を極《き》めませう」という言葉だった。「姦通罪」を引き受ける覚悟を決めよう言ったわけだ。

そこで、浮かれていた代助もあらためて厳しい現実を思い出し、「背中から水を被つた様に顫《ふる》へた」（十四の十一）。

このように二人は、「姦通罪」によって罰せられることを覚悟の上で、愛を確かめ合うが、大勢の読者が読む新聞紙上で、発禁されないように描くのは難しかったに違いない。それでも漱石は、抑えた表現で、彼らがいかに深く愛し合っているかを見事に表現している。

しばらくすると、三千代は急に物に襲はれた様に、手を顔に当てて泣き出した。代助は三千代の泣く様《さま》を見るに忍びなかつた。肱を突いて額を五指《ごし》の裏に隠した。二人は此《この》態度を崩さずに、恋愛の彫刻の如く、凝《じつ》としてゐた。

二人は斯う凝としてゐる中《うち》に、五十年を眼《ま》のあたりに縮めた程の精神の緊張を感じた。さうして其《その》緊張と共に、二人が相並んで存在して居《お》ると云ふ自覚を失はなかつた。彼等は愛の刑と愛の賚《たまもの》とを同時に享《う》けて、同時に双方を切実に味はつた。（十四の十一）

二人が「恋愛の彫刻の如く、凝としてゐた」という叙述はロマンティックで独創的で、一度読んだら忘れられない描写だが、発禁にならないためには、肉体的な関係がないことを強調する必要があったからの表現でもあったはずだ。

官能的な「濡れ場」を描いた藤村の「旧主人」や、木下尚江の『良人の告白』が発禁になったことを考えれば、漱石が代助と三千代のストイックな姿を描いた理由がわかるであろう。

では愛を確認し合った二人はどうしたのか。

三千代が帰ると言ったので、代助は「わざと車を雇わずに」途中まで歩いて見送ったとある。そして代助は帰途、「腹《はら》の中で」、「『万事終る』と宣告した」（十四の十一）と続いている。

この発言については、従来二つの説がある。代助は後悔の念にとらわれていて、敗北宣言だとする説と、代助は過去と決別し、新しく人生を生き直そうとしているという説だ。

私は後者の説をとる。なぜなら三千代との「会見の翌日彼は永らく手に持つていた賽《さい》を思ひ切つて投げた人の決心を以て起きた。彼は自分と三千代の運命に対して、昨日から一種の責任を帯びねば済まぬ身になつたと自覚した。しかもそれは自ら進んで求めた責任に違ひなかつた」、「その重みに押されるがため、却つて自然と足が前に出る様な気がした」（十五の一）とあるからだ。

とはいえ、三千代との恋愛は、「姦通罪」があるために禁断の愛で、代助は社会からの迫害、つまり「愛の刑」が二人を待っていることも承知していた。

彼は自ら切り開いた此運命の断片を頭に乗せて、父と決戦すべき準備を整へた。父の後《あと》には兄がゐた、嫂《あによめ》がゐた。是等《これら》と戦つた後には平岡がゐた。是等を切り抜けても大きな社会があつた。個人の自由と情実を毫《ごう》も斟酌《しんしやく》して呉《く》れない器械の様な社会があつた。代助には此《この》社会が今全然暗黒に見えた。代助は凡てと戦う覚悟をした。〔中略〕怯む気は少しもなかつた。（十五の一）

「代助って大袈裟すぎない？」そういう感想があるかもしれない。しかし「姦通罪」が改悪されたばかりの社会では、いかに真剣な恋愛であっても、人妻との恋愛は懲役刑に処される犯罪であって、代助が「個人の自由と情実を毫も斟酌して呉れない器械の様な社会」が待っていると言うのも、過剰な思い込みなどではないわけである。

しかも当時は、独身の男女の恋愛にすら批判的な風潮があった。保守派の論客であった徳富蘇峰《そほう》は、自らの主宰する『國民新聞』で、こう述べている。「青年男女の恋愛抔《など》は何でもよし。斯《かか》るたはいのなき事に煩悶するとは、以ての外」、「若し恋愛する程ならば、一層大きく出て、国家と御結婚可然」

(明治三十九年二月三日「地方の青年に答ふる書」)と。このような国家主義的なことが平気で言えたのが、日露戦争後の日本社会だった。

それゆえ漱石が「有夫ノ婦」三千代を愛した代助が、父親をはじめ社会全体を敵だと思うとしたのは、納得できる展開である。

(10) ルソーの『社会契約論』の影響——国家と個人の自由

先に触れたように、タナーは十九世紀に姦通小説が多く描かれたのは、当時のブルジョア社会ならびに国家の基礎である家父長制度に基づく家族制度と、個人の幸福を求めんとする欲求の間にある葛藤が意識されるようになったからだという主旨の指摘をしている。

漱石も、「個人の自由と情実を毫も斟酌して呉れない器械の様な社会があつた」(十五の一)と記しているので、代助と三千代の個としての恋愛の自由と、家父長的な家制度ならびに家制度を維持するために「姦通罪」を制定した国家との葛藤というテーマを追求していることが明白である。

そこで指摘したいのは、漱石が社会的圧力と個人の自由というテーマを考えたのは、ルソーの『社会契約論』の思想に共鳴したからだということだ。

私が『社会契約論』の影響に気がついたのは、日本の現憲法と旧憲法の違いを教えるのに『社会契約論』を参考文献として使っていた時だったが、実はタナーも『姦通の文学』で、「姦通」という結婚の契約に違反する行為を描いた作品を分析するのには、ルソーの『社会契約論』の第一編第六章が参考になると言っている。私も漱石は第六章を念頭にしながら描いていると思うので、第六章の一部を記しておく。

〔前略〕各人が、すべての人々と結びつきながら、しかも自分自身にしか服従せず、以前と同じように自由であること。」これこそ根本的な問題であり、社会契約がそれに解決を与える。〔中略〕――社会契約が破られ、そこで各人が自分の最初の権利にもどり、契約にもとづく自由をうしない、そのためにすてた自然の自由をとりもどすまでは(31)。

つけ加えると、ルソーは理想的な市民社会を前提としていて、各人に「自由」をあたえる「社会契約」を維持することが、民主主義の基礎であると言っている（実はルソーの「市民」には、女性は含まれていないが、ここでは指摘するだけにする）。

漱石もルソーの思想に共鳴していたようだが、ルソーにない漱石の独創性として強調したいことがある。それは漱石がすべての「社会契約」が理想的な契約だとは考えていなかったことだ。特に「姦通罪」に関しては、家父長的な家や夫権を守るために妻の貞操を管理し、妻とその相手だけを罰する不公平な「社会契約」だと考えていた。

こういう漱石の考えが最もよく表われているのは、代助と三千代の恋愛は「人の掟に背く」が「天意には叶ふ」（十三の九）恋と断言したことだ。しかも漱石は、「人の掟」すなわち「姦通罪」という家父長的社会がうみだした「社会契約」がいかに不公平なものかを浮き彫りにするために、夫の持っていた性の自由もきちんと描いている。

たとえば代助の父親の得については、「好《い》い年をして、若い妾を持つてゐる」（三の二）としている。得の妻はもう亡くなっているので、妾を持っているのかもしれないが、しかし妻の生前にも妾がいた可能性がある。また長男の誠吾同様、待ち合いなどにも出入りしていたはずだ。

平岡にいたっては、三千代が出産後心臓を悪くしたので、買春を始め、多額の借金を作り、しかもその借金を支払うために、三千代を代助のところへやって、五百円借りようとする。

そして漱石は、代助自身も、三千代との愛に生きようと決心するまでは、男性の持つ性的特権に疑問を持っておらず、たとえば、父親が妾を持っていることについて、「代助から云ふと寧ろ賛成な位なもので、彼は妾を置く余裕のないものに限つて、蓄妾《ちくせふ》の攻撃をするんだと考へてゐる」(三の二)とある。しかも代助は「学校を出た時少々芸者買をし過ぎて、其尻を兄になすり付けた覚《おぼえ》はある。其時兄は叱るかと思ひの外《ほか》、そうか、困り者だな、親爺には内々《ないない》で置けと云つて嫂《あによめ》を通して、奇麗に借金を払つてくれた。さうして代助には一口の小言も云はなかつた」(五の五)とある。しかも代助は今でも父親の経済的援助を受けながら、その金で芸者買いを続けている。

このような設定は、男性たちの間には、芸者買いをしたり妾を持っても良い、という暗黙の「社会契約」があることを明らかにするためだとわかる。

そして代助は、三千代と平岡の夫婦関係が崩壊していると知らない間は、「生涯一人でいるか、或は妾を置いて暮すか、或は芸者と関係をつけるか、代助自身にも明瞭な計画は丸でなかつた」、「今の彼は結婚といふものに対して、他の独身者の様に、あまり興味を持てなかつた」(七の六)とある。こうしたいびつな結婚観は、三千代以外の女性と結婚する気にはなれなかったことから生じたものだが、同時に代助が金で性欲を充たすという家父長制社会の慣習にどっぷり浸かっていること、しかも女性を性欲を充たすだけの相手としか考えていないことを明らかにしている。

そして父親に佐川の令嬢との縁談を受け入れるように迫られると、自分の「愛の対象は他人の細君」

（十三の一）三千代だと意識していても、三千代への愛は、肉体的に満たされれば忘れられると考えて、「其晩を赤坂のある待合で暮した」（十三の二）とある。

しかし翌日になると、三千代に会いに行かずにはいられないが、問題は、代助が三千代を本当に愛しているかどうかを確かめるために、待合で一夜を過ごしたことだ。これは代助が自分は独身だから買春しても良いと思っていることを示すものであり、漱石は、代助がこの時点では買春の自由が、家父長的社会が男性にだけに与えた特権だとは気がついていないことを明示している。

ところが肉欲を満たしても、自分の「心」の「自然」を抑圧し続けることはできないと知り、とうとう代助は三千代を自宅に呼んで、「僕の存在には貴方が必要だ」（十四の十）、「僕はこんな残酷な事を打ち明けなければ、もう生きている事ができなくなつた」（十四の十一）と告白する。そして三千代も代助を愛していると告げる。

今の時代なら、三千代が平岡と離婚すれば、二人は結婚できるわけで、すべてはメデタシ、メデタシで終わったはずだ。しかし当時は「姦通罪」により人妻との恋愛は犯罪であり、夫が告訴すれば、北原白秋のように相手の女性と一緒に罰せられた。しかも妻の側から離婚の申し立てをすることはできなかった。

さらに先に述べたように、旧民法では、代助が結婚するには、三十歳までは、家長である父親の許可が必要だった。漱石は、得はそのことをよく知っているとし、長井家の経済的基盤を固めるために佐川の令嬢と結婚するように代助に圧力をかけるとしている。

このように代助と三千代が愛を貫こうとすれば、二人の前には、「姦通罪」、そして民法という家父長的社会の「社会契約」が立ちはだかっていた。だから代助が「個人の自由と情実を毫も斟酌して呉れない器械の様な社会があつた」（十五の一）と嘆くのもわかる。

漱石がこのように描いたのは、ルソーの『社会契約論』の第七章にある、「自分に対して義務を負うことと、自分がその一部をなしている全体に対して義務を負うこととの間には、大きな径庭がある」[32]という箇所を考慮して書いているからだと思われる。代助が自分の心の求めるままに、三千代と一緒になろうとすることは、自分への「義務」を果たすことだが、それは家父長的社会が決めた他人の妻は愛してはならないという「社会契約」を破ることになるからだ。

そこで代助は、三千代を顧みない平岡が離婚してくれるかもしれないと期待して、「三千代さんを呉れないか」（十六の十）と頼む。代助が「僕は三千代さんを愛してゐる」（十六の九）と言った後の平岡との会話は大変興味深い。

「他《ひと》の妻《さい》を愛する権利が君にあるか」

「仕方がない。三千代さんは公然君の所有だ。けれども物件ぢやない人間だから、心迄所有する事は誰にも出来ない。本人以外にどんなものが出て来たつて、愛情の増減や方向を命令する訳には行かない。夫の権利は其処迄は届きやしない。だから細君の愛を他へ移さない様にするのが、却つて夫の義務だらう」（十六の九）

「細君の愛を他へ移さない様にするのが、却つて夫の義務だらう」という代助の主張は、当時は斬《ざん》新《しん》な夫婦観であったはずだ。なぜなら夫が放蕩したり、妾を作っても、妻は我慢して家を守れというのが当時の「結婚という社会契約」のルールだったからだ。だから代助の言葉は当時の女性の読者に歓迎されたのではないだろうか。

しかし平岡は「姦通罪」や家制度が与えた「夫の権利」を主張し、病床にある三千代に会わせてくれと代助が懇願しても、「夫《それ》は困るよ。君と僕とは何も関係がないんだから。僕は是《これ》から先、君と交渉があれば、三千代を引き渡す時丈だと思つてるんだから」（十六の十）と拒絶した。

代助は、「あつ。解つた。三千代さんの死骸丈を僕に見せる積《つもり》なんだ。それは苛《ひど》い。それは残酷だ」、「苛い、苛い」と抗議し、「平岡は代助の眼のうちに狂へる恐ろしい光を見出した。肩を揺られながら、立ち上がつた」、「左《そ》んな事があるものか」（十六の十）と云つて代助の手を抑えたとある。しかし「姦通罪」は夫に絶対的な権力を与えていたので、平岡の発言は、代助がとらえたように、三千代の「死骸」を見せる時だと解釈すべきだ。

この場面は、すでに指摘したように冒頭の「男が女を斬つてゐる絵」にもつながっていて、姦通した妻と相手の男性を殺害しても、罪は軽いという旧刑法第三一一条を思い出させる機能もある。

もっとも平岡は三千代を殺す代わりに、代助の父親に手紙を書いて、代助と三千代のことを讒訴する。平岡はかねてから得の会社のことを新聞に書くと脅していたので、代助のことで得に多額の口止め料を要求したと推測できる。

得は、自分は「若い妾」を囲い、代助が芸者買いするのも黙認していたが、平岡の手紙をもらうと、理由も聞かずに代助を勘当し、経済的援助も打ち切り、兄も家族の縁を切ると告げた。

以上をまとめると、漱石は『社会契約論』の六章と七章にあるように、代助は「自分の最初の権利に立ち返り」、「自然の自由を回復」して、「自分に対して義務」を果たすために、三千代に愛を告白した結果、買春はしても他人の妻は愛さないという、「姦通罪」を制定した家父長制社会の「社会的契約」を守ることで「得ていた自由」も権利も、そして父親からの経済的な支援もすべて失うという顛末《てんまつ》を描いているのである。

(11) 国家権力への挑戦と自我の確立(自己本位)

◉『緋文字』『消えぬ過去』批判

他人の妻を愛してはならぬという家父長制社会の「社会契約」を破った代助に残ったのは、三千代だけだとあるが、まず『緋文字』と『消えぬ過去』との関係を見ておく。

三千代以外には、父も兄も社会も人間も悉《ことごと》く敵であつた。彼等は赫々《かくかく》たる炎火の裡《うち》に、二人を包んで焼き殺さうとしてゐる。代助は無言の儘《まま》、三千代と抱き合つて、此燄《ほのほ》の風に早く己れを焼き尽すのを、此上もない本望とした。(十七の三)

ここで漱石は「彼等は赫々たる炎火の裡に、二人を包んで焼き殺さうとして」いた云々という宗教的な迫害を思わせる表現を使っているが、これは、ホーソーンの『緋文字』批判だと言える。なぜなら『緋文字』では、牧師のディムズデイルは名声を失うことを恐れ、ヘスターが「人の掟」によって投獄され、刑を終えた後も家父長的な社会に迫害され続けていても何もせず、死ぬ間際になってヘスターと娘をつれて処刑台にのぼり、罪を告白する。しかし、それはヘスターをかばうための聖人の行為と受けとめられるような曖昧な告白であり、しかも告白後、ディムズデイルは神に許されたと感じて安らかに息絶えるが、ヘスターと娘は放棄《ほうき》したままで、そうしたディムズデイルの無責任さやエゴイズムを、作者のホーソーンは一度も批判していない。

漱石は『緋文字』から「人の掟」という表現は借りたが、すでに指摘したように、『緋文字』の姦通を罪とする「神の掟」を批判して、代助と三千代の恋愛を「人の掟」に背くけれども「天意に叶ふ」と宣言することで、『緋文字』を批判した。そしてここでは、『緋文字』の処刑台というイメージを用いながら、無責任なディムズデイルとは違い、代助に「炎火の裡に」三千代と一緒に焼き殺されても「本望」だと言わせている。これは宗教色の強い表現で、日本の読者には違和感もあるかと思うが、漱石は代助と三千代は家父長的な社会から迫害される殉教者であり、代助に、焼き殺されても三千代を愛し続けるという強い決意を語らせている。

またここはズーデルマンの『消えぬ過去』批判ともなっている。なぜならズーデルマンは、フェリシタスの誘惑を振りきり、ウルリッヒを裏切らなかったレオは、二十歳になれば伯爵家の莫大な遺産を相続する健康な十六歳のヘルガと愛し合うようになり、結婚を決意するとしている。つまりレオはヘルガという従順で健康な妻を得、同時に妻のもたらす莫大な財産によって、富める地主／企業家となることが示唆されている。しかもレオを非難していた妹のヨハンナも最後は精神病院に入るので、父親を早く失くし、家長となっているレオの地位は一段と強固なものになるわけで、フェリシタスと姦通しなかったレオは、すべての面で報われるとなっている。

そういうレオに好都合な『消えぬ過去』の設定に、漱石は同意できなかったようだ。なぜなら代助に父親の勧めるヘルガ的な存在である佐川の令嬢との結婚を断わらせ、勘当され経済的援助を失っても、病弱で子供も産めない無一文の人妻三千代との愛を選ばせているからだ。こうした展開は、『消えぬ過去』の基底にある家父長的資本主義社会の結婚の規範、つまり経済的に富をもたらし、健康な子供を産める妻を選ぶことが理想だとする考えも批判している。

このように漱石は、『緋文字』や『消えぬ過去』からアイデアを借りながら、同時に二作をきちんと批判しているのである。

◉多面的な国家権力批判と自我の確立

漱石は、代助に「有夫ノ婦」である三千代との愛を選ばせることで、家父長的な家族制度や、「姦通罪」の刑を重禁錮から二年以下の懲役刑に改悪した国家権力に挑戦し、批判していることがはっきりしたと思う。

そこでここでは、漱石が日露戦争をした国家の指導者たちを批判していることを見ていく。

漱石はすでに指摘したように『三四郎』の冒頭で、「前の前の駅」で、「発車間際に頓狂な声を出して、駆け込んで」きた田舎者の爺さんに、元「海軍の職工」の妻が夫は戦中は旅順へ、戦後は大連に出稼ぎに行ったと言うと、「自分の子も戦争中兵隊にとられて、とう〳〵彼地《あっち》で死んで仕舞つた。一体戦争は何の為にするものだか解らない。後で景気でも好くなればだが、大事な子は殺される、物価《しょしき》は高くなる。こんな馬鹿気たものはない」（一の二）と言わせ、ユーモアをまじえて、しかし痛烈に国家権力を批判した。

『それから』でも、代助に日本はダメだと何度も批判させ、しかも「御維新《ごいしん》」（三の一）の戦争、つまり明治維新の時の覇権争いに参加した父親を批判するという設定を通して、父親の背後にある国家権力を批判している。間接的な方法をとったのは、もちろん検閲を逃れるためだが、父親は、御維新の戦争に参加したことを自慢にしていて、「御前抔《など》はまだ戦争をした事がないから、度胸が据わらなくつて不可《いか》ん」と、代助を叱る。それに対して、代助は「臆病で恥づかしいといふ気は心《しん》から起らない。ある場合には臆病を以て自任したくなる」（三の二）と思っているとある。

しかし日露戦争後の新聞には、度胸ある勇士こそ国家が求める人材だと誉めたたえる記事が多く、同時に度胸のない臆病な男性は国家にとっては危険きわまりない存在だという主旨の批判が見られる。しかも政府は、部下を探しに沈む自船に戻り、脱出しようとした瞬間にロシア軍の砲撃で爆死した広瀬武夫少佐（死後中佐に）を日本最初の軍神として誉め称え、広瀬のような勇気ある軍人になるように、国民を教化しようとしていた。(33)

そのような状況を考慮するなら、漱石が、代助に自分は「臆病だ」と言わせたのは、戦争で戦う勇気を尊重する時代の価値観や、国家権力への挑戦という意味からであったことが明らかである。

しかも漱石は、代助は国家の基盤である家父長的な家制度を揺るがす三千代との愛を選ぼうと決心した途端、「臆病」ではなくなるとしている。そして代助に「父と決戦すべき準備を整へた」だけではなく、兄や嫂《あによめ》、平岡と戦うことを覚悟し、さらには社会を含め、「凡てと戦う覚悟をした」、「怯む気は少しもなかつた」（十五の一）と言わせた。つまり漱石は、代助に戦争用語を繰り返し使わせることで、国家のための戦争ではなく、国家が「姦通罪」によって犯罪行為とした「有夫ノ婦」三千代との恋愛こそが、戦いとる価値があると主張しているのである。

実はこれはジェンダー論的に見ても、ラディカルな考えだった。なぜなら、恋愛を重視し、愛する人のために戦うというのは、蘇峰の発言でもわかるように、男らしくない、女々しいことだと考えられていたからだ。

最後に代助は、父に勘当されて収入を失ったので、職を探しに町へ飛び出していくが、これまでの批評では、これは代助の敗北だという説が有力だった。

だが、本当に敗北なのか。佐川の令嬢と結婚すれば、勘当もされず、経済的にも安楽な暮らしを続けることができたはずだが、代助は自分の「心」を大切にし、迫害されてもなお三千代との愛を選ぶ。これは敗北だとは言えないのではないか。

もちろん代助が職業につかず、父の経済力に依存していたことは弱点であり、苦悩を大きくしたことも確かだ。しかしすべてを失っても、三千代との愛に生きようとすることは、社会的には破滅かもしれないが、個人としての尊厳と恋愛の自由は守ったのだ。

そして漱石は、「姦通罪」に反する三千代との愛を選びとる時、「代助は、最後の権威は自己にあるものと、腹のうちで定めた。父も兄も嫂《あによめ》も平岡も、決断の地平線上には出て来なかつた」（十四の一）と記している。

漱石は、大正三（一九一四）年の十一月、学習院輔仁会《ほじんかい》で「私の個人主義」という講演を行ない、「自己本位」の大切さについて語っているが、すでに『それから』で、代助に「最後の権威は自己にあるものと、腹のうちで定めた」と言わせている。これは明らかに「自己本位」の思想であり、漱石は「自己本位」の思想を体得した代助は、迫害されても三千代との愛を守りぬこうとする、という風に描いている。

駒尺喜美はすでに言及したように、『それから』について、「漱石は国家権力に抗して、自己本位に基づくモラルを、はっきり示したのでした」(34)と指摘したが、核心を突いた指摘である。

ただし「自己本位」という言葉は、今ではエゴイズムと誤解されかねない。そこで私は、「自我の確立」という言葉を使うことにしたが、代助は三千代を愛することで、家族や社会、国家の迫害にも負けない強い自我をもつ人間に成長したわけだ。

漱石は以上のように「姦通罪」が改悪された直後に、家族や社会、国家の迫害にも負けずに、「姦通罪」に抵触する三千代との愛を選ぶ強い自我をもつ代助という人物を、多勢の読者の見る新聞小説で描いた。このことは鈴木三重吉宛に「維新の志士の如き烈しい精神で文学をやつて見たい」と書き送った漱石の反骨精神を如実に物語っていると言えよう。

(12) 三千代の「結婚という社会契約」に対する挑戦

これまで三千代についてはあまり言及してこなかったが、代助を愛したことは、どんな意味をもっていたのか。

「社会契約」という観点からすれば、三千代は「結婚という社会契約」を破って、代助との愛を選ぶわけである。これは従来の研究では注目されなかったが、重要な決断である。

興味深いのは、三千代は年齢的に見れば、明治三十年代から始まった「良妻賢母」教育を受けた世代に属していることだ。

女子を「良妻賢母」になるよう教育しようという考えは早くからあったが、明治三十年代になると、政府の関係者の間でも支持されるようになり、明治三十二(一八九九)年二月、「高等女学校令」として公布され、同年四月に施行されたが、「高等女学校令」の発案者である文部大臣樺山資紀《すけのり》は、この法案の制定理由について、公布後に開かれた地方視学官会議で、次のように述べた。

〔前略〕高等女学校の教育は其生徒をして他日中人以上の家に嫁し、賢母良妻たらしむるの素養を為すに在り、故に優美高尚の気風温良貞淑の質性を涵養すると倶《とも》に、中人以上の生活に必須なる学術技芸を知得せしめんことを要す。(35)

樺山はここでは「賢母良妻」と言っているが、「良妻賢母」教育は、西洋の女子教育の基本的な思想を取り入れたものだった。

『三四郎』のオフィーリアのところで指摘したように、西洋でも長い間女子の教育は蔑ろにされていたが、十九世紀になると、女性たちは高等教育を受ける権利を要求し始めた。しかし国家は、良い妻として夫を支え、国家のために次世代の優良な国民を育てる賢い母となるための教育を、女子教育の基本理念として打ち出した――大学教育は、別だったが。(36)

そこで日本の政治家たちも、西洋列強のように強い国家をつくるには、やはり女子を良妻賢母にするための教育が必要だと考えた。

そして「良妻賢母」教育を受けたほとんどの女子は「高等女学校」卒業後、適齢期になると結婚したが、これは夫になる男性との間に「結婚という社会契約」を結ぶことを意味していた。

では「結婚という社会契約」とは、どのようなものだったのか。

そのルールは、妻は「良妻賢母」としての責任を果たし、夫の方は、妻と生まれてくる子供たちを経済的に扶養する義務を果たすことだった。

問題は旧民法では離婚の権利は夫にだけしかなく、しかも妻には財産権もなかったことだった。そのため離縁されたくなければ、妻は夫が外で放蕩したり、妾を囲ったり同居させても、黙って受け入れる他はなかった。また夫が長男の場合は、同居している夫の両親にも仕えなければならなかった。

漱石は、三千代は田舎の女学校を卒業した後、東京の女学校で学んだとしているので、普通の女性に較べれば、かなり長期にわたり「良妻賢母」教育を受けたことになる。

漱石が、三千代は友人、知人もいない大阪で出産して心臓を悪くし、赤ん坊も亡くしてしまい、おまけに夫の平岡が放蕩で多額の借金を作るという過酷な状況でも、黙って耐えたとしたのは、長期にわたって「良妻賢母」を受けた女性なら、逆境にあっても耐え忍ぶだろうと考えたのだろう。

もちろん漱石は、三千代にそういう過酷な生活を強いた平岡を批判的に描いている。しかも職をなくし東京へ戻ってきた平岡は、その借金を返すために、三千代に五百円借りに代助のところへ行かせるが、前述したように『三四郎』の野々宮の給料は五十五円で、『門』では宗助の給料が五円上がったときに、御米が赤飯を炊いて祝った時代に、放蕩して高い利子付きの五百円の借金を作るのがいかに酷《ひど》いかよくわかるはずだ。

しかし三千代は、代助になぜそんなに多額の借金が出来たのかと聞かれると、「私も病気をしたのが、悪いには悪いけれども」（四の五）と自分を責め、代助には、夫の悪口は言わなかった。それは「御貰《おもらひ》をしない」という美禰子的な潔い性格もあるが、「良妻賢母」教育を受けたからだと思われる。

しかも代助が梅子から送ってきた二百円の小切手を持って訪ねて行った時も、三千代は借金がたまったのは、自分が「産後心臓が悪くなつ」たので、平岡は「遊び始め」、「心配をする」と、一層「身体が悪くな」り、「放蕩が猶《なほ》募る」という具合だったけれども、それは平岡が「不親切なんじやない。私が悪いんですと三千代はわざわざ断つた」（八の四）とある。つまり自分が妻としての性的な勤めができないので夫が放蕩した、だから夫が悪いのではなく自分が悪いのだと、再び平岡を擁護したのである。

客観的に見れば、三千代は生まれたばかりの子供を亡くし、心臓も悪くなったので、悲嘆に暮れていたはずだ。にもかかわらず、平岡は性的に満足を得られないので放蕩し始めたわけで、三千代にとっては、地獄のような日々であったと考えられるが、漱石は「良妻賢母」教育を受けた女性なら、そういう状況でも耐えるように描いても、不自然ではないと考えたのだろう。

といっても、漱石は平岡を擁護しているのではない。平岡は冷酷で傲慢で、計算高いエゴイストとして描いている。代助との友人関係においても、平岡は代助に泣いてもらうことを好み、二百円の小切手を工面してもらっても、まともに礼も言わないので、そういうエゴイストなら、赤ん坊が亡くなったことも三千代の責任だと責めただろうし、性的満足が得られないと三千代を責めながら、おおっぴらに放蕩し、多額の借金を作ったことも理解できる。

では漱石は、なぜ平岡を冷酷なエゴイストで、平気で放蕩すると描いたのか。

漱石は西洋の姦通小説では夫は皆、品行方正で、妻だけを愛していたと描かれていることに不満を持っていたようだ。ズーデルマンは『消えぬ過去』で、フェリシタスの二度目の夫のウルリッヒは寛容で清廉潔白、妻だけを愛しているキリストのような人格者として描いており、『ボヴァリー夫人』の夫も、『アンナ・カレーニナ』の夫も妻だけを愛しているとある。

漱石はこのような夫の理想化に同意できず、家制度と「姦通罪」がいかに夫たちに性的自由を与えているかを、平岡を通して描いている。

もちろん漱石は、平岡を冷酷なエゴイストに描くことで、三千代と代助の恋愛を擁護してもいる。男性の読者や研究者の間に、姦婦になる可能性を持つ三千代を批判する声がないのも、平岡が酷い夫に描かれているからではないだろうか。漱石はそういう読者の心理も計算して、平岡を描いているようだ。

もう一つ指摘したいのは、三千代の特徴は、耐える妻であると同時に、誘惑しない女性として描かれていることだ。

このような三千代像は、ズーデルマンがフェリシタスをレオとウルリッヒの固い友情を破壊する元凶として描き、平気で嘘を言い、レオを取り戻したいと手練手管《てれんてくだ》を使って誘惑する悪女として描いていることに、漱石が批判的だったことを示している。

フェリシタスは、十九世紀末に人気のあった「ファム・ファタール」（宿命の女）の典型だと言われているが、「ファム・ファタール」とは、男性を夢中にさせる美貌と性的魅力を持ち、善悪の観念がないので、相手の男性を破滅させたりする女性のことを指していた。『消えぬ過去』が一九二六年にハリウッドで『肉体と悪魔』（*Flesh and the Devil*）として映画化されたとき、フェリシタスの役を、神秘的で妖艶な美貌をもつと評判のグレタ・ガルボが演じ、観客を魅了したと言われていることから、「ファム・ファタール」がどういう女性か想像できるであろう。

では三千代はどう描かれているのか。

漱石はズーデルマンのフェリシタスの描き方を褒めたが、三千代はフェリシタスとは正反対の女性として描いていると言える。

なぜならフェリシタスは肉感的で妖艶な美女だが、三千代は「色の白い割に髪の黒い、細面に眉毛《まみへ》の判然《はつきり》映る」女性で、「美くしい線を奇麗に重ねた鮮やかな二重瞼を持つてゐる」けれども、「一寸《ちよつと》見ると何所《どこ》となく淋しい感じの起る所が、古版《こはん》の浮世絵に似」（四の四）ていて、心臓が悪く、痩せて蒼白い顔をしている。しかも三千代はフェリシタスのような華やかさはなく、「色合から云ふと、もつと地味で、気持から云ふと、もう少し沈んでゐた」（七の二）とあり、爽やかな「新緑」（五の一）

や青のイメージが与えられている。

性格の方も、フェリシタスは善悪の観念がなく、男性に媚びを売るのに対し、三千代は善悪の観念を持ち、美禰子のように「御貰《おもらひ》をしない乞食」（五の九）で、媚びず、泣き言も言わず、平岡に蔑ろにされ、生活費もろくにもらっていなくても、「荒涼な胸の中《うち》を代助に訴へる様子もなかつた」（十三の三）とある。

なお多くの研究者が、三千代は東京へ戻って初めて代助の家を訪ねた時、代助にもらった真珠の指輪をした手を上にして、代助を愛していることを積極的にアピールし、誘惑するような行動をとると指摘しているが、しかし三千代はこの時も真珠の指輪をした手を上にしただけで、代助を誘惑するような行動は一切とっていない。

また二百円の小切手のお礼に、代助に白百合を持ってきた時も、代助は百合の香りに官能を刺激されたが、三千代は何も気づかず、二百円の小切手を使ってしまったことを謝るだけだった。それで代助は、「何《ど》うせ貴方に上げたんだから、何う使つたつて」、「役にさへ立てば夫《それ》で好《い》いぢやありませんか」と慰め、「貴方という字をことさら重く且《かつ》緩く響かせた」、つまり「貴方」という言葉を通して、愛していることを告げるが、「三千代はただ」、「『私、夫で漸《やうや》く安心したわ』と云つた丈であつた」（十の六）とある。

このように漱石は、三千代は「結婚という社会契約」に縛られていて、妻という立場でしか行動しない女性として描いているが、見逃してならないのは、平岡が「結婚という社会契約」の最後の条件である生活費も渡さなくなると、三千代が変わる姿を描いていることだ。

それは次のように始まっている。

三千代は平岡が生活費を渡さないので質屋に行くほど困窮していて、それを知って、代助は旅費にと持っていた現金を渡すが、三千代は受け取ろうとしない。そこで代助は「指環を受取るなら、これを受取つても、同じ事でせう。紙の指環だと思つて御貰ひなさい」(十二の三)と言って、なおもためらう三千代に金を渡した。代助が真珠の指輪を買って贈ったのは、三千代を愛していたからだとわかる場面でもあるが、三千代に金を渡して別れを告げ、外へ出た「代助は美くしい夢を見た様に、暗い夜を切つて歩いた」(十二の三)とある。代助が「美くしい夢を見た様」な気持ちになったのは、三千代に生活費を渡したことで、長年望んでいた夫の役割を果たすことができたからだ。

そして三千代の方も、代助にもらったお金のことは、平岡に黙っていた。これは平岡が妻を扶養するという「結婚という社会契約」のルールを守らなくなったので、良妻でいる義務もなくなり、代助にお金をもらったことを報告する義務もないと思っていることを示している。そして次に代助が三千代を訪問したときの描写は、こうある。

代助は三千代と差向《さしむかひ》で、より長く坐つてゐる事の危険に、始めて気が付いた。自然の情合から流れる相互の言葉が、無意識のうちに彼等を駆つて、準縄《じゆんじよう》の埒を踏み超えさせるのは、今二三分の裡《うち》にあつた。〔中略〕代助は辛うじて、今一歩と云ふ際どい所で、踏み留まつた。(十三の五)

平岡が「結婚という社会契約」における夫の役割を放棄してしまったので、三千代と代助は「道徳的禁制」を感じなくなって、姦通を犯しそうになったわけだ。このような設定は、漱石が人間の心理をよく理解していたことを示している。

ところで研究者の間でよく問題にされるのは、なぜ三千代は、代助が平岡からの結婚話をもってきた時、自分の気持ちを伝えなかったのかということだ。

その答えはテクストの中にある。代助が「僕の存在には貴方が必要だ。何《どう》しても必要だ」と告白したとき、三千代が「何故棄てゝ仕舞ったんです」、「残酷だわ」（十四の十）と抗議するからだ。つまり三千代は代助が心変わりしてしまったと諦めて、平岡と結婚したのだ。

忘れてならないのは、三千代は突然兄と母を亡くし、父親も破産しかけており、「良妻賢母」教育、つまり専業主婦になる教育しか受けていなかったので、生きるためには平岡と結婚せざるを得なかったことだ。

なお「僕の存在には貴方が必要だ。何しても必要だ」という告白を聞いた三千代が、「ただ、もう少し早く云つてくださると」（十四の十一）と言って涙ぐむのは、結婚した今、愛していると告白されても遅すぎるからで、この時点では、三千代は「結婚という社会契約」を破ろうとは考えていないことが示されている。

「ぢや僕が生涯黙つてゐた方が、貴方には幸福だつたんですか」と訊かれると、三千代は「貴方が左様《さう》云つて下さらなければ、生きてゐられなくなつたかも知れませんわ」（十四の十二）と答えた。これは姦通を犯したと非難されることのないギリギリの愛の告白であり、漱石の心理描写の巧みさに感心する箇所でもある。

しかし代助は、それだけでは満足せず、あなたは平岡を愛しているのか、平岡はあなたを愛しているのかとしつこく訊くが、三千代は固い表情で沈黙したままだった。代助の方は三千代の心を確かめたくて、急かすが、熟考していた三千代が口にしたのは甘い愛の言葉ではなく、「覚悟を極めませう」

という重い言葉だった。つまり「姦通罪」を引き受ける「覚悟を極めませう」と言ったのだ。それで代助も、あらためて厳しい現実を思い出し、「背中から水を被つた様に顫《ふる》へた」（十四の十二）。

このように二人は、社会から追放されることを覚悟の上で、愛を確かめ合うと記されているが、不特定多数の読者が読む新聞小説で、検閲に引っかからないように愛を確認し合う場面を描いた漱石の作家としての力量は秀逸だと思う。

興味深いのは、愛を確認し合うと、代助は、夫は妻を経済的に扶養しなければならないという「結婚という社会契約」の義務にこだわり始め、三千代に「物資上の責任」（十六の三）はとれないだろう、父からの経済的支援がなくなるかもしれないからと告白した。すると三千代は、「もし、夫《それ》が気になるなら、私の方は何《ど》うでも宜《よ》う御座んすから、御父様と仲直りをなすつて、今迄通り御交際《おつきあひ》になつたら好《い》いぢやありませんか」（十六の三）ときっぱり言う。これは三千代が、美禰子のように「御貰《おもらひ》をしない」潔さを持っていることを示した箇所である。

三千代は病弱で経済的にも無一文なので、弱い女性だと思われがちだが、漱石は芯の強い、理知的で、聡明な女性として造型している。また田舎と東京で女学校へ行った三千代は、新聞を読む当時としては知的な女性として描かれている。

最後に三千代は、夫を裏切ろうとしていることの心労から病いに倒れ、代助は平岡に三千代に会わせて欲しいと懇願するが、平岡は家父長的な民法と「姦通罪」で保障された夫権を行使し、代助には会わせないと言い、「是《これ》から先、君と交渉があれば、三千代を引き渡す時丈だと思つてるんだから」と宣告した。すると代助は「あつ。解つた。三千代さんの死骸丈を僕に見せる積《つもり》なんだ。それは苛《ひど》い。それは残酷だ」（十六の十）と責めるが、三千代が生きていれば、自ら平岡のもとを去ることができるので、代助の恐れには根拠がある。

そして平岡は、代助の父親に二人のことを讒訴し、その結果、代助は父親から勘当され、経済的援助も打ち切られる。おそらく平岡は、新聞には書かないからと言って、代助の父親から大金を脅し取ったのだろう。多額の借金を抱えている平岡は、「ちと、君の家《うち》の会社の内幕でも書いて御覧に入れやうか」（十三の六）と脅したこともあり、代助と三千代が愛し合っていることは、二人の間に性的な関係がなくても、平岡にとっては金儲けのタネなのだ。おまけに自分を裏切った代助には、最も効果的な復讐ができるし、病弱な三千代を離縁する口実もできたので、利のある復讐だった。

このように平岡が代助の父親に讒訴し、代助や三千代に復讐できたのは、「姦通罪」があり、旧民法では子供は三十歳になるまでは家長である父親の承認なしに結婚できないと決まっていたからだ。

漱石は、以上のように家父長的な家族制度や「姦通罪」がいかに残酷か、平岡と代助の父親の行動を通して、鮮明に描き出している。

(13)『それから』の評価の問題

最後に『それから』がどう評価されてきたか見ておきたい。

興味深いのは、武者小路実篤が、三千代が代助に平岡との結婚を勧められたとき、代助を愛していると言わずに平岡と結婚したことを古いと批判して、一九一九年に『友情』という小説を書き、『大阪毎日新聞』に掲載していることだ。その内容は、大宮という裕福な家の出である新進作家が、友人でまだ成功していない脚本家の野島が仲田という共通の友人の妹の杉子を愛していることを知ると、自分も愛していることを隠して杉子に野島との結婚を勧め、ヨーロッパに留学してしまう。すると杉子は大宮に対し、私はあなたを愛している、あなたも私を愛していることを知っている、だから友情のために私を犠牲にしないでくれと説得し、めでたく大宮と結婚するという話だ。

武者小路の小説は、青春ものとしては良くできた作品で、杉子が大宮に自分の気持ちをはっきり伝えたことは、当時の読者には新鮮な驚きであったようだ。

しかし武者小路のように、『それから』が古いとは断言できない。なぜなら漱石は、「姦通罪」に抵触する「有夫ノ婦」の三千代と代助の恋愛を描くために、三千代が自分の感情を殺して平岡と結婚するというストーリーを必要としたからだ。そして三千代は代助と再会すると、代助との愛に生きようとするが、三千代は国家が力を入れていた「良妻賢母」教育を受けた専業主婦の一人である。そうした女性が、「姦通罪」に抵触する恋愛を選ぶのである。したがって漱石の方が、武者小路よりも政治的に大胆で、革新的だったと言えはしないか。

また漱石と同時期に文筆活動をしていた田山花袋などの自然主義作家は、正宗白鳥が記したように、『それから』の設定は虚構であり、漱石自身の体験を描いたものではないと酷評した。しかし自然主義作家のように、自分の体験を書いた「私小説」だけが、小説ではない。もちろん現実に起きたことを題材にしたものもあるが、英語では小説はフィクション、つまり虚構と言う。

バフチンは小説は書かれた当時の政治的、社会的、経済的、文化的状況などと対話関係にあると指摘したが、『それから』を考える上で重要なのは、当時は現実にも「姦通罪」で罰せられた者がいたことだ。先に触れたが、明治三十五（一九〇二）年には、詩人の北原白秋が、妾を妻と同居させていた松下俊子の夫に告訴され、未決監に二週間拘留され、俊子は二年間投獄されており、白秋は釈放された後も、一部の文学者に「文藝の汚辱者」として新聞紙上で攻撃されている。また漱石が『それから』を書いた後だが、大正十二（一九二三）年には有島武郎が波多野秋子の夫に告訴すると脅かされて、秋子と心中している。そのような姦通に対する当時の状況を考慮するなら、漱石が現実を見すえて『それから』を描いたことが明らかであり、漱石は現実から乖離した絵空事を描いたという自然主義者たちの批判は独善的で不適切だったと言える。

また「はじめに」で言及したように一九六七年には、高橋和巳が『それから』は「姦通罪に抵触する確信行為を、自覚的に描いた」作品だと鋭い指摘をしたが、大岡と梶木は「姦通罪」の歴史を調べずに、「珍説」だとか「まゆつばもの」だと切り捨てた。

しかし漱石は「姦通罪」を制定し、かつ懲役刑に改悪した家父長的な国家権力をさまざまな形で批判し、代助と三千代を、社会から追放されることを覚悟で、自分たちの愛を貫こうする近代的自我をもった人物として描いている。これは高く評価すべきではないだろうか。

漱石は前期三部作を発表し終えた翌年の明治四十四（一九一一）年に、文部省から文学博士号授与の申し出を受けると、きっぱり断った。これは「維新の志士の如き烈しい精神で文学」をやろうと決意して職業作家になり、「姦通罪」に抵触する代助と三千代の恋愛を「天意に叶ふ恋」と明言したことを考えれば、納得のいく行為だと言えよう。

第三部　『門』——誰も死なない姦通小説の誕生

はじめに——『門』の革新性

漱石は明治四十三（一九一〇）年三月から六月まで『東京朝日新聞』および『大阪朝日新聞』に『門』を連載したが、主人公の名前を、『三四郎』の主人公の一人、野々宮宗八から「野」と「宗」を、『それから』の主人公の長井代助から「助」の字をとって「野中宗助」と命名し、『門』が三部作の最後の作品であることがわかるようにした。

そして宗助の妻の御米《およね》も、病弱で蒼白い顔をして、疲れとストレスから倒れたりすることから、三千代のその後の姿を思わせ、同時に入院していたこともある蒼白い顔色のよし子とも似た造型となっている。

とは言え、『門』は三部作の単なる結末ではなく、さまざまな意味で革新的な姦通小説となっている。そう断言できる理由はいくつかあるが、最も革新的なのは、姦通して結ばれた宗助と御米が六年後も愛し合って暮らしており、御米の夫だった安井も満洲にいるとあり、誰も死んではいないことだ。

誰も死なないことが、なぜ革新的なのか？

それは、西洋や日本の姦通文学の傑作だと言われている作品と比較するとすぐわかる。伝統的な姦通文学では、姦通した男女が一緒に暮らすという話は皆無で、姦通した女性は自死するか殺されるかして終わる。また相手の男性も死ぬことがあり、時には夫が姦通相手の男性に殺される場合もあって、三人のうちの誰かが死ぬことになっているからだ。

ただし姦通文学の知識がなければ、漱石の意図もわかりにくいかもしれない。そこで『門』のテクストを分析する前に、西洋と日本の姦通文学の歴史を概観したい。漱石が影響を受けたり、批判しているのは西洋の姦通文学だが、日本の姦通文学の歴史も見ておいた方がよいと思うからだ。

その後で、『門』では姦通というテーマがどう描かれているかを分析するが、漱石は当時の心理学研究の最先端であった「精神的トラウマ」に関する問題なども作中に取り込んでいるので、それらの点についても見ていくことにする。

(1) 姦通文学の歴史

◉西洋の姦通文学の歴史

西洋では、トニー・タナーが指摘しているように、姦通は早くから文学の重要なテーマだった。

その中で漱石が読んだことがはっきりしているのは、これまでに言及した旧約聖書のダビデとバテシバの話、「薤露行《かいろこう》」(一九〇五)の種本であるグィネヴィア妃とランスロット卿の物語、『三四郎』のところで言及した『トリスタン・イズー物語』、『行人』に出てくる『神曲』(一三〇四―一二〇)のパウロとフランチェスカの物語、そしてズーデルマンの『消えぬ過去』やホーソーンの『緋文字』などの十九世紀の姦通小説からもアイデアを得ている。そこでそれらの作品を中心に姦通文学の歴史を紹介する。

最も古いのは旧約聖書の中の古代イスラエルの初代の王ダビデとバテシバの話である。この話については すでに説明したが、ここで注目したいのは、バテシバから妊娠したと告げられると、ダビデは姦通したことを隠すために、ウリアを戦場から呼び戻し、バテシバと床をともにするように勧めるが、真面目なウリアは仲間の兵士たちが危険な戦場にいるのにそんなことはできないと拒否したため、ダビデはウリアを激戦地に送り、戦死させ、バテシバを后の一人としたことだ。神はそのようなダビデの不遜《ふそん》な行為に怒り、二人の間に生まれた子供を病死させる。その後ダビデには不運なことが続き、第一の后との間の息子に王位も奪われるが、次に王となったのはバテシバが生んだ第二子ソロモンだった。ソロモンは賢王として知られたので、バテシバの存在も有名になるが、彼女は多勢の后の一人で、ダビデと愛し合って暮らしたとは言いがたく、しかもダビデはウリアを戦死させ、最初の子供も死ぬという血塗られた姦通の物語となっている。

中世になると、今度は既婚の貴婦人と独身の騎士の恋愛を描いた文学が盛んになる。

実のところ中世以前には、既婚の女性との恋愛だけでなく、未婚の男女の恋愛すらあまり描かれなかった。アルノー・ドゥ・ラ・クロワの『中世のエロティシズム』（一九九九）によれば、それは男性同士の愛や友愛を重視し、女性を蔑視するギリシャの思想的影響が強く、しかも父親が結婚相手を決めたので、未婚の男女の恋愛も文学的な題材になりにくく、またキリスト教が女性をイヴの後裔《こうえい》として危険視したので、女性との恋愛に懐疑的な風潮を増長したとある。(1)

ところが十一世紀と十二世紀の変わり目に、突然、既婚の貴婦人と独身の騎士の愛が文学的に重要なトピックとなった。ジャンヌ・ブーランおよびイザベル・フェッサールの『愛と歌の中世――トゥルバドゥールの世界』（一九八六）によれば、ほとんどの研究者が、突然と言っており、二十世紀の歴史家シャルル・セニョボスは、「恋愛、この十二世紀の発明」(2)とも延べ、十二世紀に「発明」された既婚の貴婦人と独身の騎士の愛の物語は、「アムール・クルトワ」（amour courtois 日本語訳「宮廷風恋愛」または「雅の愛」）、ないしは「フィナモール」(3)（fin'amor「至福の愛の物語」）と呼ばれた。

ただし最近では、「アムール・クルトワ」は突然誕生したのではなく、アラブ・アンダルシアの恋愛の唄に影響されて生まれたという説が有力である。アンダルシアは、フランスからピレネー山脈を越えたスペイン南部にあり、当時のスペインはキリスト教圏より洗練された文化をもつイスラム教徒が支配していて、「アムール・クルトワ」の原型だといえる文学作品もあった。また「アムール・クルトワ」の叙情詩には、春の初めに行なわれた「豊穣の儀式」の影響もあったと言われている。この儀式はキリスト教が広まる前の異教徒の祭りの一つで、その日だけは既婚の女性を口説いてもよいことになっていたそうだ。その後、この祭りはキリスト教の「聖ヴァレンティヌスの祝日」として残り、後に世俗化され、ヴァレンタイン・デーになったと言われている。(4)

なお「アムール・クルトワ」に描かれた有夫の貴婦人に対する独身の騎士の愛は、原則としてはプラトニックな愛だったが、性愛も否定されてはいなかった。つまり姦通にいたる愛も含んでいたわけだ。

しかしなぜ文学でとりあげられた最初の愛の理想が、有夫の貴婦人に対する独身の騎士の愛だったのか。理由はいくつか挙げられている。

ジョルジュ・デュビーは『中世の結婚——騎士・女性・司祭』(一九八四)で、重要なのは、父親が息子や娘の結婚を決めていたからだと述べている。(5)興味深いのは、「アムール・クルトワ」の文学のパトロンとして有名なシャンパーニュ伯爵夫人マリ(一一四五—九八)は、「夫婦間に愛の占める余地があるか否か」という質問に対し、「夫婦の間には真の愛はその力を及ぼしえない」と断言。その理由として、「夫婦はお互いの欲望に応ずべき義務があり」、それは既得権の問題にすぎず、「夫婦間には真の愛を育むのに不可欠な嫉妬心がない(6)」と言い、真の愛は婚外の愛人との関係にしかないと返答している。もちろんマリの結婚も父親のルイ七世が決めている。

またデュビーは『中世の結婚』で、当時は現実にも「アムール・クルトワ」に描かれたような愛の生まれやすい生活環境があったと指摘している。貴族や封建諸侯は権力を維持し、戦いに勝つために、独身の騎士や騎士になる訓練を受けている若者を多勢城に住まわせていて、奥方の役割はそれらの若者集団の世話をし、作法などを教えることで、夫が戦いや狩猟などで留守のときには、奥方が財産や残った若者集団を管理していた、そのために若者たちの間に、奥方への愛と忠誠心が生まれたのだという。そして奥方に対する騎士たちの愛と忠誠心は、夫にとっても、彼らを自分のもとに留めておけて有利であり、夫は姦通に発展しても黙認していたそうだ(7)。

むろん嫉妬深い夫の話も残っているが、当時の結婚は利害契約だったので、妻と若い騎士の姦通も自分に利益をもたらす限り容認できたのだろう。

もう一つの理由としては、ジャン・ラボーが『フェミニズムの歴史』(一九七八)で指摘しているように、当時は男児がいない場合、娘にも財産の継承権があったので、女性の地位は比較的高く、自分の財産を持つ奥方は独身の騎士たちにとっては魅力ある存在だったことだ(8)。

以上のような社会的な状況の中で、トゥルバドゥールと呼ばれる吟遊詩人たちが楽器にあわせて歌う「アムール・クルトワ」の物語の理念、すなわち「若い騎士が主君の奥方など自分より身分が上の女性を『意中の奥方』と決め、その礼讃を通してその奥方にふさわしい騎士になるよう自己完成を目指し、冒険に挑み、試練に耐え、刻苦勉励するという文学上の一つの理念(9)」ができあがったと言われている。

そして「アムール・クルトワ」の文学で有名なのが、すでに言及したマルク王の甥で諸芸にすぐれた美男の騎士トリスタンと王の妃イズーの姦通を描いた『トリスタン・イズー物語』(イズーはイゾルデとも呼ばれる)と、アーサー王の妃グィネヴィアと円卓の騎士ランスロット卿の姦通を描いた作品だった。

なお漱石は『トリスタン・イズー物語』を『三四郎』だけではなく、『門』でも利用しているが、ここでは先に「薤露行」に出てくるグィネヴィア妃とランスロット卿の姦通の物語の方から見ていく。

十二世紀の後半に創作されたグィネヴィアとランスロットの物語については拙著『「源氏物語」と騎士道物語』で詳しく分析したが、ここでは紙幅の関係上、簡略に説明すると、最初のグィネヴィアとランスロットの物語『ランスロまたは荷車の騎士』（一一七七—七九、または一一八一とも）を、クレティアン・ド・トロワ（十二世紀後半のフランスの吟遊詩人）に書かせたのは、英国の征服王となったヘンリー二世（一一三三—八九）の妃アリエノール（エレオノール）・ダキテーヌ（一一二二—一二〇四）だった。アリエノール妃は女性にも相続権があった時代の代表的女性で、フランス領土の約三分の一にあたるボルドーを含めた南仏の土地を父のギヨーム十世から相続しており、十五歳で二歳年上のルイ七世と結婚したが、この結婚には不満で、騎士道物語の主人公のようにハンサムなヘンリーと姦通し、再婚したと言われている（二人のあいだの息子の一人は、日本でも有名な獅子心王リチャード）。そしてトゥルバドゥールとしても有名だった祖父のギヨーム九世の影響もあって、当時としては最高の文学的教養を身につけていたアリエノール妃は、宮廷に多くの作家を集め、古いアーサー王伝説に、アーサー王に憧れて集まったとする円卓の騎士たちの武勇談や恋物語をつけ加えさせた。その結果「アーサー王伝説」は華やかな騎士道物語に成長していくが、アリエノール妃は、ルイ七世との娘のシャンパーニュ伯爵夫人マリの創意に基づいて、クレティアン・ド・トロワに、アーサー王の妃グィネヴィアとランスロットの愛の物語を創作することを命じた。(10) マリが真の愛は婚外の愛人との関係にしかないと主張していたことを考えれば、『ランスロまたは荷車の騎士』で、グィネヴィアとランスロットの姦通愛が理想化して描かれていることも不思議ではないが、ランスロットはグィネヴィアのためにいかなる屈辱や苦痛にも耐え、他の女性には目もくれず、グィネヴィアだけを愛していたという風に描かれている。(11) それでもランスロットとグィネヴィアが一緒に暮らすという展開はない。

ところが十三世紀になると、キリスト教が姦通を排斥するようになり、家父長制も強力になった結果、女性の地位は低くなっていく。(12) それを反映して、最も美しい王妃と称されたグィネヴィアと最も気高い騎士と称されたランスロットの姦通は、アーサー王の理想の王国の破滅を招いたという話に書き変えられ、グィネヴィアは嫉妬深い女性として描かれるようになる。そしてサー・トーマス・マロリーが書き直した『アーサー王の死』（一四八五）では、ランスロットがグィネヴィアと姦通してアーサー王を裏切ったことに円卓の騎士たちが怒り、ランスロットはフランスにある自分の領地に戻るが、アーサー王が謀反者との戦いに苦戦していると聞いて、アーサーを助けるために英国へ戻って来る。しかしアーサーは戦いで瀕死《ひんし》の重傷を負い、幻の島アヴァロンに去り、グィネヴィアは王を裏切って姦通したことを悔いて、尼僧院で懺悔と祈りの生活を送るとある。しかしランスロットはグィネヴィアを諦めることができず、尼僧院に会いに行き、フランスで一緒に暮らそうと懇願するが、グィネヴィアが同意しないためランスロットも近くの僧院で僧になり、グィネヴィアが亡くなると、遺骸を埋葬した後、食も水も断ち、祈りながら死ぬとなっている。そして作者のマロリーは、そこで初めて二人はまことの恋人になった、最後は立派であったと讃えているが、二人は結局一度も一緒に暮らすことなく生涯を終える。(13)

十九世紀になると、英国ではロマン主義が広がり、中世への憧れや恋愛至上主義などから、グィネヴィアとランスロットの話や『トリスタン・イズー物語』が再びもてはやされるようになる。そこでアルフレッド・テニソン（一八〇九―九二）はマロリーの物語を元に長詩『国王牧歌』（*Idylls of the*

King)(一八五六―八五の間に出版)を書き、マロリーの作品のようにグィネヴィアは尼僧院に入り、三年後に死去するとしているが、ランスロットの生死には言及せずに終わっている。[14]

漱石は「薤路行」の序文で、マロリーの作品とテニソンの長詩をもとに「薤路行」を書いたと言っているが、グィネヴィアとランスロットの姦通を罪とし、処女エレーンのランスロットへの片思いを純愛として描き、エレーンの死にグィネヴィアも感動するとしており、ランスロットの生死はテニソンのようにわからないままにしている。

なお「薤路行」については、本書冒頭で言及したように、吉川豊子が、漱石は明治三十八年にグィネヴィアとランスロットの姦通を描いた「薤露行」を『中央公論』の十一月に発表したのは、「姦通罪」に対する「秘匿された侵犯行為であった[15]」と、鋭い指摘をしている。

ただし漱石は「薤路行」では、前期三部作と違って、家父長的な価値観を否定するまでには至っていない。家父長制の影響を受けて十三世紀に新しく造型された「父の娘」である処女エレーンのランスロットへの片思いを美化しすぎているからだ。客観的に見れば、エレーンは勝手にランスロットに片思いし、拒否されると自死してしまうが、漱石は、彼女の片思いを純愛として美化し、彼女の愛にこたえず、グィネヴィアだけを愛するランスロットを二重の意味で罪ある人間に仕立てていて、「罪は吾を追ひ、吾は罪を追ふ」という言葉を「古壁に刻み残[16]」した後、ランスロットは行方不明になったとしている。そのため「薤路行」は、姦通を罪とする家父長的価値観の批判としては、弱い。

そういう状況も踏まえた上で、私は明治四十(一九〇七)年に「姦通罪」が改悪されたことで、漱石は「姦通罪」を制定した家父長的社会制度への批判を強め、前期三部作を書く気になったと指摘したわけである。

そして漱石は第一作の『三四郎』では、冒頭で『トリスタン・イズー物語』からアイデアを得て、三四郎がシーツをグルグル巻きにして「女」との間に境界を作る話を描いているが、この作品は『アーサー王伝説』より早く、十一世紀の中頃トゥルバドゥールによって語られ始め、十二世紀後半にはヨーロッパ中に広まって人気を博していた。この話も何人かの作者によって書き継がれているものの、グィネヴィアとランスロットの物語と違い、基本的なストーリーはあまり変わっていない(17)。

粗筋を紹介すると、今のイギリス・ウェールズ地方のどこかにあったというコルヌアイユ国のマルク王の甥で比類のない美男で諸芸に優れていたトリスタンは、王の妻となるアイルランドの王女で黄金の髪を持つ美しいイズーを王のもとへ送り届けるために一緒に船旅を続けていた。その際、喉が渇いた二人は、ワインと間違えて「愛の媚薬《びやく》」を飲んでしまった。「愛の媚薬」は、イズーの母親が娘とマルク王が愛し合うようにするために調合し、侍女に託したものだが、「愛の媚薬」を飲んだ二人は激しい情熱にとらわれて身も心も一体となって離れられなくなり、イズーがマルク王と結婚した後も王を裏切って逢い引きを続けたため、騎士たちは二人を罰するように王に迫った。そこで二人は奥深い森に逃げ込み狩猟で命をつなぐが、狩りに来たマルク王に見つかってしまう。しかし、王は眠っている二人の間にトリスタンの剣が置かれているのを見て、二人の間には性的関係はないと信じ、二人がやせ細っているのにも哀れを覚え、殺さずに立ち去った。目覚めた二人は、剣が王の剣に取り替えられているのを見て、王が来たことを知るが、その頃には「愛の媚薬」の効力も薄れてきており敵の追跡も激しくなったので、二人は王と和解し、イズーは王のもとに戻り、トリスタンはフランスのブルターニュに渡り、領主の娘の白い手のイズーと結婚する。しかし黄金の髪のイズーが忘れられず、妻と性的関係がもてずにいるうちに、戦いで敵の毒を塗った刀に倒れたトリスタンは、白い手のイズーに、自分の傷を直す方法を知っているのはマルク王の妃イズーだけなので、彼女の所へ使いを送って欲しいと頼み、もしイズーが船に乗っていれば白い旗、乗っていなければ黒い旗を船のマストに掲げるように頼む。しかし白旗をあげた船が近づいてくるのを見た白い手のイズーは、嫉妬にかられ旗は黒だと告げた。絶望したトリスタンは息を引き取り、トリスタンが死んでいるのを見たイズー妃も絶望し、トリスタンの亡骸《なきがら》を抱きしめながら息絶えた。残されたマルク王は二人の亡骸を引き取り、寺院の建物をはさんで右と左に分けて埋葬するが、トリスタンの墓から花香るいばらの木が生えてきて、寺院の建物を這い上がり、イズーの墓の中に何度切っても伸びていくので、マルク王は哀れに思って、枝を切ることを禁止したとある。

私は『「源氏物語」と騎士道物語』で、『トリスタン・イズー物語』が後世の西洋の芸術に与えた影響は、『源氏物語』が日本の芸術に与えた影響力と似ていると指摘したが、漱石が強い関心を抱いていたシェイクスピアも姦通で純愛を描いた物語に影響を受けて『ロミオとジュリエット』（初演一五九五年頃）の悲恋と死を書いたと言われている。リヒャルト・ワグナー（一八一三―八三）はオペラ《トルスタンとイゾルデ》を創作し、一八六五年に上演した。ラファエル前派の画家たちも好んで画題にし、二十世紀に入ってからは何度も映画化された。

おそらく漱石は、テニソンの『国王牧歌』などを通して、トリスタンとイズーの物語の存在を知ったのだろう。トリスタンは後世になるとトリストラムという名で「アーサー王伝説」に取り込まれ、円卓の騎士の一人として登場しているからだが、ラファエル前派の描いた絵などを通して知った可能性も否定できない。

なお漱石は、「夢十夜」（一九一〇）の第一夜では、百年後に戻ってくると約束して亡くなった女性の墓に、男性が百年後に行ってみると、女性の代わりに墓から百合が伸びてきて白い花をつけたという話を描いているが、これは死後トリスタンの墓から花香るいばらの木が生えてイズーの墓まで枝を伸ばすという、二人の不滅の愛の物語にヒントを得て描いたと考えられる。

そして『三四郎』では、前述のように、トリスタンがイズーとの間に剣を置いて寝ている場面を、三四郎が元「海軍の職工」の妻との間にシーツで境界を作って寝るという喜劇として描いたが、『門』での利用はもう少し後で説明する。

なお先に触れたように、十三世紀以後は家父長制が強まり、女性の地位も低くなり、キリスト教の教会の圧力も強まったため、「アムール・クルトワ」の文学は衰退していくが、姦通に否定的な教会の考えを最もよく表明しているのは、ダンテ・アリギエーリ（一二六五―一三二一）の『神曲』である。『神曲』は、作者自身のダンテが古代ローマの詩人ウェルギリウスに案内されて、「地獄」「煉獄《れんごく》」「天国」まで旅をするという話で、一三二〇年までには完成したと言われているが、冒頭の「地獄篇」（一三〇四～〇八年の間に執筆）の第二圏は愛欲者のおちた地獄で、そこには姦通して夫のジャンチオットに殺害されたフランチェスカとジャンチオットの弟パウロが、肉欲に溺れた者を罰する荒れ狂う暴風の中をさまよっているとしている。(18)

実はこの三人はダンテと同時代の実在の人物だった。

フランチェスカ・ダ・リミニ（一二五五―八五）はラヴェンナの領主グイド・ダ・ポレンタ（一三一〇死亡）の娘で、一二七五年、リミニの領主の長男ジャンチオット・ジョヴンニ・マラテスタ（一三〇四死亡）と政略結婚をさせられるが、フランチェスカは醜い夫を嫌い、ハンサムな弟のパウロ・マラテスタ（一二四六―八五）と恋に落ち、二人が逢い引きをしているところをジャンチオットに見つかって殺されたと言われている。[19]

ダンテは、自分の嫌いな人物は作中で地獄に落としたそうで、ジャンチオットは罰せず、殺されたパウロとフランチェスカは死後地獄へ落ち、罰され続けるとした。しかもフランチェスカはダンテ(作中人物)に問われると、自分たちはランスロットとグィネヴィア妃の物語を一緒に読んでいるうちに恋におちたと答える。[20]つまりダンテは、「アムール・クルトワ」の傑作であるランスロットとグィネヴィアの物語も、姦通を奨励する不道徳で危険な作品として、同時に断罪したわけだが、それは教会が姦通を排斥し、「アムール・クルトワ」の文学も批判していたからだと言われている。

漱石は『行人』の中で、一郎に二郎とお直をパオロとフランチェスカに喩えさせているが、『神曲』をどういう経緯で読んだのかを示す資料はまだ見つかっていない。おそらく英国留学中に『神曲』の存在を知ったと考えられる。『神曲』はカソリック的要素が強いので、英国国教会やプロテスタントなど新教徒の多い英国では長い間翻訳されなかったが、十九世紀になると文学的関心が高まり、さまざまな訳者が『神曲』を英訳し、一種の『神曲』ブームが起きていたからだ。[21]

十五世紀以後は、姦通を諫《いさ》めるキリスト教の影響が一層強くなり、姦通文学は影をひそめ、代わりに姦通の誘惑をしりぞける女性たちの話を描いた作品が人気を博した。最も有名なのは、ラファイエット夫人(一六三四―九三)の書いた『クレーヴの奥方』(一六七八)で、奥方は愛するヌムール公の求愛を夫の死後もしりぞけて修道院に入り、若くして亡くなるとある。

『社会契約論』を書いたルソーは、このような風潮の中で『新エロイーズ』(一七六一)という書簡体恋愛小説を発表し、この作品は十八世紀最大のベストセラーとなり、一八〇〇年までに七十版も出ている。英訳はなかったので、漱石が読んだかどうかはわからないが、ここで取り上げるのは、主人公のジュリは姦通願望を抱いたとたん、死んでしまうとあるからだ。

ジュリは男爵令嬢で、家庭教師のサン＝プルーと愛し合い、性的関係まで持つが、サン＝プルーが平民なので、父親の男爵はジュリに自分の友人のヴォルマール男爵と結婚するように圧力をかけ、結婚したジュリは年上の夫の教育によって良妻賢母の典型のような女性になる。しかしヴォルマール男爵はそれだけでは満足せず、ジュリの記憶の中にあるサン＝プルーへの愛を忘れさせるために、サン＝プルーを客として招待し、ジュリは、夫の望みどおりサン＝プルーと兄妹のような関係を作ろうと努力するが、彼への愛を抑えることができずに苦しんでいた。サン＝プルーが再会を約して去った後、湖に落ちた息子をジュリは飛びこんで助け、息子は助かるが、ジュリはそれがもとで病いに倒れ死ぬ。そして彼女が死ぬ前に書いたサン＝プルー宛の手紙には、「わたくしたちは再び一緒になろうと考えておりましたが、そうした再会はよいことではなかったのです。それを妨げ給うたのは天のお恵みです。（そうすることによって）不幸の起きることを妨げ給うたに相違ありません[22]」と記している。タナーは『姦通の文学』の中で、「これはこのまま進んだら姦通は不可避のものだった、と言うに等しい[23]」とコメントしている。

このようにルソーは、ジュリに姦通する前に死ねるのは「天のお恵み」だと言わせているが、その後に書いた自伝の『告白』（一七六四―七〇）の中では、ヴァランス男爵夫人と愛人関係にあったと打ち明けている。『告白』はルソーの生前には発表されず、一七八二年と八八年の二度に分けて死後出版されている[24]。

漱石はルソーの思想に影響を受けていたが、『それから』では、代助に平岡の妻三千代との愛は「人の掟に背く」が「天意に叶ふ恋」と断言させ、代助は社会から追放されても三千代との愛を選ぶとした。このような『それから』の設定は、『新エロイーズ』批判だと言えないこともないが、漱石にそういう意図があったかどうかはわからない。

ルソーがジュリを死なせたのは、当時の小説の読者はキリスト教の倫理観に縛られていたので、姦通せず死んでしまう女性の物語を好むと知っていたからであろう。『新エロイーズ』が大ベストセラーになったことは、ジュリを死なせたルソーの判断は適切だったわけで、キリスト教の影響がいかに強かったかがわかる。

しかし十九世紀になると、科学の進歩や工業化などもあり、チャールズ・ダーウィンの『種の起源』も一八五九年に発表され、キリスト教の道徳的呪縛は弱まってくる。

代わりに女性たちには新しい制約が課せられた。「姦通罪」の歴史のところで指摘したように、フランスでは一八〇四年にナポレオン法が制定され、既婚の女性の婚外の恋愛は「姦通罪」で罰せられることになった。そのため十九世紀の姦通小説でも、姦通した女性は自死したり、夫に殺されたりするという風に描かれている。

たとえば十九世紀で傑作と言われた最初の姦通小説は、スタンダールの『赤と黒』(一八三〇)で、漱石が読んだかどうかは不明だが、木樵《きこり》の息子として生まれた頭脳明晰で野心的な美青年ジュリアン・ソレルは、家庭教師となったレナール家の夫人と愛し合うようになる。それを知った夫は夫人の殺害や離婚も考えるが、夫人が相続人になっている伯母の多額の資産を考えて、ジュリアンだけを追い出した。しかし夫人に裏切られたと思ったジュリアンは、教会で夫人をピストルで殺そうとして逮捕され、裁判にかけられ死刑判決を受けるが、獄中にいる間に夫人と和解し、夫人はジュリアンが処刑されて三日目に、絶望のあまり生きる気力を失って子供たちを抱きしめながら息絶え、二人とも死んでしまうとある。

同じくナポレオン法のもとで書かれたのは、漱石も読んでいたフローベールの『ボヴァリー夫人』(一八五七)である。父親が決めたシャルルと結婚したエマは、ロマンティックな恋愛小説に憧れていたので、町医者の夫の凡庸さにうんざりし、貧乏貴族で女たらしのルドルフと姦通するが、棄てられる。その後、以前に互いに思いを寄せており、今は法律事務所で働く若くハンサムな書記のレオンと再会して姦通し、高価な衣装をあつらえたりして多額の借金を作り、最終的にレオンに棄てられ、借金も払えないエマは追いつめられて、砒素《ひそ》を飲んで苦しみながら死ぬとある。

フローベールがこの作品を書いたのは、フランス人はロマンティックな恋愛小説の氾濫によって、現実を見る目を狂わされていると感じたので、エマを通してロマンティックな恋愛への憧れを打ち砕くことにあったと言われている。[25] しかしフローベールはルドルフやレオンは罰せず、エマだけに残酷な死に方をさせており、エマに対しては、タナーが言うような「姦通という違反行為に走ったものに対する理解にあふれた同情[26]」を示してはいない。

漱石が『それから』の中で言及したトルストイも、姦通した女性には厳しい罰を与えている。『アンナ・カレーニナ』(一八七七)では、前半でアンナとヴィロンスキー伯爵の姦通を「アムール・クルトワ」の宮廷風恋愛を思わせるような華麗な恋愛としてロマンティックに描きすぎたので、後半ではヴィロンスキーと一緒に彼の領地で暮らすアンナの生活を惨めなものとし、鉄道自殺させた。そして絶望したヴィロンスキーも、死のうと思って戦場に赴くところで終わっており、姦通した二人に厳しい罰を与えている。また晩年に書いた『クロイツエル・ソナタ』(一八八九)は、妻が音楽教師と姦通したと思った夫が妻を殺害する話だが、妻を愛していたための殺人、つまりCrime of Passionだと認められ、無罪となった夫は、車中で同席している男性に、女がいかに信用できない性的人間であるかを延々と語り、自分の殺人行為を正当化する様子が描かれている。

このように十九世紀の姦通小説では姦通した女性は死ぬのが定番だったが、生き残る女性もいる。一人は、『それから』で言及したホーソーンの『緋文字』（一八五〇）のヘスター・プリンで、自死するのは、姦通相手の牧師ディムズデイルである。ディムズデイルは保身のためヘスターの姦通相手であることを隠し続けるが、良心の呵責《かしゃく》から健康を害し、死期が近いことを知ると、公衆の前で神に姦通の罪を告白し、神の許しを乞いながら死んでしまう。しかし人々は彼の告白を聞いても、ヘスターをかばって罪をかぶったと受け取り、ディムズデイルを一層尊敬したとある。一方、ヘスターは生き残りはしたが、「人の掟」によって刑務所に入れられただけでなく、出所しても姦婦（Adulteress）の印であるAの緋文字を胸につけねばならず、さらにホーソーンはヘスターを死後も罰し続け、ヘスターが死ぬと、ディムズデイルと同じ墓地に埋葬されるけれども、二人の墓は隔てられているとし、「まるでそこに眠る二人の遺骨はまじり合う権利がないとでもいうようだった[27]」と記している。

ホーソーンがこのようにヘスターに厳しかったのは、清教徒の社会だけではなく、当時の一般の読者もキリスト教の影響で、姦通した女性に厳しかったからであろう。

漱石が前期三部作を書くにあたって影響を受けたズーデルマンの『消えぬ過去』（一八九四）でも、フェリシタスは生き残るが、彼女の最初の夫のラーデンはレオと拳銃で決闘し、レオに撃たれて死ぬ。当時のドイツでは決闘で相手を殺しても罪ではなかったので、レオは何の制裁も受けなかったが、良心の呵責から南米へ放浪の旅に出、未亡人となったフェリシタスはレオの親友ウルリッヒと再婚する。レオが南米から戻ると、フェリシタスはあの手この手で彼を誘惑しようとし、失敗するとベルリンに去り、若い男性たちに囲まれて陽気に暮らしているとあり、珍しく罰せられておらず、死ぬのはフェリシタスの最初の夫ラーデンと、二人の間の息子のポールとなっている。

以上のように名作と言われる姦通文学では、必ず誰かが死んでいる。特に十九世紀の姦通小説では姦通した女性たちのほとんどが死ぬとあるが、それは家父長的な家族制度を乱したからである。

◉日本の姦通文学の歴史

日本で最も有名な姦通文学は、紫式部が十一世紀の初めに書いた『源氏物語』であろう(28)。

私は拙著『「源氏物語」と騎士道物語』で、『源氏物語』は「世界で最も革新的な姦通文学」だと指摘したが、『源氏物語』には三組の姦通が描かれている。なお当時は姦通という言葉は使われていなかったが、ここでは便宜上、姦通で通すことにする。

三組の姦通の中で最も重要なのは、桐壺帝の息子源氏と父帝の正妻藤壺の姦通で、源氏は亡き母に似ていると言われている藤壺を早くから熱愛しており、源氏を贔屓《ひいき》にしている藤壺の侍女の手引きで彼女のもとに忍び込み思いを遂げ、二度目に藤壺は懐妊した。生まれた息子は、源氏の子供だと気づかれないようにしたので、桐壺帝の息子として帝位につき、冷泉帝《れいぜい》となる。

二組目は源氏と空蝉《うつせみ》の姦通で、方違えで行った伊予介の息子の家で、源氏は伊予介の正妻空蝉の寝所に忍んで姦通する。

三組目は、源氏の正妻女三宮《さんのみや》と柏木の姦通で、源氏は姦通される側となっている。息子の冷泉帝に准太上天皇《じゅんだいじょう》の位をおくられ、臣下の地位を脱した源氏は、孫もいる四十歳という、今でいえば還暦をすぎた年齢になって、異母兄の朱雀院《すざく》の娘で十四歳の女三宮を正妻として迎える。太政大臣(昔の頭中将《とうのちゅうじょう》）の息子柏木は早くから女三宮に憧れていて、朱雀院に女三宮と結婚させて欲しいと申し出たが、朱雀院は身分が低いことを理由に柏木を退け、源氏に嫁がせた。ところが源氏は息子の夕霧よりも若い女三宮の幼さに失望し、しかも長年つれそった紫上《むらさきのうえ》が源氏が女三宮を正妻に迎えたことに打撃を受け、病いに倒れたため、紫上のところにばかり行き、女三宮を放ったらかしにしていた。柏木は好機到来と忍んで行って、女三宮は懐妊する。二人の関係に嫉妬した源氏から冷遇された柏木は引きこもりとなり、女三宮の方は、源氏が生まれた薫に冷淡なのを知ると、父親の朱雀院に頼んで出家、その報せを聞いた柏木は、女三宮と薫を心配しつつ衰弱死した。

興味深いのは、姦通される側の桐壺帝も、伊予介も、源氏自身も、妻の側からすれば、父親の世代に属しており、女性の側の意思を反映しない結婚をしている。つまり娘のように若い女性を妻にした男性たちは、三人とも妻に姦通されてしまうわけで、なかなか皮肉な設定である。

しかも西洋の姦通文学の中の女性たちと異なって、姦通した藤壺、空蝉、女三宮は、姦通したことによって幸せな人生を送ることだ。藤壺は亡くなった桐壺帝との間に子供がなく、桐壺帝の最初の妃で朱雀帝の母である弘徽殿女御《こきでんのにょうご》側にいびられるが、源氏との間の息子の冷泉帝が桐壺帝の子として皇位につき、藤壺は国母という栄誉を得、息子に守られ、人々にも尊敬されて幸せな老後を送るとある。空蝉も、伊予介の死後には貧困にあえぐことになったはずだが、姦通した源氏に経済的に支援されて、二条東院で安楽に暮らす。女三宮も、柏木と姦通することで薫を得て、朱雀院の死後は、薫にかしずかれ、薫の友人の公達《きんだち》たちにも慕われて、幸せな人生を送っている。

このように姦通したことで女性たちが幸せになるという作品は、ソロモン王の母バテシバを除いて西洋にはなく、『源氏物語』は女性の作家にしか書けなかった作品だと言える。

紫式部自身は、父の友人で年長の藤原宣孝《のぶたか》と結婚したが、宣孝にはすでに数人の妻と子供もいて、式部が娘を生むと離れていったと言われている。娘のような若い妻を迎えた男性たちが三人とも妻に姦通され、妻たちは姦通したことで、幸せな人生を送るという設定には、個人的な思いもあったと思われる。

もちろん紫式部が姦通を描いたのは、政治的な意図からでもある。

というのは、西洋の姦通文学では子供は生まれないか、生まれても女の子だ。それは家父長制を揺るがさないための作者の創意だが、紫式部は、藤壺と源氏の子供を息子にし、無能な朱雀帝が退位した後、冷泉帝として皇位につき、賢帝として臣民に慕われ、国の繁栄に貢献するとした。これは当時の摂関家が、私益のために能力のない皇子を皇位につけたり、皇位は父から子へ継続されるという当時の制度を覆すものである。そして冷泉帝は、歴代の天皇の中には、自分のように不義の関係から生まれたものもいるに違いないと考えるが、これは万世《ばんせい》一系という天皇制神話そのものへの挑戦である。そのため昭和の戦時体制下になると、軍人や国粋学者は『源氏物語』を危険な書と見なし、現代語訳を書いていた谷崎潤一郎（一八八六―一九六五）は、冷泉帝の誕生や、「万世一系」を疑問視する冷泉帝の述懐を訳から削除するよう求められ、削除した。(29)

また歴史家の服藤《ふくとう》早苗によれば、「政治的地位たる朝廷官職の父子継承は、十世紀から次第に開始され、十一世紀後期には、官職の家格が成立するとされている」(30)そうだが、紫式部は、薫の実の父柏木の官位は低いけれども、准太上天皇の地位にある源氏が正妻に姦通されたことを隠すために薫を自分の息子として育てたので、薫は皇子並みに優遇され、スピード出世していくとし、「官職の父子継承」という制度も攪乱《かくらん》している。

そこで拙著では、『源氏物語』は世界で最も革新的な姦通文学だと高く評価したわけだが、しかし姦通したカップルが一緒に住むというストーリーはやはりない。空蝉は老後に源氏から経済的に支援され、同じ敷地内に住むだけである。

また『源氏物語』にも、死んでしまう人物がいる。柏木である。

柏木は、源氏にいびられて引きこもりとなり、衰弱死する。しかし紫式部は、柏木の死後人々は才能にあふれた優雅な貴公子だった柏木の死を悼むとし、一夫多妻的な平安貴族の中で女三宮だけを熱愛した柏木を、イズーを熱愛したトリスタン的な存在に美化して描いている。

では鎌倉時代は、どうだったのか。

平安時代と違い、家父長的な価値観を持つ武士が政権を握ったので、平安末期に慣習化した姦夫殺害に加えて、姦婦も殺害して良いことになる。勝俣鎮夫は、戦国家法の密懐《びっかい》法の条文にも、本夫は密懐の現場では、姦夫と姦婦を一緒に殺害しても良いとあると指摘している(31)。

また鎌倉時代には、キリスト教と同じく家父長的な宗教である仏教が強力になり、紫式部は不道徳な話を書いた罪で地獄に堕ちたとされ、寺院では「源氏供養」まで行なわれるようになる。そこで姦通の物語は書かれなくなり、代わりに戦記物が盛んになった。

江戸時代になると、姦通に対してより厳しい法ができた。先に言及したように八代将軍吉宗の時代に『公事方御定書』(一七四二)が制定され、姦通の現場をおさえなくても、確かな証拠があれば、妻と相手の男性を殺害しても咎めなしとなったので、武家の間では妻の姦通相手を殺害する「妻敵討/女敵討」が行なわれるようになり、庶民の場合は、各藩で死罪にしたとある(32)。

もっとも江戸時代には姦通ものが書けるようになるが、幕府によって発禁にされないように書かなければならなかった。

姦通ものとして最も有名なのは、井原西鶴（一六四二—九三）の『好色五人女』（一六八六）で、西鶴は貞享二（一六八五）年に大阪で実際にあった樽屋の美しい妻おせんと近所に住む妻のいる麹屋長左衛門とが姦通した事件をもとに、巻二の「情を入れし樽屋物かたり」を書いた。そして夫の樽屋に姦通現場を見られてしまったおせんは自害し、逃げた長左衛門は捕らえられて処刑され、おせんの亡骸も、密夫《みっぷ》の長左衛門と同じ仕置場にさらされて恥を残したとし、二人の話は流行唄に作られ「遠國《ゑんごく》迄もつたへける。あしき事はのがれず、あなおそろしの世や[33]」という文で終わっている。

そして巻三「中段に見る暦屋物語」では、天和三（一六八三）年に処刑されたおさんと手代《てだい》の茂兵衛《もへえ》（作中は茂右衛門）の話をもとにしていて、夫が仕事で遠国へ行って留守の間におさんは茂右衛門と姦通して出奔し、心中したと装い丹後の田舎に隠れ住んでいたが、栗商人が二人にそっくりな男女が丹後にいると夫に告げたので、夫は身内のものたちと二人を捕らえ、二人は処刑されて「栗田口の露草とはなりぬ[34]」と記されている。

なお西鶴の作品の特徴は、庶民に受けるようにという意図からか、姦通した男女が性交を楽しんでいる様子を必ず描いているが、最後には二人が捕われて処刑される場面を導入し、姦通は死刑だと読者にわかるように描いている。

近松門左衛門（一六五三—一七二五）も、西鶴の作品の巻三と同じ事件を『大經師昔暦《だいきょうじむかしごよみ》』（一七一五）という人形浄瑠璃で書いているが、おさんと茂兵衛は愛し合ったことはないと書き換えただけでなく、二人に儒教的倫理にのっとった行動をさせ、最後には和尚の助けで処刑を免れたとし、当時支配的であった儒教的倫理観を宣伝するような作品にしている[35]。また近松は「鑓《やり》の権三重帷子《ごんざかさねかたびら》」（一七一七）では、姦通の濡れ衣を着せられた笹野権三とおさゐは、儒教的倫理にしたがって行動するが、二人はおさゐの夫市之進に討たれて死ぬとした[36]。

このように西鶴と近松の作品を見ると、江戸時代には幕府の倫理観や価値観に迎合しない限り、姦通の物語は書けなかったことや、検閲を逃れる一番手軽な方法は、姦通した二人を死なせることだったとわかる。もちろん西鶴のモデルになった男女は、現実にも処刑されている。

一九四七年に「姦通罪」が廃止されると、自由に姦通小説が書けるようになった。そこで本書の冒頭で言及したように、大岡昇平が誰よりも早く『武蔵野夫人』（一九五〇）という姦通小説を書いている。『武蔵野夫人』はベストセラーになるが、大岡は姦通していた不実な夫に失望し、いとこの勉を熱愛するようになった主人公の道子は、罪の意識から自殺するとし、姦通した妻は自死するという十九世紀の姦通文学の伝統を守っている。

以上のように、西洋でも日本でも、姦通文学では姦通した男女は死ぬか、別れるかで終わっていることや、夫が姦通相手の男性に殺される場合もあることがわかったのではないだろうか。漱石はそういう姦通文学のあり方を知った上で、三部作の締めくくりの『門』では、姦通して夫婦になった野中宗助と御米が六年後にも愛し合って暮らしている姿を描き、御米の夫だった安井も死なせなかった。それがいかに革新的だったかは、「姦通罪」が廃止された後に大岡が書いた『武蔵野夫人』と比べてもわかるであろう。

では漱石は、『門』ではどのようなことを描いているのか、次に見ていく。

（2）『門』のテーマの提示――光と影と胎児的寝姿の意味

漱石は、『三四郎』、『それから』と同じく、『門』でも第一章の冒頭で作品の主題を提示している。

宗助は先刻《さつき》から縁側へ坐蒲団《ざぶとん》を持ち出して日当りの好ささうな所へ気楽に胡坐《あぐら》をかいて見たが、やがて手に持つてゐる雑誌を放り出すと共に、ごろりと横になつた。秋日和と名のつくほどの上天気なので、往来を行く人の下駄の響が、静かな町丈に、朗《ほが》らかに聞えて来る。肘枕《ひぢまくら》をして軒から上を見上ると、奇麗な空が一面に蒼く澄んでゐる。その空が自分の寝てゐる縁側の窮屈な寸法に較べて見ると、非常に広大である。たまの日曜に斯《こ》うして緩《ゆつ》くり空を見るだけでも大分違ふなと思ひながら、眉を寄せて、ぎら〳〵する日を少時《しばらく》見詰めてゐたが、眩《まぼ》しくなつたので、今度はぐるりと寝返りをして障子《しょうじ》の方を向いた。障子の中では細君が裁縫《しごと》をしてゐる。

「おい、好《い》い天気だな」と話し掛けた。細君は、

「えゝ」と云つたなりであつた。宗助も別に話がしたい訳でもなかつたと見えて、夫《それ》なり黙つてしまつた。しばらくすると今度は細君の方から、

「ちつと散歩でも為《し》て入らつしやい」と云つた。然《しか》し其時は宗助が唯《ただ》うんと云ふ生返事を返した丈であつた。

二三分して、細君は障子の硝子《ガラス》の所へ顔を寄せて、縁側に寝てゐる夫の姿を覗いて見た。夫はどう云ふ了見か両膝を曲げて海老《えび》のように窮屈になつてゐる。さうして両手を組み合はして、其中へ黒い頭を突つ込んでゐるから、肘に挟まれて顔がちつとも見えない。

「貴方そんな所へ寝ると風邪引いてよ」と細君が注意した。細君の言葉は東京の様な、東京で

ない様な、現代の女学生に共通な一種の調子を持つてゐる。（一の一）

この叙述でまず注目したいのは、「下駄の響」である。

『それから』の冒頭では、「誰か慌たゞしく門前を駆けて行く足音がした時、代助の頭の中には、大きな俎下駄《まないた》が空《くう》から、ぶら下つてゐた」（一の一）とあり、下駄の音は、代助の不穏な夢の一部で、この話は代助が新聞に載っている「男が女を斬つてゐる絵」を見るところまで続いていて、代助が三千代と姦通すれば、三千代は下駄の主によって殺される危険があるという予告となっていた。

漱石は『門』が『それから』の続きであることを示すために、同じく「下駄」の音というモチーフを用いているが、ここでは秋の暖かい日射しを浴びながら縁側で寝転んでいる宗助に、「往来を行く人の下駄の響が、静かな町丈に、朗らかに聞えて来る」と言わせている。そして代助と宗助を一字違いにすることで、父親に勘当され、狂ったように真夏の街に職を探しに飛び出して行った代助＝宗助は、仕事を見つけ、秋の暖かい日射しを浴びながら日曜日の午後を楽しんでいると示している。

また部屋の中にいるのは「細君」とし、名前を出さないことで、元気になった三千代がそこにいるという印象を与えることに成功している。その後、宗助が「御米《およね》、近来の近の字はどう書いたつけね」（一の一）と声をかけるので、「細君」の名が御米だとわかるが。

このように漱石は、『門』の冒頭で、宗助と御米は、姦通して結ばれた代助と三千代の後身だという印象を与えるように描いている。そして御米は宗助と一緒になって六年もたつのに、「現代の女学生に共通」する女学生言葉で話すとし、御米が所帯じみておらず、今でも新婚気分で宗助に甘えている節があることを明らかにし、宗助の方も御米とたいした会話を交わすわけではないけれども、一緒にいるだけで満足していて、二人は仲の良い幸せな若夫婦だという印象を与えるように描いている。

ところが縁側に寝転んでいた宗助は、しばらくすると「両膝を曲げて海老《えび》のように窮屈になつて」、「両手を組み合はして、其中へ黒い頭を突つ込んでゐる」とある。つまり漱石は、宗助が身を守るように胎児的な姿勢で、しかも頭を抱え込んで横になっているという風に描いている。

私は宗助が胎児的な姿勢で横になっているという描写を読んだとき驚いた。なぜなら心理学では、何か衝撃的なことを経験した時や精神的なストレスを抱えている時に、胎児的な姿勢をとることが知られているからだ。(37) しかも心配事があるかのように頭を抱え込んでいるとある。

漱石は『三四郎』でも『それから』でも、当時の最新の心理学の情報をもとにして主人公たちの心理や行動を描いているので、胎児的な姿勢で横たわることの意味も踏まえて、宗助にそういう姿勢をとらせたと見る必要がある。

では胎児的な姿勢には、どのようなメッセージがあるのか。

漱石は、宗助は御米と一緒になれて幸せだが、何か精神的に大きな打撃を受ける事件があって、無意識のうちに外の世界から身を守ろうとしていると告げているのである。

その後、宗助は、「御米、近来の近の字はどう書いたつけね」と訊いたりし、時々漢字がわからなくなるのは、「やっぱり神経衰弱の所為《せゐ》かも知れない」（一の一）と言う。

「神経衰弱」という言葉は近年では医学用語としては使われなくなったが、一八六九年に米国の神経学者ジョージ・ビアード（一八三九―八三）が使い始めてから一九三〇年頃までは盛んに使われていて、近代化した社会がもたらす文明の病・過労の病とされ、知的労働を行なうエリートの病気だとみなされていた。(38) 漱石自身も「神経衰弱」にかかっていたと言われているが、「神経衰弱」の主な症状はイライラ感や消化不良、記憶力減退、注意散漫などとされていた。

宗助の胎児的姿勢は「神経衰弱」ではなく、過去に強い精神的ショックを受けるトラウマ体験に遭遇していて、今でいう「心的外傷後ストレス障害（post-traumatic stress disorder/PTSD）」を発症していることが示唆されている。ただし「ＰＴＳＤ」という用語は一九八〇年以降に用いられるようになったもので、それ以前は、Psychological trauma（精神的トラウマ）と呼ばれていた。そこでここでは「精神的トラウマ」を使うことにする。

トラウマというのは古代ギリシャ語で「外的な傷」を意味していたが、一八八七年にフランスの心理学者ピエール・ジャネ（一八五九―一九四七）が精神的な傷をあらわす言葉として使い始めた。

漱石は宗助を胎児的姿勢で横たわらせているので、精神的トラウマについての知識を持っていたことがうかがえる。漱石がジャネの研究を知っていたかどうかを示す資料はまだ見つけていないが、ジャネはウィリアム・ジェイムズなどと共に心理学の基礎を築いたとされ、ジェイムズは自分の論文でジャネの論文を引用したりしている。漱石はそういう関連からジャネが指摘した精神的トラウマについての知識を得たと思われる。(39) 実際にも、『門』にはトラウマの症状を描写したといえる箇所がいくつも見られるが、当時は「神経衰弱」の方が一般に知られていたので、漱石は宗助に、自分が漢字を忘れたりするのは「神経衰弱の所為かも知れない」（一の一）と言わせたのだろう。

精神的トラウマについては、後に詳しく見ていくことにし、ここで冒頭の設定を要約しておくと、次のようになる。宗助と御米の人生には、二人が共有している揺るぎのない愛、つまり明るく暖かい部分と、宗助に胎児的姿勢をとらせるような暗い負の部分がある、と。そしてこの光と陰のテーマは、二人が住む借家の設定を通しても提示されている。

従来の研究でも宗助と御米の崖の下にある借家は重視されていて、姦通して陽の当たらない人生を送らねばならなくなった二人の人生の象徴だと解されてきた。しかしこの家には陽の当たる暖かい縁側がある部屋もあり、その一方で座敷は「南が玄関で塞《ふさ》がれてゐるので、突き当たりの障子が、日向から急に這入つて来た眸《ひとみ》には、うそ寒く映つた。其所《そこ》を開けると、廂《ひさし》に逼《せま》る様な勾配の崖が、縁鼻《えんばな》から聳《そび》えてゐるので、朝の内は当たつて然るべき筈の日も容易に影を落《おと》さない」（一の二）と記されている。そして「廂に逼る様な勾配の崖」は崩れそうに見えるが、「町内に二十年も住んでゐる八百屋」は、竹藪の竹を切る時に「根丈《だけ》は掘り返さずに土提《どて》の中に埋《うめ》て置いたから」、「どんな事があつたつて壊《く》えつこはねえんだから」（一の二）と保証したとある。

漱石はこうした借家の設定を通して、宗助と御米の人生には暖かい陽のあたる部分と、暗い影の部分があることを明らかにし、同時に八百屋の言葉を挿入することで、彼らの生活は、勾配の急な暗い崖に象徴される負の部分に押しつぶされそうに見えるけれども、実際に押しつぶされたり、破壊されたりすることは絶対にないと告げている。

そして二章以後、二人の人生の影の部分を少しずつ明らかにしていくが、十四章で、二人は姦通によって結ばれたという「消えぬ過去」を持っていると明かす。実は『それから』でもやはり十四章で、代助と三千代が「姦通罪」に抵触することを知りながら互いの愛を確認し合い、「恋愛の彫刻の如く」じっと対座したままで、「愛の刑と愛の賚《たまもの》とを同時に享《う》けて、同時に双方を切実に味はつた」（十四の十二）という風に描いている。

このように漱石は『それから』と『門』の共に十四章で、「姦通罪」に抵触する恋愛を描くことで、代助と三千代の後の姿が宗助と御米であり、そして『門』のテーマも『それから』の十四章にある「愛の刑と愛の賚」だと示唆している。

以上から『門』の冒頭を読み直せば、影の部分は姦通したために受けた「愛の刑」、つまり社会から受けた迫害や試練と、そこから生じた精神的トラウマであり、光の部分は宗助と御米の間の変わらない愛であり、それは「愛の賚」であると言える。

そこでここでは二人が姦通にいたる経緯や「愛の刑」について分析し、その後「愛の賚」はどのように描かれているかを分析する。

(3) 姦通という「消えぬ過去」

宗助と御米は、なぜ姦通したのか。

「三部作の前提」で説明したように、漱石は前作で詳しく描いたことは、次の作品では簡略にしか描かないという消去法を用いており、『それから』では代助と三千代が愛を告白し合うまでを詳しく描いた。そこで『門』では宗助と御米がどのようにして姦通したかは詳しくは描かれていないが、与えられた情報を丁寧に読めば、宗助と御米の出会いは代助と三千代の出会いに似ていることが判明する。

たとえば、代助は菅沼が妹の三千代を呼び寄せることは知っていたが、三千代は代助が訪ねてきても初めは同席することはなく、「隣りの部屋で黙つて兄と代助の話を聞いてゐた」(十四の九)とある。宗助の場合は御米が来ることは知らないが、ある日安井の借家を訪ねて行き、格子戸を開けると、「女の影をちらりと認めた」。そして宗助が安井と座敷で話している間、「隣の部屋位にゐたのだらうけれども」、「女は全く顔を出さなかつた」(十四の六)とあり、『それから』と似ている設定となっている。

そして次に宗助が訪ねていくと、安井は妻の御米を、「是《これ》は僕の妹だ」（十四の七）と紹介した。つまりこの時安井は、御米の夫であり、兄であるという二役を演じている。

漱石は、なぜ安井に夫と兄という二役を配したのか。その理由は、二つ考えられる。

一つは、姦通する男女は、女性の側の兄によって紹介されているという『三四郎』以来のプロットを維持することで、『門』も含めた三作が三部作だということを明らかにしようとしたこと。二つ目はもっと重要な理由で、安井が御米を「是は僕の妹だ」と紹介したことで、宗助は、代助のように友人の妻を愛するという道徳的禁制や心理的な葛藤を感じたり、「姦通罪」を恐れたりせずに、短期間で御米を好きになってしまう。それは『門』の目的が、宗助と御米の姦通後の生活を描くことにあるからだ。

とはいえ、安井自身は、どんな理由で御米を「僕の妹だ」と嘘をついたのか。従来の研究では、安井は親に内緒で、横浜で知り合った御米と駆け落ちしてきたことを隠そうとして、「僕の妹だ」と紹介したという解釈が主流をなしている。

しかし本当に安井は、親に内緒で駆け落ちしてきたと描かれているのか。安井は夏休みで帰郷する前に、「少し閑静な町外れへ移つて勉強するつもりだとかいつて、わざ〳〵この不便な村同様な田舎へ引込んだ」、それが「加茂の社《やしろ》の傍」（十四の五）の下宿で、郊外の下宿屋だからもちろん家賃も安い。ところが戻った時には、御米と住むために、家賃の高い大学に近い一軒家を借りていて、家財道具も買っている。その費用や家賃、二人分の生活費は、一体誰が払っているのか。

安井は、今の大学生のようにアルバイトをしているわけではなく、御米も働いていない。だからすべての費用は安井の両親が払っているはずだ。またインフルエンザがこじれた時も、安井は御米と一緒に神戸の方に転地療養し宿屋に泊まっているが（十四の九）、その費用もやはり親から出してもらっているとしか読めない。しかも学生なのに、安井は「着物道楽」（十四の二）だとあるので、実家は呉服を扱う裕福な商家ではないかと推測される。安井の実家が呉服屋だと推測するもう一つの根拠は、宗助が家主の坂井のところで会う行商の織屋《おりや》が「髪の毛」を「頭の真中で立派に左右に分け」（十三の二、三）ているのを見て、「目立《めだ》つ程奇麗に頭を分けてゐた」（十三の三）安井を想起しているからだ。

以上のように経済的な面から見ると、安井は親が認めた上で、御米と結婚しているとしか読めず、同時に御米との結婚は、安井の望むところではなかったと言える。なぜなら安井は新学期になったら本腰を入れて勉強するつもりだといって、夏休み前に「わざ〳〵この不便な村同様な田舎へ引込ん」（十四の五）でいるからだ。しかも安井は宗助との旅行の約束を破り、京都に戻ってきてもすぐには宗助と連絡をとらなかった。このような安井の矛盾した行動は、夏休みに帰省した際に御米と結婚したこと、それは安井の意志ではなく、親の都合からだったと考えられる。安井の実家のある福井は絹織物の産地として有名だったので、安井が夏休み前に、「一先郷里の福井へ帰つて、夫から横浜へ行く積りだ」（十四の三）と言ったことは、安井の実家が絹織物を横浜から輸出していて、横浜にあった御米の実家に恩か借りがあったのかもしれない。代助の父親が事業のために代助を佐川の娘と結婚させようとしたことを考慮すれば、安井の両親にも息子と御米を早急に結婚させなければならない理由があったと推測できる。

いずれにしろ安井が夏休み中に意に染まない結婚をしたことは明らかで、それを宗助に知られたくなくて、休みが終わっても宗助と連絡を取らず、また御米を「妹だ」と紹介したと読める。もし好きな相手と結婚したのなら、安井も相愛だとわかる行動をとっただろうし、駆け落ちして一緒になったのなら、愛情表現は一層密であるはずで、宗助が鈍感だとしても、兄妹ではないと見破ったはずだ。しかし二人に誘われて一緒に京都を見物してまわり、「茸狩《たけ》り」に行ったたり、「紅葉も三人で観た」（十四の九）りしても、宗助は二人が夫婦だとは気がつかなかった。なお三人が一緒にあちこち見物してまわる様子は、菅沼と代助と三千代の関係に似ている。

そして安井がインフルエンザをこじらせて、医者に勧められて、御米と一緒に神戸の方に転地すると、二人から毎日のように宗助に遊びに来いという絵端書が届き、宗助は一泊二日で遊びに行くが、それでも安井と御米が夫婦だとは気がつかなかった。このような設定も、安井と御米は駆け落ちしたのでも恋愛結婚したのでもなく、安井の親、または御米の親の都合で結婚させられたと示すものである。

宗助の方は、御米を妹だと紹介され、安井と御米の間に仲の良い兄妹以上の恋愛感情らしいものが見出せなかったので、御米と二人だけで過ごすことに罪悪感は抱かなかった。

或時《ある》宗助が例の如く安井を尋ねたら、安井は留守で、御米ばかり淋《さみ》しい秋の中に取り残されたように一人坐つてゐた。宗助は淋《さむ》しいでせうと云つて、つい座敷に上り込んで、一つ火鉢の両側に手を翳《かざ》しながら、思つたより長話をして帰つた。或時宗助がぽかんとして、下宿の机に倚《よ》りかゝつたまま、珍らしく時間の使い方に困つてゐると、ふと御米が遣《や》つて来た。其所《そこ》迄買物に出たから、序《ついで》に寄つたんだとか云つて、宗助の薦める通り、茶を飲んだり菓子を食べたり、緩《ゆっ》くり寛《くつ》ろいだ話をして帰つた。（十四の九）

ここは三千代が買い物のついでに代助のところに立ち寄るという設定を思いださせる。しかし三千代と平岡の結婚は破綻《はたん》していたのに対し、御米の場合は、安井と結婚したばかりで、なぜ宗助の下宿を一人で訪ねたのかという疑問が湧く。今でも夫の友人の男性が一人で下宿しているところに、買い物のついでても、一人で訪ねて行く女性はいないはずだ。

なぜ漱石は、御米にこのような常識はずれの行動をとらせたのか。

考えられるのは、安井が宗助に「妹だ」と紹介したので、御米は自分を妻として認めていないのなら、と心理的に自由になったのだろうということだ。また京都に友人のいない御米は、宗助が安井の留守に訪ねてきたとき、会話が弾んで楽しかったので、買い物のついでに思わず宗助の下宿へ寄ったとも推測できる。安井は御米を「妹だ」というくらいだから、相思相愛ではなく、二人でいても会話は少なかったと考えられる。また安井が神戸の方に転地したときに、宗助に遊びに来いとしきりに誘うのも、宗助がいる方が話が弾んだからだと解釈できる。忘れてならないのは、そのころの宗助は明るく社交的な青年だったとあることだ。

友達は多く彼の寛闊《くわんくわつ》を羨んだ。宗助も得意であつた。彼の未来は虹のように美くしく彼の眸《ひとみ》を照らした。

其頃の宗助は今と違つて多くの友達を持つてゐた。実を云ふと、軽快な彼の眼に映ずる凡ての人は、殆んど誰彼の区別なく友達であつた。彼は敵といふ言葉の意味を正当に解し得ない楽天家として、若い世をのびく〳〵と渡つた。

「なに不景気な顔さへしなければ、何処へ行つたつて驩迎《かんげい》されるもんだよ」と学友の安井によ

く話した事があつた。実際彼の顔は、他《ひと》を不愉快にするほど深刻な表情を示し得た試《ためし》がなかつた。（十四の二）

また宗助は楽天的で、「たゞ洋々の二字が彼の前途に棚引《たなび》いてゐる気がした」（十四の四）とあり、『三四郎』で「大きな未来を控えている自分」と自負している三四郎と、広田に「丸行燈《まるあんどん》」（四の四）とからかわれるほど明るく社交的でいささか軽薄な与次郎とを一緒にしたような青年として造型されている。したがって安井も御米も、宗助と一緒にいると話が弾んだと想像できる。

また何事にも前向きで積極的な宗助は、御米には頼もしく見えたに違いない。

当時の宗助は、「相当に資産のある東京もの、子弟として」、「派出《はで》な嗜好《しこう》を学生時代には遠慮なく充たした男で」（十四の二）、「大学を出てから、官途に就かうか、または実業に従はうか」、まだ「判《はっ》然《きり》と心に極《き》めてゐなかつた」が「この暑い休暇中にも」就職活動をおこたらず、「新らしい所へ行つて、新らしい物に接するのが」、「今迄眼に付かずに過ぎた活きた世界の断片を頭へ詰め込む様な気がして何となく愉快であつた」（十四の四）とある。なお宗助のこのような経済的背景や性格は、学生時代の代助にも似ている。代助は三千代を平岡に譲ってからは、仕事もしないモラトリアム人間になるが、学生時代には、官吏から実業家になって成功していた父親の得に強く感化されていて、世に出て成功することを望んでいたとある。

つまり漱石は、大学生の宗助を、『三四郎』の三四郎と与次郎、そして『それから』の大学生の頃の代助のあり方を混ぜ合わせて造型しており、これも三部作のつながりを示している。

では安井はどう描かれているのか。先に触れたように、学生の身分で「着物道楽」（十四の二）で、講義のない時は宗助と京都市内や郊外に遊びに出かけていることから、福井にある安井の実家も裕福だと推測できるが、インフルエンザをこじらせたように病弱で、「よく何処かに故障の起る安井」は「君は身体が丈夫だから結構だ」と宗助を「羨ましがつた」（十四の二）とある。また「重々しい口の利き方、自分を憚《はば》かつて、思い切れない様な話の調子、『然るに』という口癖」（十四の六）とあって、生真面目で弱気なところがあり、どちらかといえば、気むずかしい性格だとわかる描き方である。それで御米も安井と二人だけでいると気詰まりで、話していると楽しくなる宗助の下宿へ買い物のついでに寄ったことも不自然ではない設定となっている。

　では宗助は、どのように御米に惹かれたのか。

　安井に御米は「妹だ」と紹介された日には、二人は買い物に行くところだったので、安井が家の鍵を大家に預けに行っている間、宗助は御米と「二言、三言、尋常な口を利いた」、「宗助はこの三、四分間に取り換わした互の言葉を、いまだに覚えてゐた。それは只の男が只の女に対して人間たる親《したし》みを表はすために、遣《や》り取りする簡略な言葉に過ぎなかつた」（十四の八）とある。

　けれども宗助は、「二人で門の前に佇んでゐる時、彼等の影が折れ曲つて、半分許《ばかり》土塀《どべい》に映つたのを記憶してゐた」、「御米は傘を差した儘《まゝ》、それ程涼しくもない柳の下に寄つた。宗助は白い筋を縁に取つた紫の傘の色と、まだ褪《さ》め切らない柳の葉の色を、一歩遠退《とほの》ひて眺め合はした事を記憶してゐた」。その夜は二人の関係についていろいろ考えたが、「腹の中で低徊《ていかい》する事の馬鹿〳〵しいのに気が付いて、消し忘れた洋燈《らんぷ》を漸くふつと吹き消した」（十四の八）。このように宗助が御米との短い出会いのすべてを克明に「記憶」しているのは、その出会いを何度も繰り返し思い出していたことを明らかにしている。これは三四郎が「低徊家《ていかいか》なので、〔中略〕ある掬《きく》すべき情景に逢ふと、何遍もこれを頭の中で新たにして喜んでゐる」（四の七）のと非常によく似ている。つまり漱石は、大学時代の宗助は三四郎のように「低徊家」だったので、三四郎が美禰子に出会った後、必ずその場面を繰り返し思い出し、しだいに美禰子に惹かれていったように、御米と出会った時のことを繰り返し思い出し、御米に惹かれていったと示唆しているのである。

では宗助は、御米のどこに惹かれたのか。

「御米は若い女に有勝《ありがち》の嬌羞《きょうしゅう》といふものを、初対面の宗助に向つて、あまり多く表わさなかつた」、「人の前へ出ても」、「落付いた女だ」（十四の七）と思ったとある。このように御米が落ち着いていて自然体なのは、よし子や三千代と似ていて、特によし子については、三四郎が病室に訪ねていった時、「御這入りなさい」と言った、「其調子には初対面の女には見出す事の出来ない、安らかな音色があつた」（三の十二）とあるので、年齢的にみても、漱石はよし子像に基づいて御米を描いていることがわかる。

また宗助を魅了したのは御米の眼で、「宗助にはその活発な目遣《めづかひ》が殊《こと》に珍らしく受取れた」、御米の「其落ち付きの大部分は矢鱈《やたら》に動かさない眼の働らきから来たとしか思はれなかつた」（十四の十）とある。代助も三千代の眼に惹かれていて、「三千代は美くしい線を奇麗に重ねた鮮かな二重瞼を持つてゐる」、「瞳を据《す》えて凝《じつ》と物を見るときに、それが何かの具合で大変大きく見える。代助は是《これ》を黒眼の働らきと判断して」いて、三千代が帰京後初めて訪ねてきたときも、「代助は、突然例の眼を認めて、思はず瞬《またゝき》を一つした」（四の四）とある。また三四郎もよし子について、「此女に逢ふと重苦しい所が少しもなくつて、しかも落付いた感じが起《おこ》る。三四郎は立つた儘《まゝ》、これは全く、この大きな、常に濡れてゐる、黒い眸《ひとみ》の御蔭だと考へた」（六の十一）などと、よし子の黒く潤んだ大きな眸に惹かれている。このように三四郎も代助も宗助も、女性たちの表情豊かな（黒い）眸に惹かれている点で共通している。

そして宗助は、安井と御米に誘われて京都見物をするうちに、御米が「京都は好い所ね」と言うと、「それを一所に眺めた宗助にも、京都は全く好い所のやうに思はれた」（十四の九）というように、御米が好きなものを好きになっていく。しかも神戸で安井と御米と二泊三日を過ごすことで、ぐっと心理的距離が縮まって、宗助と御米は姦通を犯してしまうわけである。

事は冬の下から春が頭を擡《もた》げる時分に始まつて、散り尽した桜の花が若葉に色を易《か》へる頃に終つた。凡てが生死《せうし》の戦《たゝかひ》であつた。青竹を炙《あぶ》つて油を絞る程の苦しみであつた。大風《おほかぜ》は突然不用意の二人を吹き倒したのである。二人が起き上がつた時は何処《どこ》も彼所《かしこ》も既に砂だらけであつたのである。彼らは砂だらけになつた自分達を認めた。けれども何時吹き倒されたかを知らなかつた。（十四の十）

代助も平岡の留守中に三千代と差し向かいでいるうちに、欲望に負けそうになるが、三十歳で性的経験も豊富だったので、「今一歩と云ふ際《きわ》どい所で、踏み留ま」（十三の五）った。しかし、若い宗助と御米は、性的欲望に圧倒されてしまう。「大風は突然不用意の二人を吹き倒した」、「けれども何時吹き倒されたかを知らなかつた」というのは抽象的な表現だが、何が起きたかを見事にとらえている。

しかしなぜ漱石は、抽象的にしか描かなかったのか。リアリズムを重視した人々からは、このような疑問が出ている。しかし西洋の姦通小説でも、男女が性的に結ばれる瞬間は具体的には描かれておらず、抽象的に描くのが慣例だった。D・H・ロレンスは『チャタレー夫人の恋人』で、具体的に描いたために猥褻《わいせつ》だとして発禁になっている。日本でも藤村の「旧主人」や木下尚江の『良人の告白』

が発禁になったことが示すように、官能的な描写に対しては特に検閲が厳しかったので、漱石は抽象的に書いたのだろう。そして「大風は突然不用意の二人を吹き倒したのである」という表現は、『トリスタン・イズー物語』にインスピレーションを得たと考えられる。

トリスタンはイズーをマルク王のもとに送り届ける船旅の途中、ワインと間違えて、侍女が持っていた「愛の媚薬」をイズーと一緒に飲んでしまい、そのとたん二人は意志の力では制御できない激しい情熱にとらわれて、抱き合ってしまうとあるからだ。[40] しかし当時の日本でワインや「愛の媚薬」を使うのは不自然なので、「大風は突然不用意の二人を吹き倒したのである」と表現したのだろう。

また姦通したトリスタンとイズーは王の騎士たちに迫害され、宮廷から追われるが、漱石も、「世間は容赦なく彼等に徳義上の罪を背負《しよは》した」（十四の十）とし、宗助は大学から追放されるとしている。「曝露の日がまともに彼等の眉間《みけん》を射たとき、彼らは既に徳義的に痙攣《けいれん》の苦痛を乗り切つてゐた。彼等は蒼白《あをしろ》い額を素直に前に出して、其所に燄《ほのほ》に似た灼印《やきいん》を受けた」（十四の十）とあるのは、宗助と御米が姦通者として烙印を押されたことを意味しており、彼らが世間から断罪されたのは「姦通罪」があったからである。

従来の説のように、御米が安井の妻ではなく、駆け落ちして一緒になっただけの相手なら、世間が姦通者の烙印を押すことも、大学が宗助を退学させる法的な根拠もなかったはずだ。特に京都は芸妓や舞妓などが多勢いる町だったので、学生の中には、祇園で遊んだり、舞妓と恋愛したりと、羽目を外す者もいたはずだ。漱石が宗助と安井を京都帝国大学の学生に設定したのも、祇園などがあり男女関係に比較的寛容な背景を踏まえたのではないかと推測される。

そのような土地柄で宗助と御米が断罪されたのは、御米が「姦通罪」の適用される「有夫ノ婦」であったからだとしか解釈できない設定である。

ここで疑問は、大学はどのようにして宗助が安井の妻と姦通したことを知ったのかということだ。大学が学生たちの私生活を調べることはないので、安井が何らかの形で、宗助が自分の妻と姦通したと訴えたと考えるのが自然である。『それから』で平岡が代助の父親に讒訴したことを踏まえれば、傷ついた安井は、宗助が自分の妻の御米と姦通したと大学に訴えたという風に解釈できる。

ただし安井は二人を法的には告訴しなかった。安井は御米を「妹だ」と紹介したことが、宗助と御米の姦通を招いたと気がつき、二人を法的に訴えなかったと推測できる。

（4）「愛の刑」その一——大学からの追放、父からの勘当

では宗助と御米が姦通したことで、世間は二人にどのような「愛の刑」——試練や罰という言葉も併用する——を課したのか。

宗助が受けた最も厳しい「刑」は、大学から追放されたことだ。宗助は京都帝国大学の卒業生に約束されていたエリートコースを歩む道を閉ざされてしまうからだ。

父に勘当されるのは代助と同じだが、学生だった宗助は経済的支援をなくし、帰る家も失う。父親から授業料や生活費のほかに、たっぷり小遣いをもらって気楽に学生生活を送っていた宗助は、一転して逆境に身を置くはめになり、生きるために職を求めて、御米と一緒に広島へ行ったとある。漱石は、「広島へ行つても苦しんだ。福岡へ行つても苦しんだ」（十五の一）と記すだけで、なぜ二人が広島へ行き、さらに遠い福岡に移ったのか、理由は説明していないが、当時は日露戦争の直後だったので、呉などの軍港のある広島には、他のところよりは仕事があったと考えられる。福岡には転勤

で行ったとあるが、福岡も軍需で活気づいていたところで、当時の読者も他の地方より仕事があると知っていたのだろう。ただし宗助の仕事の内容は明かされていないが、収入が少なく、やっと命をつなぐような生活だったとある。

この展開は、『それから』では、代助が父親に経済的援助を打ち切られるかもしれないと三千代に打ち明けた後に発した「漂泊《ひょうはく》――」という言葉に三千代が「漂泊でも好いわ。死ねと仰しゃれば死ぬわ」（十六の三）と答えたが、代助の後の姿といえる宗助は仕事を求めて、御米と広島、そして福岡と地方へ行き、「漂泊」に近い道を辿っている。したがって漱石は『それから』を書いた時に、すでに宗助と御米が体験する「愛の刑」の一部として「漂泊」というテーマを考えていたのであろう。留意しなければならないのは、現在では広島も福岡もすぐ行けるので、「漂泊」のイメージがとらえにくいが、当時は汽車でも長旅で、文明開化の地東京や、明治になるまで首都だった京都との文化的落差はかなり大きかったことを忘れてはならない。

幸い二人の「漂泊」は、長くは続かなかった。宗助が福岡に移って二年目に、学生時代の友人で官僚として成功していた杉原が仕事でやってきて、宗助が東京に戻れるように、自分が課長をしている課に仕事を見つけてくれたからだ。これは姦通した宗助を、罪人だとは考えていない友人がいたことを示す挿話でもある。

ただし宗助は京都帝国大学で学びはしたけれど、二年目に退学させられたので、大学の学位がない。そのため下級官吏で給料も安いが、漱石は、杉原も露骨な依怙《えこ》贔屓はできなかったと推測できる描き方をしている。もし宗助が退学させられずに大学を卒業していたら、杉原のような地位につけたかもしれず、杉原は宗助が失ったものの大きさを示す存在ともなっている。

東京での生活に対する宗助の不満は、給料が安いこと、毎日満員電車で通勤し、日曜日だけしか自分の時間がないことで、これは今の会社員にも通じる悩みだと言えるが、最終章では役所で「局員課員の淘汰《とうた》」（二十三）があったけれども、宗助は無事で、しかも給料が五円上がったとあるので、仕事の上では有能だったと解すべきだろう。

同僚の間に親しい友人がいないのは、姦通した過去を知られたくないために誰とも付き合わず、仕事が終われば自宅へ直行したからだが、禅の本を読んでいた同僚に参禅のことを聞くと、すぐに知人を紹介してくれたので、元来は社交的な宗助は、友人を作ろうと思えば作れたとわかる描き方である。

また宗助は、家主の坂井家に入った泥棒が置いていった手文庫を届けたのをきっかけに、坂井と懇意になるが、「この楽天家の前では、よく自分の過去を忘れる事があつた」だけでなく、「自分がもし順当に発展して来たら、斯《こ》んな人物になりはしなかつたらうかと考」（十六の二）えていたとある。付き合いの広い坂井が宗助と話すのを好むのは、宗助には京都帝国大学に入るだけの教養があり、礼儀正しく、人当たりも良いからだろうが、宗助の欲のなさも、坂井には魅力的だったと推測できる。

このように漱石は、宗助が東京へ引っ越すことで、世間は厳しいだけではないことを知り、姦通したという過去にとらわれないで生きる場もできたことを示している。したがって、『門』の冒頭で——まだ坂井とは知り合っていないが——日当たりの好い縁側で寝転んでいた宗助が、「往来を行く人の下駄の響が、静かな町丈に、朗らかに聞えて来る」と思うだけの心のゆとりを持っていたのも不自然ではない。

（5）「愛の刑」その二――叔父に父の遺産を奪われる

ではなぜ宗助は、胎児的な姿勢で、しかも両手で頭を抱え込んで横になったのか。

それは大学からの追放、父親の死に続いて、叔父によって父親が所有していた莫大な財産を横領されてしまうという「愛の刑」、つまり試練を経験し、その上叔父に世話を頼んでいた弟小六《ころく》の学費を突然出さねばならなくなり、経済的余裕がない宗助は、追いつめられた心境になっていたからだ。

宗助の父親は、東京でも「相当の資産」（十四の二）を持っていて、実業界にも知人が多かったとあり、経済的には代助の父親に似た存在だったが、宗助は父親の死後、叔父に財産のほとんどを横領されてしまうという風に描かれている。

父親の弟である叔父の姓は佐伯とあるので、養子にいったことがわかるが、叔父は、「あんな事をして廃嫡《はいちゃく》に迄されか、つた奴だから、一文だつて取る権利はない」（四の九）と叔母に言っている。したがって漱石は、叔父による財産の横領は、宗助が姦通したことで耐えなければならない「愛の刑」、ないしは試練の一つとして描いていると言える。

漱石は後期三部作の最後の作品『こ、ろ』（一九一四）でも、叔父による財産の横領をテーマの一つにしていて、主人公の「先生」も、両親の死後叔父に財産を横領されてしまった。ただし先生は、叔父の横領に早く気がついたので、全財産を奪われたわけではなく、土地を売ったお金を金融機関に預けて多額の利子を得ることができ、有価証券などもあったため、大学を出た後も、働かずに裕福に暮らせた。それで先生は金銭的には大きな損失は被っていないが、叔父が財産を横領したことが精神的なトラウマとなって、人間不信という問題を抱え込んでしまう。その結果、「お嬢さん」や、その母親の「奥さん」まで信じることができず、親友のKも自殺に追いやる。『それから』との関連で言えば「先生」は友情より恋愛の自由を選び、お嬢さんと結婚したが、Kを自殺させたことから自分の心も信じられなくなり、命を絶つとなっている。

すなわち叔父による財産の横領は、漱石の作品では重要なテーマの一つであるが、このテーマも、『それから』で言及した「友情の崩壊」というテーマと同じように、ズーデルマンの『消えぬ過去』にヒントを得ていると考えられる。

というのは、レオはフェリシタスの夫ラーデンを決闘で射殺してしまい、気持ちを整理するために南米を四年半も放浪するが、その間に財産を管理してくれているはずの伯父が、連日人を集めて大判振る舞いのどんちゃん騒ぎをし、農場から上がる収入を湯水のように使ってしまったとあるからだ。ただしレオは南米から戻ると、伯父が財産を浪費していることに気がつき、即刻伯父を解雇し、屋敷から追放した。父親を早くに亡くしたレオはセルレンティン男爵家の家長であり、伯父を首にする権限をもっていたからだ。また農場などの固定資産は失っていなかったため、すぐさま農場の経営を改善して収益を増やす手段をとり、しかも二十歳になれば亡くなった伯爵家出身の母親の莫大な資産を相続することになっているヨハンナの継娘ヘルタと結婚することにしたので、伯父によって受けた経済的な被害は一時的なものだった。

おそらく漱石は、レオが南米を放浪中に伯父が財産を浪費するという話にヒントを得て、宗助が「漂泊」状態で広島や福岡という地方都市にいる間に、佐伯の叔父が父親の財産を横領してしまったという話を思いついたのだろう。しかし漱石は、ズーデルマンのレオに甘いご都合主義的な話とは異なって、宗助に厳しい話を紡ぎ出している。というのは、宗助の父親は、家督をゆずる前に宗助を勘当しており、二人が広島に行った半年後に亡くなったとしているからだ。

母親はすでに亡くなっていたので、「後には二十五六になる妾《めかけ》と、十六になる小六」（四の三）だけが残っていた。このように父親が若い妾をもっていたという設定は、『それから』で代助の父親が母親の死後、若い妾をもっていたのを踏まえた設定である。異なるのは、代助には兄の誠吾がいて父親の後を継ぐ予定で、誠太郎という息子もいるので、親族に長井家の財産を横領される心配はないが、『門』では兄弟関係を逆にし、宗助が長男で、父親が死んだ時、弟の小六はまだ十六歳の未成年者で、小六には兄にかわって父親の財産を守る権利も能力もないとしている。これは叔父による財産の横領という問題を描くための設定であり、叔父の行動は次のように描かれている。

叔父は事業家で色色な事に手を出しては失敗する、云はゞ山気《やまぎ》の多い男であつた。宗助が東京にゐる時分も、よく宗助の父を説き付けては、旨《うま》い事をいつて金を引き出したものである。宗助の父にも慾《よく》があつたかも知れないが、此伝《このでん》で叔父の事業に注《つ》ぎ込んだ金高《かねだか》は決して少ないものではなかつた。

父の亡くなつた此際《このさい》にも、叔父の都合は元と余り変つてゐない様子であつたが、生前の義理もあるし、又斯《か》う云ふ男の常として、いざと云ふ場合には比較的融通の付くものと見えて、叔父は快よく整理を引き受けて呉れた。其《その》代り宗助は自分の家屋敷の売却方《かた》に就て一切の事を叔父に一任して仕舞つた。早く云ふと、急場の金策に対する報酬として土地家屋を提供した様なものである。（四の三）

父親の生前から信用できなかった叔父に、家屋敷の売却や骨董品の売却を頼むというのは愚の骨頂だが、宗助は簡単に売れるものを売って手にした二千円の半分も、小六の学資として叔父に渡してしまう。宗助は学生時代には裕福な父親から学費の他にたっぷりの生活費と小遣いをもらっていたとあるので、経済的な感覚があまりないのも理解できるように描かれている。叔父からは、半年後に家が売れたという手紙がきたが、「いくらに売れたとも何とも書いてないので、折り返して聞き合せると」、「優に例の立替を償ふに足る金額だから心配しなくても好《い》いとあつた」（四の四）。ここには叔父の狡《こう》猾《かつ》さと、宗助のお人好しぶりが見事に浮き彫りにされている。そして宗助が叔父に強く要求できないのは、姦通した引け目があるからだとある。

彼等は自業自得で、彼らの未来を塗抹《とまつ》した。だから歩いている先の方には、花やかな色彩を認める事が出来ないものと諦《あき》らめて、たゞ二人手を携えて行く気になつた。叔父の売り払つたと云ふ地面家作《かさく》に就《つ》いても、固《もと》より多くの期待は持つてゐなかつた。（四の五）

もし「姦通罪」のない社会だったなら、宗助も御米もこれほど卑屈にならなかったはずだ。宗助が財産の処分のことで、叔父を問いつめる機会は、東京へ戻った時にもあったが、宗助は叔父と直接談判しようと思いつつ、会いに行く日を先延ばしにしているうちに、叔父は急死してしまう。そして叔母は、これ以上、小六の学費は出せないと告げる。

叔母の云ふ所によると、宗助の邸宅《やしき》を売払つた時、叔父の手に這入つた金は、慥《たしか》には覚えてゐないが、何でも、宗助のために、急場の間に合せた借財を返した上、猶《なほ》四千五百円とか四千三百円とか余つたさうである。所が叔父の意見によると、あの屋敷は宗助が自分に提供して行つたのだから、たとひ幾何《いくら》余らうと、余つた分は自分の所得と見做《みな》して差支ない。然し宗助の邸宅を売つて儲けたと云はれては心持が悪いから、是《これ》は小六の名義で保管して置いて、小六の財産にして遣る。宗助はあんな事をして廃嫡《はいちゃく》に迄されかゝつた奴だから、一文だつて取る権利はない。〔中略〕

小六の名義で保管されるべき財産は、不幸にして、叔父の手腕で、すぐ神田の賑やかな表通りの家屋に変形した。さうして、まだ保険を付けないうちに、火事で焼けて仕舞つた。小六には始めから話してない事から、そのままにして、わざと知らせずに置いた。

「さう云ふ訳でね、まことに宗さんにも御気の毒だけれども、何しろ取つて返しの付かない事だから仕方がない。運だと思つて諦らめて下さい。〔中略〕」（四の九）

叔母はそう説明したが、叔父と叔母は手前勝手な理屈をつけて財産を横領してしまったわけだ。それがいかに多額であったかは、宗助の父親が亡くなる前、叔父は事業に失敗ばかりしていて財産もなかったのに、高級住宅地のひとつ麹町に家をかまえ、大学を出たばかりの息子の安之助が会社を立ち上げるために五千円という大金を投資できるような財産を残していることを見れば明らかである。五千円がいかに大金であったかは、宗助の上がった給料が月五円で、一点だけ残っていた父の遺産であった江戸琳派《りんぱ》を代表する酒井抱一《ほういつ》の屏風を古道具屋へ売って得た三十五円で、宗助は新しい外套と靴を買い、御米にも三円で銘仙の反物《たんもの》を買った時代であることを考えれば、容易に想像できる。

漱石はこのようにきちんと金額を記しているので、叔父が莫大な額の財産を横領したことがよくわかる。しかも叔父は、宗助は「あんな事をして廃嫡に迄されかゝつた奴だから、一文だつて取る権利はない」と、宗助が姦通したことを言い訳にして、自分たちの行動を正当化している。

以上のような設定をみれば、叔父による財産の横領を、姦通したために宗助に加えられた「愛の刑」の一つとして漱石が描いていることが明らかだ。そして叔父が亡くなると、小六を養い、高等学校を卒業させ、大学に行かせるという荷の重過ぎる責任を引き受けなければならなくなり、宗助が心理的に追いつめられていることを明らかにするために、漱石は胎児的な姿勢で両手で頭を抱えて縁側で寝るとしたわけである。

（6）精神的トラウマ（心的外傷後ストレス障害）

漱石は『こゝろ』では、主人公の「先生」が叔父に財産を横領されたことが精神的なトラウマとなって、人を信じられなくなったとしているが、宗助の場合はどんな弊害《へいがい》を描いているのか。

宗助は、叔父が財産を横領する前に大学から追放され、父親に勘当された上に、その死に目にも会えなかったので、財産を失う前にすでに酷い精神的打撃を受けており、早くからトラウマに苦しんでいても不思議ではない。実際にも漱石は、叔父と叔母の会話を通して、宗助が東京へ戻る前から精神的トラウマによって性格が一変してしまっていることを、次のように描いている。

> 「宗さんは何《ど》うも悉皆《すっかり》変《かは》つちまいましたね」と叔母が叔父に話す事があつた。すると叔父は、
> 「左《さ》うよなあ。矢っ張り、あゝ云ふ事があると、永く迄後《あと》へ響《ひゞ》くものだからな」と答へて、因果は恐ろしいと云ふ風をする。叔母は重ねて、
> 「本当に、怖いもんですね。元はあんな寝入《ねい》つた子じゃなかつたが――どうも燥急《はしゃ》ぎ過ぎる位

活発でしたからね。それが二、三年見ないうちに、まるで別の人見た様に老《ふ》けちまつて。今じゃ貴方より御爺《おぢい》さん〳〵していますよ」と云ふ。
「まさか」と叔父が又答へる。
「いえ、頭や顔は別として、様子がさ」と叔母が又弁解する。（四の七）

昔の宗助は、先に指摘したように、三四郎や与次郎や、学生時代の代助を一緒にしたような明るく楽天的な青年で、大学に入ったばかりなのに、就職活動をするくらい野心的でもあった。ところが叔父や叔母が驚くように、何事にも消極的で、「寝入つた」ような人間に宗助の性格が一変した。しかしそれは二人が言うように姦通したからではなくて、「姦通罪」があったために、「世間は容赦なく彼等に徳義上の罪を背負《しょは》し」（十四の十）、大学を追われ、父親にも勘当されて人生が激変したからであり、それがトラウマになって消極的な人間に変わったのだ。

昔の宗助なら、信頼できないとわかっている叔父に財産の管理を任せてしまうようなことはしなかったはずだが、東京へ戻って時間もできたのに、叔父がどのように父親の財産を処分したか、尋ねることもできないほど消極的で弱気な人間に変わってしまっている。

しかも「弟の将来の学資に就《つい》ても、又自分が叔父に頼んで、留守中に売り払つて貰つた地所《ちしょ》家作《かさく》に就ても、口を切るのがつい面倒になつた」（四の七）とある。

このように何事にも消極的なのは、精神的なトラウマの症状の一つだが、漱石は、他にも宗助がトラウマの症状に苦しんでいる場面をいくつか描いている。

先に言及したピエール・ジャネをはじめ、フロイトを含む十九〜二十世紀初頭の心理学者たちは、トラウマを経験した者には、自己評価の低下や自信の喪失のほかに、トラウマの起因となった事件前後の記憶の想起の回避・忘却、幸福感の喪失、感情鈍麻、物事に対する興味・関心の減退、肯定的な未来像の喪失などの症状が見られると言っている。現在のトラウマの研究でも同じような症状が指摘されている(41)。

宗助の場合は、姦通したことで大学から追放され、エリートコースから転落し、叔父に父親の残した全財産を奪われ、「靴足袋《たび》が模様入のカシミヤ」(十四の二)だった昔に比べ、靴に穴があいても買い替えることができないほど貧しくなり、精神的なトラウマが一層悪化していた。漱石はそうした状況を、縁側で胎児的な姿勢で寝ている姿や、漢字を忘れてしまうことなどで描出している。

御米も宗助の人生が激変したことで精神的なトラウマを経験し、「二人の間には諦めとか、忍耐とか云ふものが断へず動いてゐたが、未来とか希望と云ふもの丶影は殆んど射さない様に見えた。彼等は余り多く過去を語らなかつた。時としては申し合はせた様に、それを回避《くわいひ》する風《ふう》さへあつた」(四の五)とある。これは二人が精神的なトラウマの症状のうち「肯定的な未来像の喪失」、そして「記憶の想起の回避」を体験していることを示した箇所だと言える。

このように漱石は精神的なトラウマの症状を一つ一つ具体的に描いているが、弟の小六から、叔母や安之助に自分の学費のことをかけあってくれと頼まれた時も、次のように反応するとある。

翌日眼が覚めて役所の生活が始まると、宗助はもう小六の事を考へる暇を有《も》たなかつた。家《うち》へ帰つて、のつそりしてゐる時ですら、此《この》問題を確的《はつきり》眼《め》の前に描いて明らかにそれを眺める事を憚《はゞか》つた。髪の毛の中に包んである彼の脳は、その煩《わづら》はしさに堪えなかつた。昔は数学が好《すき》で、随分込み入つた幾何《きか》の問題を、頭の中で明瞭な図にして見る丈《だけ》の根気があつた事を憶ひ出すと、時日《じじつ》の割には非常に烈《はげ》しく来た此変化が自分にも恐ろしく映つた。
　それでも日に一度位は小六の姿がぼんやり頭の奥に浮いて来る事があつて、その時丈は、彼奴《あいつ》の将来も何とか考へて置かなくつちやならないと云ふ気も起つた。然《しか》しすぐあとから、まあ急ぐにも及ぶまい位に、自分と打ち消して仕舞ふのが常であつた。さうして、胸の筋《きん》が一本鉤《かぎ》に引つ掛つた様な心を抱いて、日を暮らしてゐた。（四の十三）

　ここには「記憶の想起の回避・忘却する傾向、感情鈍麻、物事に対する興味・関心の減退、肯定的な未来像の喪失」など、精神的なトラウマを体験した者の抱えている症状のほとんどが見事に具体化されて描かれている。

　この叙述でもう一つ重要なのは、学生時代の宗助は、野々宮宗八や代助のように頭脳明晰な青年だったとあることだ。数学が好きだったというのは、科学者の野々宮に似ている。また精神的なトラウマのために理論的に考えることができなくなり、以前のように洋書を読まなくなったとあるが、「洋書」をよく読んだのは野々宮と代助と共通する特徴である。

　小六はもちろん兄がトラウマで行動できない状態にあるとは知らないので、兄の不甲斐なさを腹立たしく思っているが、兄に頼らざるを得ないので、鬱憤《うっぷん》を晴らすために時々酒を飲んだりし、このような小六の行動も、心理学的に優れた設定となっている。

　漱石は『三四郎』や『それから』でも、当時の最新の心理学の知識を応用して主人公たちの内面を描いているが、『門』を書いた頃の一般の読者は精神的なトラウマなど知らなかったので、宗助に自分は「神経衰弱」にかかっていると言わせたり、老化現象が始まっていると嘆かせたりした。

しかし現在は、東日本大震災の被災者や、性加害や家庭内暴力の被害者が経験する精神的なトラウマについての知識が広まっているので、漱石が描いた宗助の精神的なトラウマという問題の斬新さや重要性もよくわかるのではないだろうか。

（7）御米への「愛の刑」――子供の死

大学からの追放や父親からの勘当、父親の死と叔父による財産の横領などは、姦通したことで宗助が耐えなければならない「愛の刑」や試練だが、御米が耐えなければならない「愛の刑」も描かれている。

子供の死である。

三度目の妊娠でも子供を失った御米が易者《えきしや》のところへ行くと、易者は「貴方は人に対して済まない事をした覚がある。その罪が祟《た》つてゐるから、子供は決して育たない」（十三の八）と断言した。つまり宗助と姦通し、安井を裏切ったために、子供は育たないというのが、御米が耐えなければならない試練であり、「愛の刑」である。

御米は打ちのめされてしまうが、姦通して結ばれた宗助と御米の子供が死ぬことは、『三四郎』の十二章で、「結婚なさるさうですね」と三四郎に言われた美禰子が教会の前で呟いた「われは我が愆《とが》を知る。我が罪は常に我が前にあり」（十二の七）という言葉によって予告されている。

美禰子が口にした句は、先に何度か説明したように旧約聖書で、ダビデが姦通相手のバテシバの夫のウリアを激戦地へ送って死なせたので、怒った神は予言者を通してバテシバとの間に生まれた赤児を罰として死なせると伝えたので、ダビデが神に謝罪し、赤ん坊を死なせないで欲しいと祈った時の一句だが、赤ん坊は死んでしまう。

このダビデとバテシバの話を念頭にして『門』を読めば、漱石がダビデを宗助に、バテシバを御米に、ウリアを安井に模していることがわかる。

もちろん宗助は王ではない。しかし御米と姦通し、そのために安井の運命を狂わせ、安井は命は落とさないものの日本を離れ満洲に渡るので、間接的には安井の満洲行きに責任がある。

聖書と異なるのは、ダビデとバテシバは最初の子供を亡くしただけで、二番目の息子のソロモンは無事に育ち、偉大な王になるのに対し、御米と宗助は三人も子供を亡くすことである。

最初に御米が懐妊したのは広島で、そのとき御米は「恐ろしい未来と、嬉しい未来を一度に夢に見る様な心持を抱いて日を過ごした」（十三の五）。これは初めて妊娠した女性の多くが抱く不安と喜びの感情だと思うが、「宗助はそれを眼に見えない愛の精《せい》に、一種の確証となるべき形を与へた事実と、ひとり解釈して少なからず喜」（十三の五）こび、子供の誕生を楽しみに待っていた。「所が胎児は、夫婦の予期に反して、五ケ箇月迄育つて突然下りて仕舞つた」。御米はもちろん流産したことを悲しむが、この時は自分を責めることはしなかった。宗助も「是《これ》も必竟《つまり》は世帯の苦労から起るんだと判じた」（十三の五）とある。福岡では「月足らずで生れて」しまい、「夫婦はわが時間と算段の許す限りを尽して、専念に赤児の命を護つた」のに、赤児は一週間後に亡くなり、二人は悲しむが、「其内何時となく、二人の間に挟まつていた影の様なものが、次第に遠退いて程なく消えて仕舞つた」（十三の五）とある。ところが「東京に移つて始ての年に、御米は又懐妊した」が、「五月目《いつつき》に」井戸端で滑って転んで、「濡れた板の上へ尻持《しりもち》を突いた」（十三の五）。それが災いして、赤児は首に二重の「胞《えな》を頸《くび》へ捲《ま》き付けてゐた」（十三の六）ので、出産の際に窒息死してしまう。

漱石は三人目の赤ん坊を亡くした御米の悲しみを、男性の作家としては驚くほどリアルに、そして御米の心に寄り添って描いている。女性でも経験したことがなければ、流産した悲しみや死産の時のショックはなかなかわからないが、おそらく漱石は、鏡子夫人が最初の子供を流産した時のことなどを思い出して描いたのだろう。特に次の描写は優れている。

彼女は三度目の胎児を失つた時〔中略〕恐ろしい罪を犯した悪人と己《おのれ》を見做《みな》さない訳に行かなかつた。さうして思はざる徳義上の苛責《かしやく》を人知れず受けた。しかも其苛責を分つて、共に苦しんで呉れるものは世界中に一人もなかつた。御米は夫にさへ此苦しみを語らなかつたのである。〔中略〕彼女が三週間の安静を、蒲団の上に貪《むさ》ぼらなければならないやうに、生理的に強ひられてゐる間、彼女の鼓膜《こまく》は此呪《のろひ》咀の声で殆んど絶えず鳴つてゐた。三週間の安臥《あんぐわ》は、御米に取つて実に比類のない忍耐の三週間であつた。（十三の七）

三週間後に体調が回復したので、御米は「天気の勝《すぐ》れて美くしいある日の午前」、宗助を仕事に送り出した後、意を決して「易者の門を潜《くゞ》つた」ところ、易者は、「貴方は人に対して済まない事をした覚がある。その罪が祟つてゐるから、子供は決して育たない」（十三の八）と宣告したわけだ。「子供は決して育たない」という易者の言葉は、これから御米が「我が罪は常に我が前にあり」という罪の意識をもって生きていかなければならないことを示していて、漱石がダビデの言葉を女性の美禰子に言わせたのも、『門』で御米の問題として描こうと考えていたからだろう。

しかし御米は易者に告げられたことを宗助には黙っていたので、宗助が風船を買ってきたことを女中の清が笑うと、「これでも元は子供があつたんだがね」（三の三）と言ったり、坂井の「家庭の如何《いか》にも陽気で、賑やかなのは」、「何《なに》金があるばかりじやない。一つは子供が多いからさ。子供さへあれば、大抵貧乏な家《うち》でも陽気になるものだ」（十三の三）と愚痴めいたことを言ったので、御米は、とうとう易者に子供はできないと言われたことを宗助に打ち明ける。すると宗助は、「神経の起つた時、わざ〳〵そんな馬鹿な所へ出掛るからさ。銭を出して下らない事云はれて詰まらないじやないか」、易者には「行かないが可《い》い。馬鹿げてゐる」と、易者を信じないようにと「わざと鷹揚《おうよう》な答をして」（十三の八）慰め、その後宗助は御米をいたわって、子供のいないことについて言わなくなったので、御米も少しずつ明るくなっていく。

しかし漱石は、なぜ「子供は決して育たない」という厳しい設定にしたのか。姦通した宗助と御米が愛し合って暮らしているだけでなく、子供にも恵まれて幸せに暮らしていると書けば、検閲に引っかかると考えたのかもしれない。またダビデの話では、神は次に生まれたバテシバとの間の男児のソロモンを生かすが、漱石は、謝罪すれば許されるというダビデの信じた神の安易さに同意できなかったので、「子供は決して育たない」とした可能性もある。とはいえ、安井を裏切ったから「子供は決して育たない」としたのは、やはり厳し過ぎる「愛の刑」であり、試練であろう。

もう一つ気になるのは、御米への「愛の刑」が、当時新聞でも報道されていた「姦婦」を批判した記事と類似していることだ。

北川扶生子《ふきこ》は、「失われゆく避難所《アジール》──『門』における女・植民地・文体」（二〇〇四）という論文の中の二、「〈罰される姦婦〉の物語――『東京朝日新聞』の中の御米」の項で、御米は易者の言葉によって、「宗助にすら打ち明けられないほど、深い罪悪感を抱え込む[42]」とし、次のように指摘している。

姦通や私通を犯した女が消えない罪と罰に苦しむ、とはまた、『門』が連載された「東京朝日新聞」紙面に、頻繁に繰り返された物語でもあった。たとえば一九〇九（明治四二）年十月五日には、同居人と姦通して夫に告訴された妻が、遺書を置いて家出をしたという記事が、「姦婦の遺書」「見え透いた家出の狂言」という見出しとともに掲載されている。この女が果たして姦通相手の男のもとに向かったのか本当に死のうとしたのかは、記事の内容からは判断できない。にもかかわらず、「姦婦」とは平気で人を騙す女であるという前提が、見出しの示す狂言自殺という物語を産み出しているのである。

私通も同様に批判の対象である。〔中略〕

規範を逸脱した女の末路の悲惨が、報道という名のもとで教訓＝脅しの物語として量産される一方で、あるべき女の姿も、世俗的な権威づけとともに、新聞紙上に溢れていた[43]。

また北川は、御米は、「『東京朝日新聞』の言説空間のなかで、姦通を犯し、常に病に苦しむ御米は、悪しき女の典型なのだ」、「苦悶する御米の身体は、紙面に溢れる姦婦への罰の物語を、参照枠として読者の中に容易に喚起し、また再強化する[44]」と記している。

鋭い指摘だが、しかし漱石が病弱な御米を「悪しき女」の典型として描いているとは言い難い。

漱石は前作の『それから』では、代助は若くて健康な佐川の令嬢ではなく、心臓が悪く、もう子供は産めない病弱な三千代を選ぶとしているが、これは世嗣ぎの男児を産むのが家父長的な結婚の条件であり、「子なきは去る」という慣習を批判するための設定であった。

確かに北川が指摘するように、病弱な御米の身体は彼女の意思を裏切ったりするが、しかし御米が過労で倒れることによって、宗助は御米への愛情を具体的に示す機会を持つという風に描かれていることに、注目すべきである。

御米が倒れる発端は、小六が同居したことだった。小六に自分の部屋を明け渡した御米は、自分を恨んでいる小六を居心地よく感じさせるために気を使い過ぎ、過労も重なって熱を出して倒れてしまうが、食欲旺盛な若者が一人増えれば、買い物や料理、それに洗濯も大変だったと想像がつく。そして重要なのは、宗助が倒れた御米を懸命に看護することだ。

> 小六の帰る間、清に何返となく金盥《かなたらい》の水を易《か》へさしては、一生懸命に御米の肩を圧《お》し付けたり、揉《も》んだりして見た。御米の苦しむのを、何もせずにたゞ見てゐるに堪えなかつたから、こうして自分の気を紛らしてゐたのである。（十一の三）
>
> 此時の宗助に取つて、医者の来るのを今か今かと待ち受ける心ほど苛《つら》いものはなかつた。彼は御米の肩を揉みながらも、絶へず表の物音に気を配つた。
>
> 漸《ようや》く医者が来たときは、始めて夜が明けた様な心持がした。（十一の四）

漱石は、このように宗助が心の底から御米のことを気遣って、懸命に看病する姿を描くことで、宗助がいかに御米を愛しているかを、具体的に示している。日本の男性、特に明治時代の男性は、妻への愛情を表現することが少なかったので、漱石は病身の御米が過労で倒れるという状況を設定して、宗助が妻に愛情を示すことのできる場をつくったのではないかと思われる。

自伝的な要素を持つ『道草』(一九一五)を読めば、漱石自身も鏡子夫人が病気の時は看病したようで、そこでも妻の病いは夫婦の絆を強めるという肯定的な機能を持っている。

また御米の造型にも「悪しき女」のイメージはまったくない。

確かに御米は宗助と姦通した。しかし安井との結婚は恋愛結婚ではなく、安井も御米を「妹」と紹介することから、御米との結婚に不満だったことがうかがえる。それで御米は宗助を愛するようになり、御米は、『東京朝日新聞』の論者が否定し拒絶した、自主的な行動をとる女性として描かれている。そして御米は宗助と一緒になってからは、いかなる困難にあっても、ぶれずに宗助を愛し続け、宗助が精神的なトラウマによって性格が一変し、優柔不断で何事にも積極性を欠く頼れない夫になってしまっても不満も言わず、「苦しい場合でも、宗助に微笑を見せる事を忘れ」(十一の四)ずに支え続け、乏しい家計の中から、快適で暖かい家庭を作ろうと努力しているという風に描かれている。

また御米は、宗助の父の唯一の遺産である抱一の屛風を、古道具屋と巧みな交渉力で掛け合って、最初の付け値の五円から三十五円で売り、宗助の穴のあいた靴を買い替えたり、新しい外套を買ったりする才覚もある(古道具屋は一枚上手で、坂井に八十円で売りつけるが)。そして佐伯の叔母に小六の面倒はみないと言われると、御米は宗助が躊躇《ちゅうちょ》している間に、自分の使っていた六帖の間を明け渡して小六を迎い入れるようにし、小六にも細かい心遣いをした。

確かに御米は、三部作の女性たちの中でも一番古風な名前で、人柄も地味なため受け身の女性のようだが、実際は自主性があって、自分が選んだ人生に泣き言は言わない強い女性で、「御貰《おもらひ》をしない」美禰子的な潔さを持つ女性として描かれている。漱石は、このように御米を強さと潔さを持つ女性として造型することで、当時の家父長的で「姦通罪」を支持する『東京朝日新聞』の論者などを批判したのではないかと思われる。

(8) 宗助の参禅と安井への贖罪

御米への易者の言葉で明らかなように、『門』のテーマの一つは、裏切ってしまった安井に対しての宗助と御米の罪の意識と謝罪という問題である。

漱石は「人の掟」つまり「姦通罪」そのものには批判的だった。これは『それから』にもっとも鮮明に描かれている。しかし『門』ではテーマを変えて、宗助と御米は姦通することで、親友であり、夫である安井を裏切ってしまったので、人としての倫理上、安井に対して謝罪すべきだという考えを明らかにしている。

漱石がそう考えた背景には、旧約聖書の話や『緋文字』の批判という意味もあったようだ。というのは、ダビデは神に謝罪することで、ウリアを戦死させた罪を許されソロモンを得るし、『緋文字』のディムズデイルも、姦通を罪とする神の掟を破ったことを神に謝罪し、神に許されたと信じて安らかな気持ちで死んでいく。つまりダビデもディムズデイルも謝罪するのは神に対してであり、神は謝罪したものを許すという構造になっている。

だが漱石はキリスト教徒ではなく、また神の絶対的権威を否定する近代合理主義の影響を受けていた。そのため謝罪しなければならないのは、神に対してではなく、姦通することによって傷つけてしまった相手に対してだと考えていたのであろう。

ただし前作の『それから』では、平岡に対する代助と三千代の罪の意識というものは描かれなかった。それは代助と三千代の恋を「人の掟」には背くけれど、「天意に叶ふ」恋として正当化し、「姦通罪」が改悪されたことを批判することが、『それから』のテーマであり、目的だったからだ。

そのために漱石は、先の『それから』論の「結婚という社会契約」の項で論じたように、平岡を冷酷なエゴイストとして描き、三千代が赤ん坊を亡くし、心臓も悪くして苦しんでいた時も、性的満足を与えてくれないことを口実に放蕩を重ね、多額の借金を作り、三千代に生活費も渡さなくなり、代助から借金しても満足に礼も言わず、友情を無にするような行為を重ねるとしている。これは三千代と代助が平岡に対して罪の意識を感じないでも、読者が納得するようにという工夫だったと言える。

しかし漱石は、『門』ではテーマを変えて、宗助と御米を通して、親友や夫を裏切ったことへの罪の意識や謝罪ということを、倫理的なレベルの問題として描いている。そのために安井を、平岡のような悪者には描かなかった。

安井は、旧約聖書のバテシバの夫、ウリア的な存在だと指摘したが、ウリアは犠牲者以外の何ものでもない。ダビデはバテシバを妊娠させた自分の罪を隠すために、ウリアを激戦地へ送り戦死させたが、ダビデには罪の意識は皆無で、ダビデが神に罪を謝罪するのは、神がバテシバとの赤ん坊を殺すと、予言者に告げさせたからだった。

漱石は、この話にインスピレーションを得て、独自のストーリーを紡ぎ出しているが、安井はウリアのように罪はないという風に描いている。安井の過失は、御米を宗助に「僕の妹だ」と紹介したこと、そして三人で行動することを好んだことだった。

宗助の方は、御米は妹だという安井の言葉を信じ、御米に恋をし姦通するが、安井は平岡と違って、宗助が御米と姦通する以前には、宗助を裏切るような行為はしていない。御米にとっても、安井は平岡のような冷酷な夫ではなかった。そのため宗助と御米は、自分たちを罰した過酷で不条理な世間を恨む一方で、安井への罪の意識を抱いていたとある。

当初彼等の頭脳に痛く応《こた》へたのは、彼等の過《あやまち》が安井の前途に及ぼした影響であつた。〔中略〕二人は安井も亦半途《またはんと》で学校を退《しりぞ》いたといふ消息を耳にした。彼等は固《もと》より安井の前途を傷《きずつ》けた原因をなしたに違なかつた。次に安井が郷里に帰つたといふ噂を聞いた。次に病気に罹つて家に寝てゐるといふ報知《しらせ》を得た。二人はそれを聞くたびに重い胸を痛めた。最後に安井が満洲に行つたといふ音信《たより》が来た。宗助は腹の中で、病気はもう癒《なほ》つたのだらうかと思つた。又は満洲行きの方が嘘ではなからうかと考へた。安井は身体から云つても、性質から云つても、満洲や台湾に向く男ではなかつたからである。宗助は出来るだけ手を回して、事の真疑を探《さぐ》つた。さうして、或る関係から、安井がたしかに奉天《ほうてん》にゐる事を確め得た。同時に彼の健康で、活潑《くわつぱつ》で、多忙である事も確め得た。其時夫婦は顔を見合せて、ほつといふ息を吐《つ》いた。（十七の一）

安井が満洲へ行ったという設定は、兵士のウリアが戦場に送られたことを踏まえたのだろう。もちろん宗助が安井を満洲へ送ったのではないが、御米と姦通したことが原因だから責任がないわけではない。

だが漱石は、なぜ安井を満洲へ行かせたのか。

当時満洲はまだ日本の植民地ではなかったが、日露戦争に勝った結果、日本は一九〇五（明治三十八）年のポーツマス条約で、ロシアから南満洲の鉄道や鉱山などの利権を獲得した。そこで一攫千金を夢見る者や、日本で失敗して新しく人生をやり直そうとする人々などが満洲へ出かけて行った。宗助は、歯医者の待合室で、「成功」（五の二）という雑誌を読むが、成功したい人々は、狭い日本を離れて、満洲へ行った時代だった。

漱石自身も、『それから』を書いた後、満洲旅行に行っている。明治四十二（一九〇九）年九月二日から十月十四日まで、南満洲鉄道総裁をしていた友人の中村是公《よしこと》の招待で、満洲と朝鮮半島にも行き、『満韓ところどころ』（一九〇九）という紀行文を発表している。おそらく漱石はその旅行で、さまざまな日本人が体を張って生きている姿を見て、ウリアに見立てた安井も満洲に行ったとしたのかもしれない。

宗助がショックを受けたのは、満洲へ行った安井が蒙古《もうこ》まで行き、「冒険者《アドヴエンチユアラー》」（十六の四）となって日本へ帰ってきたことだった。正月明けの七日に家主の坂井に招かれて訪ねると、安井が坂井の弟と一緒に、日本に戻ってきたと聞かされたのだ。

見逃してならないのは、漱石は、宗助が安井の帰京を知る直前に、それまで宗助を苦しめてきた小六の教育をどうするかという問題に、解決を与えていることだ。というのは、坂井は自分の弟と安井の話をする前に、小六の話をし、「何《ど》うです、私の所へ書生に寄こしちや」（十六の三）と提案したので、宗助が「成丈早く弟を坂井に預けて置いて、此変動から出る自分の余裕に、幾分か安之助の補助を足して、本人の希望通り、高等の教育を受けさしてやらうと」思うという「打ち明けた話」をしたところ、「そいつは好《い》いでせう」（十六の四）と賛成してくれたのだ。つまり坂井の思いがけない好意で、小六に高校を卒業させ、大学へやる方法が見つかったので、宗助の責任は軽くなる。

しかし漱石は、そこでメデタシ、メデタシとはしなかった。宗助に安井の帰京という、新たな試練を与えるからだ。

坂井は小六を書生に雇うと申し出た後、「冒険者《アドヴェンチュアラー》」と吐き出すように言いながら、「派出好な弟」の話を始め、大学を出て銀行に入ったが、「金を儲けなくつちや」と満洲へ渡ったところすぐに事業に失敗し、次は蒙古へ行き、「去年の暮突然出て来」て、蒙古王のために二万円ばかり借りにきたと話した。そして坂井は、弟は安井という男と一緒に満洲から帰ってきたので、二人を「明後日《あさって》の晩呼んで飯《めし》を食わせる」（十六の四）から、宗助にも来ないかと誘ったのだ。

宗助はこの話に動顛してしまう。安井に大学を中退させたり、「満洲へ駆り遣つた罪に対して、如何に悔恨の苦しみを重ねても、どうする事も出来ない」ので、安井のことは「考へ出す」（十七の二）ことはしないようにしていたからだ。

興味深いのは、宗助が坂井の話に衝撃を受けたのは、安井が坂井の弟のように、「冒険者」になっていると知ったからだった。つまり宗助は、坂井の話を聞くまでは、安井は満洲で無事に暮らしていると思うことで責任逃れをしてきたが、「冒険者」という「一語の中に、あらゆる自暴と自棄と、不平と憎悪と、乱倫と悖徳《はいとく》と、盲断と決行とを想像して」、「其《そ》の責任を自身一人で全く負はなければならない様な気がした」（十七の四）とある。

それで「此二三年の月日で漸く癒り掛けた創口《きずぐち》が、急に疼《うづ》き始めた」、「一層《いつそ》のこと、万事を御米に打ち明けて、共に苦しみを分つて貰はうかと思つた」が、結局打ち明けずに、「少し心持が悪い」（十七の二）と嘘をついて、床に就いた。

従来の批評では、宗助が御米に安井が帰京していることを打ち明けなかったのは、隠し事をしなければならないほど二人の心が離れているからだとされてきた。しかしそれは誤読だと言わねばならない。

宗助は、御米が安井を裏切ったので子供は出来ないと易者に告げられ、苦しんでいることを知っており、しかも小六の面倒を見たことなどの過労からやっと回復したばかりだったので、御米にさらなる苦しみを与えたくなかったのだ。これは御米が心配して寝ている宗助の容態を見に来ると、「彼所《あつち》へ行つて居ても可《い》いよ、用があれば呼ぶから」（十七の二）とやさしい言葉で遠ざけたことを見てもわかる。宗助は御米を守りたくて、安井が帰国したことを黙っていた、そう描かれているのだ。

以来宗助は、役所に行っても仕事が手につかず、夕食のあと御米を誘って寄席にも行ってみるが、安井のことが頭から離れなくなった。安井が坂井の家に来るという日には、「一歩でも安井の来る方角へ近づく」ことに耐えられず、珍しく「牛肉店に上が」（十七の四）つて、酒を飲んだ。けれどもやはり安井のことを忘れることができず、「自分の呼吸する空気さへ灰色になつて、肺の中の血管に触れる様な気がした」（十七の五）とあり、漱石は宗助の苦しみを実に見事に描き出している。

そして苦しんだ宗助は、宗教に救いを求める。

> 今迄は忍耐で世を渡つて来た。是《これ》からは積極的に人生観を作り易《か》へなければならなかつた。さうして其《その》人生観は口で述べるもの、頭で聞くものでは駄目であつた。心の実質が太くなるものでなくては駄目であつた。
>
> 彼は行く〳〵口の中で何遍も宗教の二字を繰り返した。〔中略〕

宗教と関聯して宗助は坐禅といふ記憶を呼び起した。〔中略〕
もし昔から世俗で云ふ通り安心《あんじん》とか立命《りつめい》とかいふ境地に、坐禅の力で達する事が出来るならば、十日や二十日役所を休んでも構《かま》はないから遣《や》つて見たいと思つた。（十七の五）

興味深いのは、宗助は参禅しようと決めると、普段は何事に対しても消極的だったのに素早く行動し、職場の同僚に鎌倉の禅寺への紹介状を書いてもらうと、役所にも御米や小六にも「少し脳が悪いから、一週間程役所を休んで遊《あす》んで来るよ」（十八の一）と嘘をついて、禅寺に行く。

漱石も明治二十六（一八九三）年七月と、明治二十七（一八九四）年十二月から翌年一月にかけて、鎌倉の円覚寺で参禅した経験がある。それで禅寺の厳しい修行の様子が臨場感あふれる筆致で描かれていて、禅寺がなぜ人々を魅了するのかがよくわかる。

特に宜道《ぎどう》という禁欲的な若い僧侶は、『門』の中でも魅力的な人物で、宗助は宜道に勇気づけられながら、寒さや粗食に耐え、何とか悟りを得ようと悪戦苦闘する。しかし悟りを得ることも、心の平穏を得ることもできず、老師に「父母《ふぼ》未生《みしやう》以前《いぜん》本来《ほんらい》の面目《めんもく》は何だか、それを一つ考えて見たら善《よ》からう」（十八の四）と言われても、老師を満足させるような答えも出せずに滞在予定の十日間を過ごしてしまう。

彼は門を通る人ではなかつた。また門を通らないで済む人でもなかつた。要するに、彼は門の下に立ち竦《すく》んで、日の暮れるのを待つべき不幸な人であつた。（二十一の二）

これは『門』の中で最も有名な箇所だが、しかしなぜ宗助の禅寺行きは失敗に終わったのか。水川隆夫は『漱石と仏教』（二〇〇二）で、漱石は円覚寺での二度の参禅で「公案を一つも解けぬまま山を下りた」[45]と指摘している。

漱石はその時の経験をもとに描いたのかもしれないが、しかし『門』は自伝ではなく、宗助が悟りを得ることができない原因について次のように記している。

> 自分は門を開けて貰ひに来た。けれども門番は扉の向側にゐて、敲《たゝ》いても遂に顔さへ出して呉《く》れなかつた。たゞ、
> 「敲《たゝ》いても駄目だ。独りで開けて入れ」といふ声が聞えた丈であつた。彼は何《どう》したら此門の門《くわんのき》を開ける事が出来るかを考へた。さうして其《その》手段と方法を明らかに頭の中で拵《こしら》えた。けれども夫《それ》を実地に開ける力は、少しも養成する事が出来なかつた。（二十一の二）

禅では自ら解決策を見出さなければならない。「独りで開けて入れ」という言葉は、そうした禅のあり方を告げているが、宗助は「門番」、すなわち老師なり宜道なりが、悟りを得る手引きをしてくれるものだと期待していた。そのような依存心がある限り、悟りを得ることができないのは当然だと言えよう。

そして漱石は、宗助が悟りを得ることができないもう一つの原因は、座禅に行くことを決めた時、「今の自分を救ふ事が出来るかといふ実際の方法のみを考へて、其《その》圧迫の原因になつた自分の罪や過失は全く此《この》結果から切り放してしまつた」（十七の五）ということにもあると示唆している。つまり宗助は、

親友の安井を裏切った「自分の罪や過失」は考えずに、ただ「積極的に人生観を作り易へなければ」（十七の五）ならないとのみ考えて座禅に行ったわけだ。

しかも宗助は禅寺にいる間も、「安井がもし坂井の家へ頻繁《ひんぱん》に出入《でいり》でもする様になつて、当分満洲へ帰らないとすれば、今のうちあの借家を引き上げて、どこかへ転宅するのが上分別《じょうふんべつ》だらう。こんな所に愚図〳〵してゐるより、早く東京へ帰つて其方《そのほう》の所置を付けた方がまだ実際的かも知れない」（二十一の一）というように、安井のことを考えていた。そのような雑念があれば、悟りを得ることは不可能だ。

そして禅寺から自宅に戻ると、宗助はすぐまた安井のことを考え始め、二日目の夜、床に入ってからも、「明日《あした》こそ思ひ切つて、坂井へ行つて安井の消息をそれとなく聞き糺《たゞ》して、もし彼がまだ東京にゐて、猶しばしば坂井と往復がある様なら、遠くの方へ引越して仕舞はうと考へた」（二十二の一）とある。

興味深いのは、これまで優柔不断だった宗助が、禅寺行きをきっかけに少しずつ行動する人間に変わることだ。実際に翌日の夜には坂井の家を訪ね、安井が坂井の弟と蒙古へ戻ったことを確かめるからだ。

> 彼の頭を掠《かす》めんとした雨雲《あまぐも》は、辛うじて、頭に触れずに過ぎたらしかつた。けれども、是《これ》に似た不安は是から先何度でも、色々な程度に於て、繰り返さなければ済まない様な虫の知らせが何処かにあつた。それを繰り返させるのは天の事であつた。それを逃げて回るのは宗助の事であつた。（二十二の三）

漱石はここで、『それから』のように「天」という存在を持ち出しているが、『それから』の「天」は、「姦通罪」という「人の掟」に背く代助と三千代の恋を正当化する役割をもつ存在だった。とすれば、「天」が、姦通で結ばれた宗助と御米を罰するような存在になっているのは矛盾ではないか――そういう疑問もあるかもしれないが、私は矛盾していないと考える。

漱石は、平岡が三千代を蔑ろにして外で遊蕩し、生活費も渡さなかったことから彼らの結婚は破綻していたとし、代助と三千代の恋愛には正当性があって「天意に叶ふ」とした。けれども安井の場合は、御米を「妹」だと偽っただけで、御米を酷く扱ったことも、宗助との友情を傷つけたこともない。安井は、宗助と御米が姦通した時には、大学に讒訴したかもしれないが、二人を法的に告訴することはしなかった。しかも二人が姦通したために、大学を辞めて満洲へ流れていき、堕落した「冒険者」になった安井は、親友の宗助と妻の御米に裏切られた被害者だった。

言い換えれば、漱石は、宗助と御米が愛し合ったこと自体は罪でも犯罪でもない、けれども親友であり、夫であった安井を傷つけたので、宗助も御米も、安井にきちんと謝罪することが「天」の意志であり、謝罪しない限り、「天」は謝罪しなければならないような状況を作り続けるであろうと、告げているのだ。

キリスト教では、ダビデやディムズデイルのように、神に謝罪すれば許された。そして「他力本願」の仏教でも、仏に祈れば罪は許され、望みがかなうと考えられていた。しかし漱石は、神に謝罪すれば許されるというのは安易すぎる、裏切ったり、傷つけたりした相手に直接謝罪しなければならない、それが「天」の意志だとしているのである。

「それって、厳しすぎない？」

そういう批判が出るかもしれない。しかし最近の日本では、有名人の不倫はマスコミで報じられるだけではなく、一般の人も含めＳＮＳで叩かれ、誹謗中傷が続く。つまり不倫したら社会的に罰されるべきだというのが、昨今の日本の風潮となっている。これも厳しくはないだろうか。

漱石は、姦通は国家や社会が罰する問題ではなく、姦通した側は、傷つけ不幸にしてしまった相手に対して謝罪しなければならない、それが人としての倫理だとしており、個人の間の倫理の問題としてとらえているのである。

実はこのような倫理観は、西洋の姦通小説には描かれていない。したがって漱石は、『門』では西洋とは異なる新しい倫理観を持った姦通小説を書こうと意図したのではないかと考えられる。

（9）「愛の賚《たまもの》」と『トリスタン・イズー物語』

宗助と御米は、「姦通罪」があったために、大学や社会から追放され、叔父から財産を奪われるという「愛の刑」に苦しまねばならず、三度の子供の死にも耐えなければならない過酷な人生を送ることになった。つまり漱石は、姦通したことが「消えぬ過去」となって、宗助と御米の六年後の今の生活も厳しく困難なものにしているという風に描いているのである。

その一方で漱石は、二人がいかなる困難にあっても耐えることができたのは、互いへの揺るぎない愛と信頼、つまり「愛の賚《たまもの》」があるからだとしており、十四章では、「愛の賚」について、次のように記している。

> 宗助と御米とは仲の好《い》い夫婦に違《ちがひ》なかつた。一所になつてから今日《こんにち》迄六年程の長い月日をまだ半日も気不味《きまづ》く暮した事はなかつた。言逆《いさかひ》に顔を赤らめ合つた試《ためし》は猶《なほ》なかつた。〔中略〕彼等に取つて絶対に必要なものは御互丈で、其御互丈が、彼等にはまた充分であつた。彼等は山の中にゐる心を抱いて、都会に住んでゐた。〔中略〕
>
> 彼等が始から一般の社会に興味を失つてゐたためではなかつた。社会の方で彼等を二人限《ぎり》に切り詰めて、其《その》二人に冷かな背《そびら》を向けた結果に外《ほか》ならなかつた。外に向つて生長する余地を見出し得なかつた二人は、内に向つて深く延び始めたのである。彼等の生活は広さを失なふと同時に、深さを増して来た。彼等は六年の間世間に散漫な交渉を求めなかつた代りに、同じ六年の歳月を挙げて、互の胸を掘り出した。彼等の命《いのち》は、いつの間にか互の底に迄喰《く》ひ入つた。〔中略〕道義《どうぎ》上切り離す事の出来ない一つの有機体になつた。二人の精神を組み立てる神経系は、最後の繊維に至る迄、互に抱き合つて出来上つてゐた。（十四の一）

このような宗助と御米の心の絆は、代助と三千代の恋愛、特に「僕の存在には貴方が必要だ。何《どう》しても必要だ」という代助の告白を思い出させるのではないだろうか。そして宗助と御米は結婚して六年も経つのに、今でも愛し合って一緒に暮らしているとあるが、こういうストーリーは姦通小説では稀有で、かつ革新的であることは、先に記した姦通文学の歴史を見ればわかるのではないだろうか。

興味深いのは、漱石が「彼等に取つて絶対に必要なものは御互丈で、其御互丈が、彼等にはまた充分であつた」とか、「道義上切り離す事の出来ない一つの有機体になつた。二人の精神を組み立てる神経系は、最後の繊維に至る迄、互に抱き合つて出来上つてゐた」と記していることだ。これは明らかに、「愛の媚薬」を飲んでしまったトリスタンとイズーが、身も心も一つになったという設定にインスピレーションを得て描いている。先に見たように、姦通する意志がなかったトリスタンとイズーは「愛の媚薬」を飲んだために、身も心も一つになるほど深く愛し合うようになり、宮廷を追われると、森の中に逃げ込んで、しばらく一緒に暮らしたとあるからだ[46]。

ただし原作では、イズーはその後マルク王のもとへ戻り、トリスタンもフランスへ渡るが、それは迫害を逃れて生き残るためであり、「愛の媚薬」の効果も三年だったからだと言われている。そこで漱石は、トリスタンとイズーの三年の二倍の六年もの間、宗助と御米は愛し合って一緒に暮らしているとしたようだ。

そして漱石は、「彼等は山の中にゐる心を抱いて、都会に住んでゐた」と記しているが、これも森の中に逃亡したトリスタンとイズーの暮らしに触発された描写だと言え、宗助と御米が東京で住んでいる崖下の家も、森の中をイメージしながら描いたようだ。なぜなら、そこが東京のどこか、はっきりした情報は与えられておらず、「宗助の家《うち》は横丁を突き当つて、一番奥の左側で、すぐの崖下だから、多少陰気ではあるが、その代り通りからは尤も隔つてゐるだけに、まあ幾分か閑静だらうと云ふので、細君と相談の上、とくに其所を択《えら》んだ」（二の三）とあって、忙しい町中から隔絶した孟宗竹《もうそうちく》のはえた崖の下にあり、「彼等は山の中にゐる心を抱いて、都会に住んでゐた」という描写にふさわしい場所となっているからだ[47]。

漱石が『トリスタン・イズー物語』からアイデアを得たことは明白だが、迫害を受けて別れざるを得なくなり、最後には悲劇的な死をとげるトリスタンとイズーの物語とは逆に、宗助と御米は迫害を受けても愛し合い、助け合って生きているとしている。これはやはり姦通小説としては革新的な構想である。

強調しておきたいのは、従来の研究では、漱石は官能的な恋愛小説は書けなかったと言われているが、当時は姦通を描いた作品に対する検閲が厳しく、官能的な場面を描けば発禁になる危険があったので、漱石は前期三部作では官能的な描写を避けたと見るべきだ。

とはいえ、見逃がせないのは、漱石は宗助と御米の間には精神的なつながりがあるだけでなく、性愛を含む愛があることを、発禁にならないような表現を使って、きちんと描いている。「愛の神に一瓣《べん》の香《こう》を焚く事を忘れなかつた」とか、「彼等は鞭《むち》うたれつゝ死に赴《おもむ》くものであつた。たゞ其鞭《むち》の先に、凡てを癒《い》やす甘い蜜の着いてゐる事を覚《さと》つたのである」（十四の一）という描写などがそうだ。なぜなら「愛の神」は西洋ではヴィーナスであり、彼女は性愛も含む愛の神であるからだ。「鞭《むち》の先に、凡てを癒《い》やす甘い蜜の着いてゐる事」という叙述も、宗助と御米の間には、肉体的な愛の喜びがあることを明示している。

しかも漱石は、もっと大胆な挿話も描いている。御米の具合いが悪いのが気になっていた宗助は、「突然電車の中で膝を拍《う》つた。その日は例になく元気よく格子を明けて」家の中に入り、「『御米、御前《おまい》子供が出来たんじやないか』と笑いながら云つた」（六の一）とある箇所だ。「子供が出来たんじやないか」という発言は、二人の性的な親密さを赤裸々に物語っているからだ。

私が感心するのは、漱石は、宗助と御米がいかに愛し合い、いたわりあって暮らしているかを、二人の何気ない日常の言動を通して具体的に描いていることだ。たとえば、寒さの厳しい朝、宗助は、「もう少し暖かい蒲団の中に温《ぬく》もつてゐたかつた。けれども血色のよくない御米の、甲斐々々しい姿を見るや否や、『おい』といつて直《す》ぐ起き上つた」（六の三）とあり、御米はそういう宗助に対して、いつも「微笑み」を忘れないが、それは愛想笑いなどではなく、宗助を心から愛しているからだとわかる描き方となっている。

宗助のやさしさや愛情が最もよく表われているのは、すでに指摘したように、小六が一緒に住むようになってから、御米が気苦労と疲労で倒れたときだ。宗助は医者を呼びにやったあと、懸命に肩を揉んだりして、御米の苦しみを和らげようとする。そういう宗助の姿には、三千代を思いやる代助の面影があり、宗助と御米が代助と三千代の後身であることが明らかだ。

なお代助については、駒尺喜美が、「代助の勇気は、むしろ〈女らしい〉のでした」[48]と指摘した。以来多くの女性の批評家が代助像を賞讃しているが、宗助も御米が病いに倒れると必死で看護し、病人の看病などは女性の役割だとされていた常識を崩す行動をとっている。したがって宗助もジェンダー的視点から見ると、新しい男性像だと言えよう。

(10) 未来への希望

これまで注目されてこなかったが、『門』には、未来への希望も描かれている。

冒頭では、晴れた秋の日曜日の午後、縁側で日向ぼっこをしていた宗助がいつの間にか胎児的な姿勢で横になっている描写から始まっているが、終章の二十三章の最後の場面では天気の良い春のある日曜日の午後の描写になっていて、次のように描かれている。

小康はかくして事を好まない夫婦の上に落ちた。ある日曜の午《ひる》宗助は久し振りに、四日目の垢《あか》を流すため横町の洗湯《せんたう》に行つたら、五十ばかりの頭を剃つた男と、三十代の商人《あきんど》らしい男が、漸《やうや》く春らしくなつたといつて、時候の挨拶を取り換はしてゐた。若い方が、今朝始めて鶯の鳴声を聞いたと話すと、坊さんの方が、私は二三日前にも一度聞いた事があると答へてゐた。

「まだ鳴きはじめだから下手だね」

「え、、まだ充分に舌が回りません」

宗助は家《うち》へ帰つて御米に此《この》鶯の問答を繰り返して聞かせた。御米は障子の硝子《ガラス》に映る麗《うら、》かな日影をすかして見て、

「本当に難有《ありがた》いわね。漸くの事春《ことはる》になつて」と云つて、晴れ〴〵しい眉を張つた。宗助は縁に出て長く延びた爪を剪《き》りながら、

「うん、然《しか》し又ぢき冬になるよ」と答へて、下を向ひたまゝ鋏《はさみ》を動かしてゐた。（二十三）

この場面のどこに希望があるのか、宗助の「又ぢき冬になるよ」という言葉は、悲観的ではないか——そういう意見がかなり見られる。

しかし、冒頭では外部から身を守るように胎児的な姿でうずくまって横になっていた宗助は、下を向いてはいるが、身を起こして大人の姿勢で爪を切っている。これは進歩であり、宗助が精神的なトラウマから回復しつつあることを示している。

そして宗助が精神的なトラウマから立ち直りつつあることを示す挿話が、もう一つ描かれている。というのは、一章では宗助はせめて日曜日には混まない早い時間に風呂に入りたいと言いながら、無為に時間を過ごしてしまい、結局夕方の混む時間にしか行かなかったが、この最後の章では、「午」の客が二人しかいない時間に銭湯に行き、鶯についての二人の客の春らしいのどかな会話を聞きなが

ら、のんびりと風呂を楽しんでいる。これは精神的なトラウマから優柔不断で消極的な人間になって、やりたいこともやれなかった宗助にとっては大きな進歩だと言える。しかも御米と次のような会話も交わしている。

「漸《やうや》く冬が過ぎた様ね。貴方今度の土曜に佐伯の叔母さんの所へ回つて、小六さんの事を極《き》めていらつしやいよ。あんまり何時《いつ》迄も放つて置くと又安さんが忘れて仕舞ふから」と御米が催促した。宗助は、

「うん、思い切つて行つて来《き》よう」と答えた。（二十三）

宗助は、以前はどんなに御米や小六に頼まれたり急かされても、佐伯の家に行こうとしなかったが、ここでは即座に行こうと快諾している。もちろん小六自身が学費を分担してもらうよう「安之助に直談判《じきだんぱん》」し、「形式的に宗助の方から依頼すればすぐ安之助が引き受ける迄に自分で埒《らち》を明けたのである」（二十三）ということもあるが、しかし宗助は昼間銭湯に行ったように、ここでも行動することを厭わなくなっている。これも進歩であり、精神的なトラウマから立ち直ってきていることを示す箇所だと言える。

このように漱石は最後の場面で、宗助が精神的なトラウマから回復しつつあることを、さまざまな角度から描いているのである。

もう一つ重要なのは、宗助と御米の未来に希望を与える存在として、小六と坂井、それに安之助を描いていることだ。

冒頭では、宗助と御米の最大の悩みは小六の学費や生活費の問題だったが、坂井が小六を書生として雇ってくれることになったので、小六の住む場所と生活費の問題は解決し、宗助は安之助と学費を折半して支払っていけば良いことになったとある。もちろん小六が大学を卒業するまでの学費を半分払っていくことは、以前にはなかった新たな経済的負担だが、小六と同居し、生活費や小遣いも負担し、学費を全額払うことと比べれば、負担はかなり少なくなっているし、月五円だが、宗助の給料も上がっている。

また御米も、小六のために余分な食料を買いに行き、小六の気に入る食事を作ったり、洗濯その他の雑用から解放され、小六のために諦めた六畳の部屋もまた使うことができるようになった。

御米は、自分の負担が増えることを承知で、佐伯の家にも下宿にもいられなくなった小六を「あの六畳を空けて、あすこへ来ちやいけなくつて」（四の十四）と申し出たが、狭い家で顔をつき合わせて暮らしてみると、小六が酒を飲んで帰ってきたりするので、気苦労が絶えず、過労で倒れてしまったわけで、小六が坂井の家に移ったことは、体力的にも、精神的にも御米の負担が軽くなったことを意味している。宗助も小六が坂井の家に住むことによって、経済的な負担が減るだけでなく、四六時中御米の健康を心配して暮らさなくてもよくなったのである。

坂井が小六を書生にするのは、「少しは社会教育になるかも知れない」（十六の三）という言葉が示すように、小六を教育したいというはっきりした目的をもっているからであり、宗助が「高等の教育を受けさしてやらう」と思うと話すと、「そいつは好《い》いでせう」（十六の四）とすぐ同意したことから、坂井は小六が学業を続けられるように、スケジュールなども考えてくれるはずだ。また坂井は、自分の弟を「冒険者」にしてしまったことを無念に思っているので、小六が大学を卒業したあかつきには、親身に就職の面倒もみてくれるだろうと予測できる設定となっている。

漱石は、坂井を大地主で借家も多く持っており、定職はないが、付き合いが広く、世話好きな性格だとしている。このような坂井の存在は、『彼岸過迄』の須永と千代子の叔父である松本に似ているが、そういう親切で思慮深い坂井の書生になることで、小六にもやっと運が回ってきたわけである。小六は両親を早く失くし、財産を横領するような叔父の家で暮らすという窮屈な育ち方をしたので、坂井の家で暮らすことによって、子だくさんの暖かい家庭生活を見たり味わったりする機会を得、家族の大切さや思いやりなども学ぶであろうと想像できる。

別な見方をすると、小六は坂井の家で暮らすことで、宗助や御米にとっても良い弟となり、家族の絆を大事にするようになるだろうと推測できる。御米も、小六が坂井の家に行っても家族らしい心遣いを忘れず、宗助が五円昇給すると、祝いの食事に招待し、小六もそれに応えてやって来る。

翌日《あくるひ》の晩宗助はわが膳《ぜん》の上に頭《かしら》つきの魚《うを》の、尾を皿の外に躍らす態《さま》を眺めた。小豆《あづき》の色に染まつた飯《めし》の香《かをり》を嗅いだ。御米はわざ〳〵清《きよ》を遣《や》つて、坂井の家に引き移つた小六を招いた。小六は、「やあ御馳走だなあ」と云つて勝手から入つて来た。（二十三）

「やあ御馳走だなあ」という若々しい小六の言葉は、この作品世界の中で、最も明るい響きをもっていて、たったひと言だが、やがて小六が御米と宗助の心遣いに感謝して、彼らの人生に希望をもたらすであろうことを暗示していて、見事な設定となっている。

実は私はなぜ漱石が小六という子供っぽい名前をつけたのだろうかと疑問に思っていたのだが、小六は子供のいない宗助と御米にとって、子供の代わりをする存在となっていくことを示そうとしたのかもしれない。

ただし小六が坂井の家にいることで、安井が再びやってくれば宗助の存在を知ることになり、宗助にとっては坂井は良い面と悪い面をもつ存在である。しかし「自分がもし順当に発展して来たら、斯《こ》んな人物になりはしなかつたらうかと考へた」（十六の二）というように、宗助は坂井に親近感を抱いているので、小六が書生になることで、坂井とは親戚に近い付き合いをするようになる可能性が大きい。そうなれば坂井に安井との過去を打ち明けるだけの勇気も出るだろうし、打ち明ければ、思慮深く世知にたけた坂井は、宗助の良い理解者となっていろいろ助言をしてくれる頼もしい存在になるだろう、そう推測することができる。

宗助には、もう一人希望を与えてくれる人物がいる。安之助だ。安之助はいとこの小六と一緒に育ったので、小六にとっては良い話し相手で、金持ちの女性との縁談が延期になると、小六の学資を半分出すと約束した。安之助は自分の両親が小六や宗助の財産を自分たちのものにしたことをおそらく知っており、小六の学費は卒業するまで責任を持って払うだろうと考えられる。

なお宗助は、これまで安之助とはあまり面識がなかったが、小六の学資を半分出すと約束したので、付き合う機会も増えるはずだ。言い換えれば、これまでは疎遠であった佐伯の家との付き合いも安之助との間で始まり、佐伯の家との親戚関係も改善されていくことを示している。

漱石は、東京へ戻って間もないころの宗助と御米は、周囲との付き合いもなく、「山の中にゐる心を抱いて、都会に住んでゐた」（十四の一）とし、宗助と御米の「二人の間には諦めとか、忍耐とか云ふものが断へず動いてゐたが、未来とか希望と云ふものゝ影は殆んど射さない様に見えた」（四の五）

と記した。しかし最後には小六が家族の一員として加わり、坂井という親身になって支えてくれる理解者も得、安之助も小六の学資を半分負担すると約束したので、佐伯家との関係も良くなり、宗助と御米の世界はより広く、また明るくなったことがわかる。

このような状況から「本当に難有《ありがた》いわね。漸くの事春《ことはる》になつて」（二十三）という御米の言葉は、季節的に春がきたというだけでなく、二人の人生もようやく明るいものになってきたという意味が込められていると受け取れる。

それに対し宗助は、「うん、然し又ぢき冬になるよ」と悲観的な返事をするが、これは精神的なトラウマが完全に治っていないので、明るい未来を想像できる状態にまでは至っていないことを示す言葉となっている。もっとも宗助は、安之助のところに小六の学費のことを頼みに、「思い切つて行つて来よう」（二十三）と快諾したり、希望どおり昼間銭湯に行くまでに立ち直っているが。

実際にも精神的なトラウマから回復するには時間がかかるので、漱石は、全快はしていないことを、宗助は「「うん、然し又ぢき冬になるよ」と答へて、下を向ひたまゝ、鋏を動かしてゐた」という描写で示しており、これは心理学的にも優れた設定だと言える。

以上のように漱石は、『門』において、姦通したトリスタンとイズーが森の中でしばらくは一緒に暮らすけれども、悲劇的な死をとげる物語を踏まえながら、「姦通罪」があったために大学を追われ、父親にも勘当され、叔父にも財産を奪われた宗助が、精神的なトラウマに苦しみながらも御米と愛し合い助け合って、困難を乗り越えながら生きていく姿を描いている。

したがって『三四郎』や『それから』ほどではないが、『門』もまた「姦通罪」批判であり、同時にまた宗助と御米を罰した大学を含めた家父長的な社会への批判であると言える。

また文学的な面においても、『門』は、姦通した男女が死んだり、罰せられたりする従来の家父長的な姦通文学への挑戦であり、新しい姦通小説を書こうという漱石の意欲がうかがえる革新的な作品となっている。言い換えれば、『門』も、漱石の反骨精神を示す作品なのである。

前期三部作のまとめ

漱石は明治三十九年十月二十六日、鈴木三重吉に「維新の志士の如き烈しい精神で文学をやつて見たい」と書き送った後、四カ月もたたない明治四十年二月に東京帝国大学教師という社会的に名誉ある地位を棄て、朝日新聞社に入社し、職業作家になった。そして明治十三年に制定された「姦通罪」の刑が、明治四十年四月になって重禁錮から二年以下の懲役刑になり、改悪された「姦通罪」が施行される一カ月前の明治四十一年九月一日から『三四郎』を『朝日新聞』に掲載し始め、翌年には『それから』を、次の年に『門』をやはり『朝日新聞』に掲載した。三部作という形式をとったのは、作品を発表する場が新聞だったので、英国のヴィクトリア朝の作家たちのように三巻にわたる長編小説を書くのは難しかったからだが、漱石が前期三部作を書いた目的は、本文で細かく分析したように「姦通罪」を制定し、さらに刑を重くした「国家権力」や家父長的「家」制度などを批判することにあった。同時に西洋の姦通文学の伝統に挑戦し、新しい姦通小説を描こうという文学的野心もあった。それはズーデルマンの『消えぬ過去』を含め、さまざまな西洋の姦通文学からアイデアを得ると同時に、それらの作品の根底にある家父長的価値観を批判していることからもわかる。そして漱石の政治的、文学的反骨精神は三作を通して一貫しているが、ここで三作の要点をもう一度まとめておく。

『三四郎』でまず驚くのは、「姦通罪」を改悪し、姦通を描いた作品を発禁にした政府を嘲笑《ちょうしょう》するために、冒頭で三四郎が元「海軍の職工」だった男性の妻を名古屋の宿で寝取ろうとして（姦通しようとして）失敗する話や浜松駅で西洋人の妻にあこがれる様子を描き、三四郎は人妻が好きで、姦通をおかす可能性のある青年だとして登場させていることだ。そして検閲を逃れるために、聖書のダビデが湯浴みするバテシバを見て姦淫する話や『トリスタン・イズー物語』でトリスタンがイズーとの間に剣を置いて寝るという場面を喜劇化して三四郎の行動を描いている。

そのうえ冒頭では「田舎者」の爺さんに、「自分の子も戦争中兵隊にとられて、とう〳〵彼地《あっち》で死んで仕舞つた。一体戦争は何の為にするものだか解らない。後で景気でも好くなればだが、大事な子は殺される。物価《しょしき》は高くなる。こんな馬鹿気たものはない。世の好い時分に出稼ぎなど、云ふものはなかつた。みんな戦争の御蔭だ。」（一の二）と言わせ、日露戦争で国民を苦しめた国家の指導者たちを、ユーモアというオブラートに包みながら、厳しく批判している。

そして最後の十三章では、経済的な事情や、国益のために科学の発展に貢献しなければならないという使命感ゆえにいったんは美禰子との結婚を諦めた野々宮が、美禰子の肖像画を見ながら、美禰子の結婚披露宴の招待状を千切って床に棄てるという設定を通して、野々宮は「有夫ノ婦」となった美禰子を取り戻そうとする、つまり姦通すると暗示した。一方、美禰子には十二章でバテシバと姦通したダビデの言葉「我が罪は常に我が前にあり」と言わせ、野々宮と姦通すると示唆した。

また漱石は、大学生の三四郎と女学生のよし子の宿命的な出会いを、『消えぬ過去』の姦通した過去を持つレオとフェリシタスの再会場面を下敷きにして描き、ウィリアム・ジェイムズなどの無意識の形成の理論等も駆使して、三四郎にはよし子を愛しているという自覚がないので彼女を別な男性と結婚させてしまうだろうが、人妻を好む三四郎は、人妻になったよし子と姦通すると暗示した。

このように「姦通罪」に挑戦し、日露戦争をやった政治家たちを批判した『三四郎』が発禁にならなかったのは、婉曲な表現や笑いを誘う描き方をしているからだ。発禁にならなかったもう一つの理由は、ズーデルマンの『消えぬ過去』、旧約聖書のダビデとバテシバの姦通の話、『トリスタン・イズー物語』、アフラ・ベーンの小説『オルノーコ』、シェイクスピアの『ハムレット』など姦通のテーマを持つ作品の知識を駆使し、野々宮と美禰子、そして三四郎とよし子の姦通に発展する可能性をもつ恋愛を描いているからだ。トーマス・サザーンの戯曲『オルノーコ 悲劇』には姦通のテーマはないが、三四郎の美禰子への片思いを滑稽化するために用いている。

漱石が姦通というテーマを持つ西洋の文学作品を多用したのは、文明開化の地東京らしいシャレた雰囲気をかもしだし、同時に検閲を行なう内務省の役人たちが外国の姦通文学を知らないことを揶揄する意図もあったと考えられる。

二作目の『それから』は、漱石の反骨精神が最も明確に表われた作品である。

ここでも冒頭で代助の三千代への姦通願望を描いているが、目覚めた代助が新聞を開くと、「男が女を斬つてゐる絵」があったという設定は、竹盛天雄が指摘したように「姦婦を斬る図」で、姦婦を殺害しても夫の刑は軽いという旧刑法第三一一条の存在を、代助だけではなく、読者にも思い出させる機能をもっている。そのため代助は、仕事に失敗して東京に戻った平岡に会っても、三千代の近況も聞けないが、平岡との友情が壊れると、三千代への愛を正当化していく。このような設定は、ズーデルマンが『消えぬ過去』でレオとウルリッヒの友情を理想化し、フェリシタスだけを悪者にしたことへの批判となっている。また当時の日本でも「男の友情」が美化されていたが、漱石はそれも批判している。

最も強烈なのは、代助に三千代との恋愛は「人の掟」、つまり「姦通罪」には背くが、「天意に叶ふ」恋だと断言させ、「姦通罪」を改悪した国家権力を真っ向から批判したことだ。同時に漱石は、発禁になるのを避けるため、ホーソーンの『緋文字』から「人の掟」という言葉は借りたが、ホーソーンが姦通を罪とする「神の掟」を導入し、ヘスターを罰し続けたことを批判して、代助と三千代の恋愛は「天意に叶ふ」と肯定した。

また漱石は「頭と心の相剋」という当時の西洋社会を二分した論争も取り込み、「頭」に支配されて三千代への愛を否定し平岡と結婚させてしまった代助は、三千代と再会すると、心の求めるまま愛を告白するとし、「心」の重要性を強調した。なお漱石は、理学者の野々宮も「頭」に支配されているとし、広田に「男子の弊は却つて純粋の詩人〔註：心を重視する〕になり切れない所にあるだらう」と批判させ、「頭」を重視するのは、男性の欠陥だと明言した。そして「頭」を重視するのは「洋書」をよく読むからだとし、西洋の合理主義的な思想を学ぶことの弊害を指摘した。このように「頭」を過信するのは男性の問題だとジェンダー化したのは、当時は西洋社会でも珍しく、漱石がいかに革新的な思想の持ち主であったかを示している。

さらに漱石は、ルソーの『社会契約論』の思想も随所に取り入れているが、私が漱石の独創性として高く評価するのは、ルソーは市民が同意してできた「社会契約」はすべて公平だと見なしていたのに対し、漱石は「姦通罪」という家父長的社会の作った「社会契約」は、夫には買春や妾を持っても良いとし、妻にだけ厳しい不平等な「社会契約」なので、破っても良いとしたことだ。そして漱石は、良妻賢母教育を受けた三千代にも、平岡が放蕩し多額の借金を作り、一銭も給料を渡さなくなり夫としての義務を放棄してしまうと、「結婚という社会契約」を破らせ、代助との愛に生きようと決心させる。そして二人の恋愛を「天意に叶ふ」恋として、正当化した。

以上のように『それから』は、国家権力や家父長的家制度などへの批判が明確であり、「維新の志士の如き烈しい精神」で文学をやりたいといった漱石の意志が最もよく表われている作品である。

したがって作家の高橋和巳が、『それから』は「敢えて姦通罪に抵触する確信行為を、自覚的に描いた」作品だと言ったのは、正鵠《せいこく》を射ていた。また駒尺喜美も「姦通罪」は「妻は夫の所有物だから、それを盗んではいけないということでした。この法律の存在だけでも、当時の男尊女卑の社会状況がよく現れています」、「漱石は、この民法の制定されたあとで『それから』を描いているのです。まさにこの「有夫の婦」との恋愛を描いたのです。これは国家権力への挑戦といわなければなりません。自然主義の作家たちなども男女の愛欲を描きましたが、「有夫の婦」との恋愛はあまり書きませんでした。それを思えば、漱石は国家権力に抗して、自己本位に基づくモラルを、はっきり示したのでした」と、鋭い指摘をしている。

しかし高橋と駒尺が「姦通罪」が制定された年と改悪された年とを混同したために、二人の論文は黙殺されたが、二人の批評は再評価されるべきである。

最後に強調したいのは、『それから』は禁じられた恋にのめりこんでいく代助の心理描写も見事で、英国人の好んだ鈴蘭や白百合などの使い方も効果的で、優れた恋愛小説でもあることだ。

最後の『門』も革新的な姦通小説である。

西洋および日本の姦通文学の歴史を紹介したが、姦通した男女が一緒に暮らす作品はなく、特に十九世紀の姦通小説では姦通した女性は自死することが多い。だが漱石は、姦通して一緒になった野中宗助と安井の妻だった御米が迫害に耐え、六年後も愛し合って暮らしている姿を描いており、家父長的な価値観を反映した姦通文学の伝統を破り、新しい姦通小説を描こうと意図したことが明らかである。

私にとって最も衝撃的だったのは、精神的トラウマ（Post Traumatic Stress Disorder 心的外傷後ストレス障害）が描かれていることだった。漱石は『三四郎』、『それから』でも、当時の最新の心理学的な情報をもとに、主人公たちの内面を描いているが、御米との姦通で大学を追われ、父に勘当され、叔父に財産を奪われてしまった宗助の変化を、本文で分析したように、ピエール・ジャネなどが指摘した精神的トラウマの症状にぴったり合うように描いている。

また姦通したダビデとバテシバの子供が死ぬという話をもとに、宗助と御米の子供は、安井にすまないことをしたので育たないとしたことや、安井が帰京していることに宗助が衝撃を受け、参禅して救済を得ようとして失敗する話は、傷つけた安井に対して謝罪する必要があると告げている。つまり漱石は、「姦通罪」を批判すると同時に、新しいテーマとして、姦通したことで傷つけた相手に対する謝罪という倫理の問題も追求しているのである。

漱石が『トリスタン・イズー物語』を取り込んだのは、姦通する意志がないのに、「愛の媚薬」を飲んだために姦通してしまったトリスタンが約束されていた王位を棄て、またイズーも王妃の座を棄てて愛し合う物語に魅せられていたからであろう。しかし三年後には「愛の媚薬」の効果も弱まり、生き残るために別れた二人は悲劇的な死を迎えるが、漱石は宗助と御米は困難に耐え、トリスタンとイズーの倍の六年後も愛し合って生きているとした。そして病弱な御米を看病し守ろうとする宗助は、当時の日本文学には珍しく思いやりのある夫像となっていて、ジェンダー的にも革新的な作品となっている。

従来の批評では、『門』は自然主義的な文学だとされてきた。しかし田山花袋をはじめ自然主義作家たちは、夫が独身の若い女性を追いかける話は書いたけれども、駒尺が指摘したように「有夫ノ婦」との恋愛は描かなかった。「有夫ノ婦」との恋愛を描いた唯一の自然主義作家の作品は、島崎藤村の「旧主人」であるが、通俗小説の濡れ場的な描写のせいもあって、すぐに発禁になった。しかし「旧主人」には「姦通罪」や家父長的家制度の批判などは、まったくない。しかも正宗白鳥も含め、私小説こそが文学だと考えた自然主義作家たちは、漱石は虚構ばかり書くと非難し、『それから』もつまらないと批判した。

だが小説は英語ではフィクションとも呼ばれ、虚構を通して実人生のさまざまな問題を生き生きと描き出すジャンルである。

そこで当時の状況を調べると、本文で指摘したように「姦通罪」で罰せられた女性は多く、文学の世界でも、詩人の北原白秋は明治三十五年に松下俊子の夫の訴えで、俊子とともに逮捕され、未決監として二週間牢につながれ、釈放後も一部の文学者たちに文藝の汚辱者として新聞で叩かれた。俊子の方は二年間の懲役刑に処された。大正十二年と時代は下るが、作家の有島武郎も波多野秋子の夫に「姦通罪」で訴えると脅迫され、秋子と心中している。また政府が明治三十九年一月に「姦通罪」を翌年改正すると発表すると、「日本基督教婦人矯風会」が、「有婦の男の姦通の処分、有婦の男の蓄妾、接妓と姦通する事等」も「姦通罪」に含めて欲しいと請願書を出し、政友会もそれを支持していると新聞に出た。しかし政府は逆に刑を二年以下の懲役刑と改悪した。そうした現実を視野に入れれば、自然主義作家たちが「姦通罪」を批判した漱石の作品を虚構で、つまらないと批判したのは、彼らの文学観の偏りと政治的感覚の欠如を物語っている。

紙幅の関係で、この本では前期三部作が「姦通罪」を批判していると認めたくない戦後の批評家として大岡昇平と梶木剛しか挙げなかったが、現在の日本にも「国民的作家」として敬愛されている漱石が、国家権力や「姦通罪」を批判したとは認めたくないという拒否反応がある。そのためにこの本を書いたわけだが、漱石は『門』を発表した翌年の明治四十四年二月に文部省から博士号を授与するという通知が来ると、きっぱり断わっている。その理由はあまり論議されていないが、漱石は「維新の志士の如き烈しい精神で文学をやつて見たい」と職業作家になり、さまざまな角度から国家権力を批判した前期三部作を書き終えたばかりだったことを考えれば、断ったのは当然だったと言えよう。漱石は権力に屈しない反骨精神を持っていた。前期三部作はその証である。

最後に改めて指摘したいのは、漱石が三部作と告げている以上、『三四郎』『それから』『門』は一緒に読むべきだということだ。望ましいのは、出版社が三作まとめて出版することだが、現在の出版事情からすれば、難しいかもしれない。

●註

【はじめに】

（1）高橋和巳「知識人の苦悩――漱石の『それから』について」桑原武夫編『文学理論の研究』（岩波書店、一九六七）一五〇頁。
（2）梶木剛『夏目漱石論』（勁草書房、一九七六）三九頁。
（3）大岡昇平『小説家夏目漱石』（筑摩書房、一九八八）二七六頁［一九七五年、成城大学経済学部教養課程での講義、その後出た文献により加筆］。
（4）千種キムラ・スティーブン『『三四郎』の世界――漱石を読む』（翰林書房、一九九五）二九三―九四頁。漱石の前期三部作執筆と先行文学の関係については、二八四―九三頁を参照のこと。
（5）「'96くまもと漱石博」推進１００人委員会編集・発行『世界と漱石――国際シンポジウム報告書』（一九九六）五〇、五三頁。
（6）M. M. Bakhtin "Discourse in the Novel" in *The Dialogic Imagination: Four Essays* (University of Texas Press, 1981), pp. 259–341.
（7）鈴木三重吉への手紙は、『漱石全集　第二十二巻』（岩波書店、二〇〇四、第二刷）六〇六頁。
（8）吉川豊子「漱石の『姦通小説』――『薤露行』を中心に」日本エディタースクール出版部『Actes』5巻（一九八八年十二月）七五頁。
（9）トニー・タナー『姦通の文学――契約と違犯　ルソー・ゲーテ・フロベール』高橋和久・御輿哲也訳（朝日出版社、一九八六）三一頁。
（10）同右、三二頁。

【前期三部作の前提】

（1）Hermann Sudermann, *The Undying Past*, trans. Beatrice Marshall (J. Lane Subjects, 1906).
（2）ズデルマン『消えぬ過去　上』生田長江訳（国民文庫刊行会、一九一七）三頁。

(3) 大岡『小説家夏目漱石』三三八頁。
(4) キムラ・スティーブン『「三四郎」の世界』二九四頁。
(5) 駒尺喜美『漱石という人――吾輩は吾輩である』(思想の科学社、一九八七)一二九―三〇頁。
(6) 佐古純一郎『夏目漱石の文学』(朝文社、一九九〇)九七頁。
(7) 清水忠平『漱石に見る愛のゆくえ』(グラフ社、一九九二)三七頁。
(8) 半田淳子『村上春樹、夏目漱石と出会う――日本のモダン・ポストモダン』(若草書房、二〇〇七)一四〇―四一頁。
(9) 石田忠彦『愛を追う漱石』(双文社出版、二〇一一)三九頁。
(10) 竹盛天雄「手紙と使者――『それから』の劇の進行」『文学』第二巻第一号(岩波書店、一九九一年冬)一六頁。
(11) 石原千秋・小森陽一『漱石激読』(河出書房新社、二〇一七)一六二頁。
(12) 氏家幹人『不義密通――禁じられた恋の江戸』(講談社、一九九六)一五八頁。
(13) ニコル・アルノー＝デュック「法律の矛盾」(ジョルジュ・デュビィ＋ミシェル・ペロー監修／ジュヌヴィエーヴ・フレス＋ミシェル・ペロー編／杉村和子・志賀亮一監訳『女の歴史Ⅳ 十九世紀1』藤原書店、一九九六)一七四頁。
(14) アルノー＝デュックは同じ論文で、一九世紀のフランスでは、「夫が、夫婦の家」「で姦通を現行犯でみつけ、妻やその相手を殺した」場合、「このような殺人は免責されると、フランスの刑法の『補足条文《アルティクル・ルージュ》』(三二四条)に述べられている」と指摘しているが、この法律は一八八四年に廃止された(『女の歴史Ⅳ 十九世紀1』一七五頁)。
(15) もろさわようこ『女の歴史 下』(未來社、一九七〇)一五頁。
(16) 大岡『小説家夏目漱石』二七六頁。
(17) 『新潮日本文学アルバム25 北原白秋』(新潮社、一九八六)四二―四三、四七頁。
(18) 関口裕子・鈴木国弘・大藤修・吉見周子・鎌田とし子『日本家族史』(梓出版社、一九八九)二三九頁。
(19) 松尾尊兊『滝川事件』(岩波書店、二〇〇五)。
(20) 島崎藤村「旧主人」『島崎藤村全集 第3』(筑摩書房、一九五六)。
(21) 大岡『小説家夏目漱石』二七一頁。
(22) 木下尚江『良人の自白 上・中篇』山極圭司編『木下尚江全集 第二巻』(教文館、一九九〇)。「木下は姦通罪」の不条理性を描くために『良人の自白』を書いたと広告で言っているが、前篇には過酷な小作人への搾取などがリアルに描かれていて、最後には白井が自分の土地を小作人たちに無償で与えてアメリカへ渡るという風に、社会主義の啓蒙書的な要素が強い。だから発禁になったのは、姦通を描いたからだけでなく、社会主義的部分も発禁の対象であったという印象を受ける。

【第一部 『三四郎』――姦通劇の開幕】

（1）有光隆司「『坊っちゃん』の構造――悲劇の方法について」日本文学研究資料刊行会編『日本文学研究資料叢書 夏目漱石Ⅲ』（有精堂、一九八五）四八頁［初出：東京大学国語国文学会編『國語と國文學』一九八二年八月号］。
（2）瀬沼茂樹『夏目漱石』（東京大学出版会、一九六二）一五三―五四頁。
（3）大岡『小説家夏目漱石』二四〇頁。
（4）千種キムラ・スティーブン「『三四郎』論の前提」『日本文学研究資料叢書 夏目漱石Ⅲ』一一九―二七頁［初出：『国文学 解釈と鑑賞』至文堂、一九八四年八月号。収録にあたり、一部加筆］。
（5）『文学論』『漱石全集 第十四巻』（岩波書店、二〇〇三、第二刷）七五―七六頁。
（6）ジョセフ・ペティエ編『トリスタン・イズー物語』佐藤輝夫訳（岩波書店、一九七三、第十九刷）を参照した。
（7）大岡『小説家夏目漱石』二五八頁。
（8）ミハイル・バフチン『ミハイル・バフチン著作集5 小説の言葉』伊東一郎訳（新時代社、一九七九）八七頁。
（9）同右、八〇頁。
（10）『文学論』『漱石全集 第十四巻』二六三頁。
（11）「Ⅳ―7」『漱石全集 第二十一巻』（岩波書店、第二刷、二〇〇三）三四二頁。
（12）村上勇編『漱石資料――文学論ノート』（岩波書店、一九七六）二七六頁。
（13）「黒ん坊」は一九五〇年代以降、現在は差別語だが、漱石は社会進化論の影響を受けた世代で、黒人を差別することが悪いという認識はなく、三四郎を滑稽な人物にするために「野蛮な所」から来た「黒ん坊」と呼んでいるわけで、そこに漱石の時代的な偏見が表われているので、そのままにした。
（14）*The Novels of Mrs Aphra Behn* (George Routledge and Sons, Ltd, 1905)では、題はRoyal Slaveで副題がOroonokoとある。なおこの小説は、土井治訳でアフラ・ベイン『オルノーコ 美しい浮気女』（岩波書店、一九八八）として出版されている。
（15）Thomas Southern, *OROONOKO* (Edward Arnold Publisher, 1977), p. 44.
（16）「夏目漱石先生の追憶」『寺田寅彦全集 第一巻』（岩波書店、一九九六）三二九頁。

（17）良家の女性がいかに礼儀正しく育てられていたかは、漱石の門下生的な野上弥生子が『真知子』（一九三一）で、いとこの富美子が真知子に話したいことがあっても、「こういう階級の婦人たちに習慣的に与えられている社交性から、未亡人を除外して話すことは出来なかった」とあることなども参考になるだろう（『野上弥生子全集　第七巻』岩波書店、一九七七）七頁。

（18）*Sanshiro*, trans. Jay Rubin (University of Washington Press, 1977), p. 93.

（19）「断片四八Ｂ」『漱石全集　第十九巻』（岩波書店、二〇〇三、第二刷）三九七頁。

（20）最初に nunnery（尼寺）が俗に brothel（売春宿）の意味で使われたのは一五九三年以降で、そのためハムレットがオフィーリアに「尼寺へ行け」というのも「売春宿に行け」と言ったのではないかという説が出てきた。First use of the word 'nunnery' to mean 'brothel', 1593, "Imagery of prostitution in *Hamlet*" <https://www.bl.uk/collection-items/first-use-of-the-word-nunnery-to-mean-brothel-1593>

（21）『文学論』『漱石全集　第十四巻』二二七頁。

（22）「明治四十、四十一年頃　断片四六」『漱石全集　第十九巻』三五一頁。

（23）ブラム・ダイクストラ『倒錯の偶像——世紀末幻想としての女性悪』富士川義之訳（パピルス、一九九四）。

（24）「作家としての女子」『漱石全集　第二十五巻』（岩波書店、二〇〇四、第二刷）三四六頁。漱石はこの記事を明治四十二年二月に『女子文壇』に発表しているが、『三四郎』を書いた時点でも同じ考えをもっていたと見てよいと思う。

（25）中山和子「『三四郎』片付けられた結末」竹盛天雄編『夏目漱石必携Ⅱ　特装版』（學燈社、一九九二）二二七頁［初出：學燈社編『別冊國文学』第十四号、一九八二年五月］。

（26）「文学雑話」『漱石全集　第二十五巻』二九二頁。

（27）ズデルマン『消えぬ過去』、三八四—八五頁。

（28）三好行雄『作品論の試み』（至文堂、一九七七）四七頁。

（29）『文学論』『漱石全集　第十四巻』七五—七六頁。

（30）「創作家の態度」『漱石全集　第十六巻』（岩波書店、一九九五）二四六頁。

（31）「明治四十、四十一年頃　断片四七Ｅ」『漱石全集　第十九巻』三七六頁。

（32）William James, *The Principles of Psychology* (Macmillan 1997, p. 243) からのまとめは大久保純一郎『漱石とその思想』（荒竹出版、一九七四）二八五頁から引用。

(33) James, *The Principles of Psychology*, p. 178.
(34) 大久保『漱石とその思想』二八一―八二頁。漱石は「断片四七E」(『漱石全集　第十九巻』三七四頁)にも「意識界ニアラハル、Idea ト feeling ノ遅速」と記しているので、三四郎とよし子の関係にこのアイデアを利用していることがわかる。
(35) フロイト『精神分析入門　下』高橋義孝・下坂幸三訳(新潮社、一九七七)二一八頁。

【第二部『それから』――「天意に叶ふ」恋の物語】

(1) タナー『姦通の文学』三一頁。
(2) 小澤勝美『透谷と漱石――自由と民権の文学』(双文社出版、一九九一)一七七、一九二頁。
(3) 日本語訳は、ホーソーン『緋文字』鈴木重吉訳(新潮社、一九七八、第三十一刷)を参照した。
(4) 竹盛「手紙と使者――『それから』の劇の進行」一六頁。
(5)「断片五〇B」『漱石全集　第二十巻』(岩波書店、一九九六)八三頁。日本語訳は、駒尺『漱石という人』一三三頁から引用した。
(6) ルソー『社会契約論』桑原武夫・前川貞次郎訳(岩波書店、一九九五、第五十八刷)。
(7) 石原・小森『漱石激読』一七八頁。
(8)「断片五〇B」『漱石全集　第二十巻』(岩波書店、一九九六)八三頁。日本語訳は、駒尺『漱石という人』一三二―一三三頁を引用・参照し、変更を加えている。
(9) 正宗白鳥「夏目漱石論」日本文学研究資料刊行会編『日本文学研究資料叢書　夏目漱石』(有精堂、一九七〇)三頁。なお自然主義者が漱石の作品を嫌ったのは、彼らの作品のように自己の体験に基づいた私小説ではなく、虚構だったことにある。英語では小説のことをフィクション(虚構)ともいうので、漱石は英文学やヨーロッパの小説の伝統を受け継いで創作していたことがわかる。
(10) ルソー『社会契約論』三六―三七頁。
(11) Wolf Lepenies, *Between Literature and Science: The Rise of Sociology* (Cambridge University Press, 1988), pp. 10, 11, 114.
(12)「文芸の哲学的基礎」『漱石全集　第十六巻』八五、八八頁。
(13) 杉本秀太郎「植物的なもの」桑原武夫編『文学理論の研究』五七頁。

(14) 石原発言は、石原・小森『漱石激読』一六五―六六頁。
(15) 江藤淳「『それから』と『心』」『講座 夏目漱石 第三巻』（有斐閣、一九八一）七三―七四頁。
(16) 浜野京子「〈自然の愛〉の両儀性――『それから』における〈花〉の問題」太田登・木股知史・萬田務編『漱石作品論集成【第六巻】『それから』』（桜楓社、一九九一）一四一―四九頁［初出：フェリス女学院大学国文学会編『玉藻』十九号、一九八三年六月］。
(17) "The Amaryllis Flower: Its Meanings & Symbolism" <https://www.flowermeaning.com/amaryllis-flower-meaning/>
(18) 江藤「『それから』と『心』」九二頁。
(19) 『文学論』『漱石全集 第十四巻』七五―七六頁。
(20) ヴィクトリア朝の白百合の花言葉については、"White Lily Meaning: What does the White Lily mean?" <https://www.auntyflo.com/flower-dictionary/white-lily> "The Lily: A Remarkable Flower Bursting with Symbolism" <https://www.funnyhowflowersdothat.co.uk/lily-remarkable-flower-bursting-symbolism> などを参照。
(21) 塚谷裕一『漱石の白くない白百合』（文藝春秋、一九九三）二一七―三三頁。
(22) 石原・小森『漱石激読』一八〇頁。
(23) タナー『姦通の文学』二四、二五、三一、三六、三七、五七三頁など。ただしタナーには家父長制を支持するような記述も多い。
(24) ミッシェル・フーコー『性の歴史1 知への意志』渡辺守章訳（新潮社、一九八六）一五七頁。第四章全体も参照。
(25) タナー『姦通の文学』三四―三五頁。
(26) マックス・ホルクハイマーの「権威と家族」は、タナー『姦通の文学』五七四―七六頁。
(27) Judith Armstrong, *The Novel of Adultery* (Macmillan, 1976).
(28) スタンダール『赤と黒』大岡昇平・古屋健三郎訳（講談社、一九七七、第六刷）一七四頁。
(29) 石原千秋『漱石の記号』（講談社、一九九九）、特に「第一章 次男坊の記号学」を参照。
(30) 上野千鶴子『近代家族の成立と終焉』（岩波書店、一九九四）特に六九、七〇、二四〇頁を参照した。
(31) ルソー『社会契約論』二九―三〇頁。
(32) 同右、三三頁。
(33) 広瀬武夫中佐については、明治三十八（一九〇五）年に出生地の大分県教育会編で『軍神広瀬中佐詳伝』が出版されており、同年には広瀬が育った岐阜県高山市に銅像が建てられているので、漱石が『それから』を書いた明治四十二（一九〇九）年にはすでに軍神であったことがわかる。漱石は広瀬の書いた漢詩について、「艇長の遺書と中佐の詩」で言及している（Wikipedia 等参照）。

(34) 駒尺『漱石という人』一三〇頁。

(35) 小山静子『良妻賢母という規範』（勁草書房、一九九一）四八—四九頁。小山の著書は、当時の女子教育の目的になどについて、さまざまな情報を提供しているので、三千代像の分析にも有効だった。

(36) 十九世紀になると、英国では女性たちが選挙権獲得運動と大学教育を受ける権利獲得運動を始め、ヴィクトリア朝（一八三七年六月—一九〇一年一月）に新しく設立された大学は男女共学となった。共学では、女子に良妻賢母教育は行なわなかったが、女子学生には学位は与えられなかった。一八三六年設立のロンドン大学では一八六八年に九人の女子学生を受け入れ、一八七八年英国で初めて女子学生にも学士号を与え、他の大学もそれに続いた。"A History of Women's Education in the UK" <https://www.oxford-royale.com/articles/history-womens-education-uk/> などを参照。米国の女性の大学教育については省くが、"A History of Women in Higher Education" <https://www.bestcolleges.com/news/analysis/2021/03/21/history-women-higher-education/> などを参照。

【第三部『門』——誰も死なない姦通小説の誕生】

(1) アルノー・ドゥ・ラ・クロワ『中世のエロティシズム』吉田春美訳（原書房、二〇〇二）三五—三六、六九頁。

(2) ジャンヌ・ブーラン&イザベル・フェッサール『愛と歌の中世——トゥルバドゥールの世界』小佐井伸二訳（白水社、一九八九）八頁。

(3) 同右、五二頁。なお「アムール」は「愛」、「クルトワ」は「宮廷風」、「フィナ」は「究極の」。

(4) ドゥ・ラ・クロワ『中世のエロティシズム』六七頁。なおアムール・クルトワの成立についてはブーラン+フェッサール『愛と歌の中世』七二—七三頁、千種キムラ・スティーブン『『源氏物語』と騎士道物語——王妃との愛』（世織書房、二〇〇八）六一—一一頁なども参照してほしい。

(5) ジョルジュ・デュビー『中世の結婚——騎士・女性・司祭』篠田勝英訳（新評論、一九九四）八〇—八三頁。この本の初版は一九八四年だが、ニュージーランドで入手できたのは一九九四年版。

(6) アンドレーアース・カペルラーヌス『宮廷風恋愛について——ヨーロッパ中世の恋愛指南書』瀬谷幸男訳（南雲堂、

一九九三）九四頁。
（7）ジョルジュ・デビィ「宮廷風恋愛のモデル」ドゥ・ラ・クロワ『中世のエロティシズム』三四〇―三六二頁およびデュビー『中世の結婚』三〇六―一九頁。「デュビー」はこの本では「デビィ」と表記している。
（8）ジャン・ラボー『フェミニズムの歴史』加藤康子訳（新評論、一九八七）一四―一六、二〇頁。なおヨーロッパや日本の女性の財産権については拙著『「源氏物語」と騎士道物語』の第四章および第五章で詳しく分析したので、興味があれば参照してほしい。
（9）原野昇「フランス中世文学にみる女と男」水田英実・山代宏道・中尾佳行・地村彰之・原野昇『中世ヨーロッパにおける女と男』（溪水社、二〇〇七）一四九頁。
（10）クレティアン・ド・トロア自身が『ランスロまたは荷車の騎士』の冒頭で、「この詩はシャンパーニュ伯爵夫人の要請で書いたのであり、夫人が物語も扱い方も教えてくれた」と記している（C・S・ルーイス『愛とアレゴリー――ヨーロッパ中世文学の伝統』玉泉八洲男訳（筑摩書房、一九七二）二一頁。アリエノール妃やシャンパーニュ伯爵夫人や貴族の女性たちがアムール・クルトワの熱心な支持者だったのは、父親の決めた結婚に失望していたからだと言われている。また貴族の女性が書いた「アムール・クルトワ」の叙事詩では、夫への嫌悪、愛人への熱い思いを表現したものが多く、ラボー『フェミニズムの歴史』一八頁や、『トルバドゥール恋愛詩選』沓掛良彦編訳（平凡社、一九九六）等を参照してほしい。
（11）『ランスロまたは荷車の騎士』の成立過程や、作品の内容については拙著『「源氏物語」と騎士道物語』三四―四五頁で詳しく説明しているので、そちらを参照してほしい。
（12）ラボー『フェミニズムの歴史』一四―一六頁。ブーラン&フェッサール『愛と歌の中世』四四頁。
（13）サー・トーマス・マロリーの『アーサー王の死』は、いくつか日本語訳があるが、私は『完訳 アーサー王物語 上』『完訳 アーサー王物語 下』中島邦男・小川睦子・遠藤幸子訳（青山社、一九九五）を読んだ。
（14）テニソンの『国王牧歌』は十二の物語詩からなり、一八五六―八五年の間に少しずつ出版され、一括出版は Edward and Moxon & Co., 2016。日本語訳は部分訳がいろいろあるが、全訳版は清水阿や訳『全訳 王の牧歌 十二巻』（ドルフィンプレス、一九九九）。
（15）吉川豊子「漱石の『姦通小説』」七五頁。
（16）「薤露行」『漱石全集 第二巻』（岩波書店、二〇〇三、第二刷）一七六頁。

(17)『トリスタン・イズー物語』の成立過程については、拙著『「源氏物語」と騎士道物語』一九―二六頁で詳しく論じているので、そちらを参照してほしい。

(18) Derrick Plant, *Dante in Hell* (Edizioni Kappa, 1986), p. 24.

(19) フランチェスカの夫でパオロの兄の本名はジョヴァンニだが、跛行《はこう》だったのでジャンシオット（日本ではジャンチオットと記される）と呼称され、こちらの方が有名になった。なおフランチェスカとパオロの悲劇を題材にしたオペラや、絵画、戯曲、バレエなどが多数ある。

(20) Derrick Plant, *Dante in Hell*, pp. 24–25.

(21) ラファエル前派のダンテ・ゲイブリエル・ロセッティが『神曲』を題材に接吻しているパオロとフランチェスカの絵と、地獄篇で暴風の中を漂う二人を描いており、漱石はそれをロンドンのテート・ギャラリーで見て、『神曲』に興味を持った可能性もある。

(22)『新エロイーズ』は安土正夫訳が岩波書店で全四巻（一九七四）出ているが入手できなかった。ジュリの手紙の日本語訳は、安土正夫訳を参考にしたタナー『姦通の文学』二八七頁から引用した（『姦通の文学』では「そうした再会はよいことではなかったのです」にタナーによる傍点が付されている）。

(23) タナー『姦通の文学』二八七頁。

(24)『告白』の日本語訳はいくつかあるが、私は『世界古典文学全集 第49巻 ルソー』『告白』桑原武夫訳（筑摩書房、一九六六）を読んだ。

(25) Dominick LaCapra, *Madame Bovary on Trial* (Cornell University Press, 1982), pp. 170–71.

(26) タナー『姦通の文学』三四頁。

(27) ホーソーン『緋文字』鈴木重吉訳（新潮社、一九七八、第三十一刷）二六二頁。

(28)『日本古典文学大系14 源氏物語』（岩波書店、一九五八）から『新日本古典文学大系19 源氏物語』（岩波書店、一九九三）の五巻に分かれたものを使用した。

(29) 三谷邦明・高橋亨・小林正明・三田村雅子「シンポジウム 二十一世紀の源氏物語へ」『源氏研究』第六号（翰林書房、二〇〇一）四―七頁。

(30) 服藤早苗『平安王朝社会のジェンダー――家・王権・性愛』（校倉書房、二〇〇五）九六頁。なお「第一部 家」、「第二部 王権」も参照した。

(31) 勝俣鎮夫の中世密懐法についての論文「中世武家密懐法の展開」『戦国法成立史論』（東京大学出版会、一九七九）は、久留島典子「婚姻と女性の財産権」鶴見和子ほか監修／岡野治子編『女と男の時空――日本女性史再考Ⅲ 女と男の乱――中世』（藤原書店、一九九六）一九四―九五頁の中で言及があるが、入手できなかった。

(32) 氏家幹人『不義密通』一五八頁。「第四章 妻敵討」にその実例が記されている。

(33) 井原西鶴『好色五人女』『日本古典文学大系47 西鶴集 上』（岩波書店、一九七一、第十五刷）二五八頁。

(34) 同右、二八〇頁。

(35) 『日本古典文学大系49 近松浄瑠璃集 上』（岩波書店、一九七一、第十四刷）二一九―五一頁。

(36) 同右、二五五―八九頁。

(37) 胎児的姿勢で寝るのは楽だからとも言われているが、心理学的には心配事があったり、衝撃的な出来事から無意識に身を守ろうとしている状態だということが広く知られている。エミリー・ローレンス（Emily Laurence）は二〇二一年三月九日付けの "Why More People Might Now Be Sleeping in the Fetal Position Than Pre-Pandemic"（パンデミック以前より胎児的姿勢で寝る人が増えた）という論文で、次のように言っている。人間は困難な時は外から身を守るように胎児的姿勢で寝る傾向があり、パンデミック〔コロナ禍〕以前の二〇二〇年三月の調査では約四〇％が胎児的姿勢で寝ると答えたが、パンデミック後の二〇二一年三月の調査では六九％が胎児的姿勢で寝ると回答した、と <https//www.wellandgood.com/sleeping-in-fetal-position>

(38) ジョージ・ビアード（George Beard）は神経学の専門で、精神性疾患をもたない人々が極度の疲労感や倦怠感、頭痛などに苦しんでいるのを見て、その症状をNeurasthenia、つまりニュウロ（神経）―アステニア（無力、衰弱状態）と命名し、日本では「神経衰弱」と名付けられた。十九世紀には世界中で非常に流行った病名だったが、一九三〇年代以降あまり使われなくなった。その経過については以下を参照。Jacquelyn H. Flaskerud (2009). "Neurasthenia: Here and There, Now and Then" Issues in *Mental Health Nursing* 28 (6): 657–59. <https://doi.org/10.1080/01612840701354638>

(39) ウィリアム・ジェイムズは "The Hidden Self" (1890) という論文で、当時哲学教授だったジャネが前年の一八八九年に発表した博士論文を高く評価し、詳しく紹介した。ジェイムズの論文は現在オンラインで読めるが、ジャネの研究対象は「ヒステリー」患者だが、彼らの症状が過去のさまざまなトラウマに起因することを明らかにしていて、漱石がジェイムズの論文を読んでいれば、学ぶところが多かったはずだ。なおジャネはフロイトがヒステリーなどの精神障害は、すべて性的なトラウマに起因するとしたことに対し、多くの異なる例証をあげて批判した。著書は一九二四年に英訳が出ている。Pierre Janet, *Principles of Psychotherapy*, trans. H. M. and E. R. Guthrie (The Macmillan Company, 1924)。pp. 43, 45, 196 でフロイトとその弟子たちを批判している。フロイトもジャネを批判したが、ユングはジャネに師事しており、一九九〇年代以降、ジャネの研究は再び高く評価されるようになった。

（40）ジョセフ・ペティエ編『トリスタン・イズー物語』四九―五三頁。

（41）一九八〇年代以降、精神的トラウマについての研究が盛んになり、原爆を経験した広島・長崎の人々の例もあげられている。トラウマの症状の用例が多数あげられている著作の一つは、Kirtland C. Peterson, Maurice F. Prout and Robert A. Schwarz, *Post-Traumatic Stress Disorder: A Clinician's Guide* (Plenum Press, 1991).

（42）北川扶生子「失われゆく避難所《アジール》――『門』における女・植民地・文体」『漱石研究』第十七号（翰林書房、二〇〇四）七八頁。

（43）同右、七九頁。

（44）同右、八一―八二頁。

（45）水川隆夫『漱石と仏教――則天去私への道』（平凡社、二〇〇二）三四―三五頁。

（46）『トリスタン・イズー物語』九七―一一九頁。

（47）トリスタンとイズーが逃げたのは「モロアの森」で、二人はそこで冬は「岩穴」で暮らすが、日本は平坦で大きな森はなく、木が茂っているのは山なので、漱石は「山の中」としたのだろう（『トリスタン・イズー物語』九七、一〇三頁参照）。なお『漱石研究』第十七号の冒頭で、川本三郎・小森陽一・石原千秋は『門』を「隠れ里文学」（二五、二六頁）としているが、漱石がトリスタンとイズーの隠れ家の森をイメージしながら、宗助と御米の居場所を描いていることへの想起はない。

（48）駒尺『漱石という人』一二六頁。

あとがき

拙著『「三四郎」の世界――漱石を読む』（翰林書房）を発表したのは、一九九五年だった。「はじめに」で触れたように、石原千秋氏が書評を出され、他の書評も好評だったので早くに売り切れ、今ではこの本の存在もあまり知られていないが、論じたことの多くは、現在では定説化している。しかし前期三部作『三四郎』『それから』『門』は、明治四十年に刑を重禁錮から二年以下の懲役刑に改悪された「姦通罪」批判として書いたという指摘は無視されてきた。そこで長年、漱石が前期三部作でどのように「姦通罪」や姦通罪を改悪した「国家権力」や家父長的な「家」制度を批判しているかを分析した本を書きたいと思っていた。

しかし、そういう本を書く時間的余裕がなかった。カンタベリー大学では明治から現代までの日本文学に映画・アニメなども一人で教えなければならなかったうえ、日本語を学びたい学生が急増し、日本語コースを再編成し、日本語の教材をつくり、文法を英語でわかりやすく説明した資料を作るのに膨大な時間がかかった。特に学科長を務めた六年間は、教師の数を増やし、パートの教師のサラリーを上げるための資金集めや学士号と修士号の学生向けの二つの奨学金制度を作ったり、日本の大学との交換プログラムを設立したりするために奔走し、夏休みもつぶれてしまった。

またニュージーランドでは、国が国立大学の教師の研究業績について定期的に監査し、それによって昇級も決まった。そこで学会誌や書籍の一部として掲載されることが確実だったので、漱石の『行人』や『こゝろ』についての論文以外に、川端康成の『雪国』についてなど多くの英語の論文を書き、同時に森鷗外の「舞姫」、川端康成の「眠れる美女」、志賀直哉の「范《はん》の犯罪」、芥川龍之介の「藪《やぶ》の中」と黒澤明の『羅生門』、ドストエフスキーの『カラマーゾフの兄弟』との共通点について「ドストエフスキー・芥川・黒澤――ポリフォニー（多声）的世界」などの日本語の論文も出した。また大庭みな子の「三匹の蟹」や、戦争花嫁についての森禮子《れいこ》の『モッキングバードのいる町』、山本道子の「ベティさんの庭」など、外国を舞台にした女性作家の小説についての論文も発表した。海外の学者と一緒に出した本では、円地文子の『女坂』や、安部公房の『砂の女』をもとにした勅使河原《てしがはら》宏の同名の映画などについて英語で“Avant-Garde Film and Otherness of Women”などの論文を書いた。一九九八年にはカンタベリー大学で、二十一世紀はテロの時代になると予測する学者たちが集まって、テロリズムと芸術について本を出すことになり、私は“Terror in the Arts and Lives of Mishima Yukio and Oe Kenzaburo”を書いた。その後『三島由紀夫とテロルの倫理』（作品社、二〇〇四）を出版した。また二〇〇八年には世織書房から『源氏物語』誕生千年を記念して、本を書かないかと誘いを受けて、『源氏物語」と騎士道物語――王妃との愛』を出した。

　もちろんその間も前期三部作についての資料は集め続けていたが、二〇一一年二月二十二日、クライストチャーチで大地震が起きた。壊滅《かいめつ》状態の市内にいて、自宅も倒壊し、知り合いの日本人の女子学生十二名も亡くなった。そのトラウマで研究に集中できなくなり、自宅の再建問題のストレスもあって、メールを書くことすら苦痛なときもあった。この本も「漱石生誕百五十年」記念に間に合うように書きたかったが、トラウマから回復していなかったので、書けなかった。

この本を書き上げることができたのは、高校の同級生だった立口恵美子さんの励ましがあったからだ。立口さんには初稿も読んでもらい、感謝している。江種満子（博士）さんにも、有益な助言をいただいた。Dr. Maureen Montgomery にも原稿の送付などを手伝ってもらい、感謝している。しかし乳ガンの手術を受けたりして、出版までには時間がかかった。

出版を引き受けてくださった彩流社、特に真鍋知子さんにも感謝の意を表したい。

千種キムラ・スティーブン

二〇二三年六月

◉著者紹介◉

千種《ちぐさ》キムラ・スティーブン（Chigusa Kimura-Steven, Dr.）
元カンタベリー大学（ニュージーランド）教授
京都女子大学短期大学部英文科卒、オックスフォード大学（英国）留学、ブリティッシュ・コロンビア大学（カナダ）で修士号、カンタベリー大学で博士号取得。退職後、早稲田大学国際教養学部非常勤講師、現在、同大学ジェンダー研究所招聘研究員

著書：『「三四郎」の世界――漱石を読む』（翰林書房、1995）、『三島由紀夫とテロルの倫理』（作品社、2004）、『「源氏物語」と騎士道物語――王妃との愛』（世織書房、2008）、『新型コロナ「感染ゼロ」戦略、ニュージーランド』（作品社、2021）等

論文：「ドストエフスキー・芥川・黒澤――ポリフォニー（多声）的世界」、「大庭みな子「三匹の蟹」――ミニスカート文化の中の女と男」、「『舞姫』の歴史性について」、“A New Approach to the Analysis of the Plot of Kawabata Yasunari’s *Snow Country*”, “Reclaiming the Critical Voice in Enchi Fumiko’s *The Waiting Years*”, “Avant-Garde Film and Otherness of Women”, “Literary Expression of Nationalism: Before and After the Death of Emperor Showa” 等

Soseki and Adultery Law:
His First Trilogy and Criticism of Patriarchy

漱石《そうせき》と姦通罪《かんつうざい》――前期三部作《ぜんきさんぶさく》の誕生《たんじょう》と家父長制批判《かふちょうせいひはん》

2023年8月25日 初版第1刷発行　　定価はカバーに表示してあります

著　者　千種キムラ・スティーブン

発行者　河野 和憲

発行所　株式会社　彩流社

〒101-0051　東京都千代田区神田神保町3-10　大行ビル6階
電話　03-3234-5931　FAX　03-3234-5932
https://www.sairyusha.co.jp
sairyusha@sairyusha.co.jp

印刷　明和印刷㈱
製本　㈱村上製本所
装幀　ナカグログラフ（黒瀬章夫）

落丁本・乱丁本はお取り替えいたします

ISBN978-4-7791-2900-1 C0095

世界文学の中の夏目漱石

978-4-7791-2199-9 C0095(16.03)

「形式」という檻　　武・アーサー・ソーントン著

漱石の作品は、なぜ快活・奔放なものから個人の内面に向かい、陰鬱なものへと変容するのか。近代日本文学の内向化を、「比較文学」の視点で考察、「近代」を描写する「形式」を追求する漱石を「世界文学」の流れの中に捉え、「漱石論」の再解釈へいざなう。四六判上製　2000円＋税

漱石と英文学II

978-4-7791-2472-3 C0090(18.08)

『吾輩は猫である』および『文学論』を中心に　　塚本利明著

漱石に関する比較文学研究で大きな足跡を残す著者、晩年の論文集成。食材としての孔雀／『猫』における「自殺」と「結婚の不可能」／漱石とレズリー・スティーヴン／『ハイドリオタフヒア』とその周辺／『文学論』本文の検討、等。　四六判上製　4500円＋税

『猫』と『坊っちゃん』と漱石の言葉

978-4-7791-2099-2 C0095(15.03)

風吹けば糸瓜をなぐるふくべ哉　　林 順治著

自ら神経症と恋を体験し、国民的作家となった金之助＝漱石の初期作品の真髄。『猫』、『漾虚集』、『坊っちゃん』、晩年の『道草』、『硝子戸の中』に書簡・日記・俳句などを加えて、作家としての運命を決めた幼年期のトラウマ（養子問題）に迫る。四六判上製　2300円＋税

日本近現代文学における羊の表象

978-4-7791-2411-2 C0095(18.01)

漱石から春樹まで　　江口真規著

漱石、江馬修、安部公房、大江健三郎、村上春樹等、日本近現代文学に描かれた羊の文化社会的意義とは何か。文学研究と環境問題・社会問題を結びつける、アニマル・スタディーズ／エコクリティシズムの提示。『三四郎』――「迷羊」の起源とその解釈。　A5判上製　3400円＋税

読むことの可能性

978-4-7791-2377-1 C0090(17.08)

文学理論への招待　　武田悠一著

なぜわたしたちは「文学」を必要としているのか、なぜ「文学」は衰退した、と言われるのか――「テクスト理論」から「精神分析」まで、「文学理論」の「定番」をわかりやすく解説、今のわたしたちに意味のある形で実践する入門書。漱石の『文学論』に言及。　四六判並製　2500円＋税

落語×文学

978-4-7791-2849-3 C0095(23.03)

作家寄席集め　　恩田雅和著

夏目漱石、坪内逍遙から西村賢太まで、近現代の作家たち81人と、「落語」「落語家」「寄席」にまつわる広く知られた事象から、著者が探り当てた事柄まで逸話と蘊蓄をまとめる。著者は天満天神繁昌亭初代支配人で、現・和歌山市立有吉佐和子記念館館長。　四六判並製　2500円＋税